JN043990

ディディの傘

ファン・ジョンウン
斎藤真理子＝訳

亜紀書房

dd's Umbrell

contents

디디의 우산

Originally published in Korea by Changbi Publishers, Inc.

Japanese edition is published by arrangement
with Changbi Publishers, Inc. through K-BOOK Shinkokai.

This book is published under the support of Literature
Translation Institute of Korea (LTI Korea).

装丁　坂川栄治＋鳴田小夜子(坂川事務所)
装画　立原圭子

1

五時の儀式が始まる直前、ｄは稲妻を見た。同級生がみんな下校した教室でのことだ。白くて細い腕のようなものが、埃の積もった黒い窓枠を越えて教室の床に達した。焦げるような匂いがした。行ってみると、焼けた跡が小さく残っていた。ｄがしゃがんでそれをのぞき込んでいるとき、ｄｄが教室のドアの前に立って言った。

何してるの？

ｄはｄｄに向かって手招きした。

来てみ。

ｄｄがそっちへ行った。

見てみ。

ｄは床を指差してみせた。

雷が落ちたんだ。ちょっと前に。

ｄが先に指でその跡を触ってみて、ｄｄも触ってみた。

ここだけ熱い。

すごい。

dとddは頭が触れるほどくっついてしゃがんでいたが、焼け焦げの跡にもう一回ずつ触ってから立ち上がった。dは風に揺れるカーテンをつかみ、一方に寄せて開け、外を見た。ddもその隣に立った。今にも雨が降ってきそうだった。かばんを背負った生徒たちがグラウンドのあちこちに立っており、先生も何人かいた。誰もが一方向を見つめて身じろぎもしなかった。風は小止みなく吹き、みんなの服の裾は体にまとわりついたままはためいた。「国旗への宣誓」が終わりかけていた。dとddはみんながそれぞれの方向へ散っていくのを見ていたが、窓を閉めて教室を出た。グラウンドを横切り、校門を出たあたりで雨が降りだした。ddは傘をさした。ddが板チョコの半分をdに差し出した。dとddはチョコレートを食べながら一緒に傘に入って歩いていった。dが先に家に着いた。

じゃあね。

薄暗い木下所の前で、dは言った。

ddはdの傘をさして家に帰った。

dはその日のことを憶えていた。落雷を見た。すぐ目の前に落ちたのだ。そんなことはその前にも後にもなかった。床に残った跡がどんな形だったかも憶えていた。片っぽの口角が上がった、小さな口みたいな形だったな。指でこすれば消えるかと思ったが、消えなかった。

うっとりしたようにそれを見つめていた。隣に誰かがいたようでもある。それがすべてであり、他には思い出せなかった。ｄｄと話をし、ｄｄと傘に入って家まで歩いていったというが、その記憶はｄにはなかった。ｄは悔いた。それを忘れてしまったことが自分の過ちのような気がした。何度も夢に見た。

そしてあの瞬間が来た。

ｄは濡れた顔を拭こうとしてタオルをつかんでから放した。落としたも同然だった。水曜日の午後九時の直前だった。浴室の壁にかけてある時計がカチカチ鳴っていた。泡の混じった水が洗面台にたまり、ｄは素足でタイルを踏んでいた。ちょっと前にｄがつかんで、びくっとして放してしまったもの、それは平凡なタオルだった。いつからかわからないが家にあったもの。ｄは毎日いつでもそれで顔やら首を拭いた後、タオルかけに元通りにかけたり、洗濯かごに放り込んだりした。何度も洗っては干しをくり返したせいでちょっとごわつき、ぺしゃんこになった、アイボリーカラーの綿織物だ。柄もイニシャルも入ってないので、ｄにとっては他のタオルとの見分けもなかなかつかない。それがいきなり、全く感じたこともない温度だった。体温があるみたいに、ぬくみを帯びていたのだ。

明かりのついていないキッチンの方へむかって浴室のドアが開いていた。ｄはまっ暗なキッチンを横切っていくとき、食卓に置かれた卓上カレンダーを落とした。床を手探りしてそれを拾ったとき、dは表紙まで含めて十三枚の厚いボール紙と狭い間隔で巻かれたスプリングから温度を感じた。食卓にカレンダーを載せてそこに手をついてみると、食卓もまた生あたたかかった。その他にもまだあった。家具や食器、ガラス、各種の取っ手。dはその日から少しずつ、それらに気づいていった。空気よりは冷たいはずのものたちが、微妙な、生物のような微熱を帯びている。その生あたたかいぬくみに耐えられず、dはものたちとの接触を減らした。すべてのものがこうなるはずはないのだから、変わったのは僕の方だとdは思った。

僕が冷たくなった、と。

dの父イ・スングンは一時期、大工だった。木工所に付設された中二階で、イ・スングンとその妻コ・ギョンジャ、そしてdは暮らした。木工所の隅で靴を脱ぎ、セメントの階段を三つ上ると彼らが寝食に用いる部屋だった。洋服だんすと低い机一つ、ブラウン管のテレビがあった。小さな台所がついていたが、その空間には窓がなく、コ・ギョンジャが汁物を作ったり肉をゆでたりすると匂いの染みた水蒸気が部屋を通って木工所へ降りてきた。木工所に積まれた木材には、汁、飯、唐辛子の混じったおかずの匂いが染みついており、三人家族が使う部屋には木工所から上ってくる木材の匂いが染みついていた。小さいときdは、木工所で育ったという理由で先生や同級生から木について質問されることがあったが、dは木のことを何も知らなかった。木工所には木がなかったから。dの考えでは、木工所にぎっしり並んでいたのは木材なんで、木じゃなかった。すでにのこぎりや電気カッターで切削された後、釘や膠(にかわ)によって形を変える予定の板だったり、皮をはがれた木っ端や棒だったのであり、それらは見た目からして木とは全然似てなかったじゃないか。木工所の隣には色褪せた色紙(いろがみ)や埃だらけのゴム風船を売る文具店があり、黒ずんで乾いた肉をショーケースの中に放ったらかしにしている肉屋があった。狭苦しく、奥まったそれらの店たちと同様、木工所は四季と昼夜を問わず薄暗かった。おがくずはいつもきつい匂いを放ち、隅に積まれた古い木材は酸っぱい匂いを放ちながら腐って膨れていった。

イ・スングンはあまり腕のよくない大工だった。顧客が木工所に文句を言いに来ることが少なくなかった。仕上がりに満足できない顧客が多かったため、顧客に対応する彼の態度には親切さと不安と卑屈さが混ざっていた。予想通りの事態が展開されるたび、手間賃を値切るためにあんなことをするのだと彼は顧客を非難した。あいつらはほんとに見えすいた恥知らずだとイ・スングンは不平を言ったが、dの見たところでも父親の仕事は貧相だった。父親が作り出すものたちは正確ではなかったし、安定してもいなかったし、実用的でも美しくも奇抜でも、さらにいえば奇怪でもなかった。dは、彼がなぜ顧客に事実を言わないのか、木工所を訪ねてくる顧客になぜ自分は腕が悪いと正直に言わないのか、それをちゃんと言わずなぜ同じことをくり返すのか疑問だった。イ・スングンはdを殴らなかったし、妻が作った料理を文句も言わず残さず食べ、酒や競馬に関心を見せもしなかったが、自分の木工で家族三人が食べている、ということを絶えず言った。それがどんなに神聖なことであるかも。マキタ、ヒタチ、レクソン、ボッシュの電動器具、のみと金づちとかんな、折りたたみ式ののこぎりや糸のこ。イ・スングンがそれらを使って木材を切削し、穴を開け、削り出し、やすりで表面をなめらかにする音はdにとって世界の背景音だった。作業空間と居住空間がちゃんと分離されていなかったので、dは部屋でごはんを食べ、昼寝をし、テレビを見て、宿題をやっている間じゅうその音を聞いた。

dが特にぞっとするほど嫌だったのは、のこぎりの歯の回転で木材を切る切削機の出す音だった。作業のない瞬間の木工所は寂しかったが、ある瞬間にその音が始まると、どの日だろうと間違いなく始まりはするのだが、dは暗い部屋で鉛筆を握って宿題をやったり落書きをしながら耳を上気させたまま考えた。僕はあの回転の代価によって生きている　美しくなく正直でもない　木工の代価で。銀盤のように回るのこぎりの歯に自分の小さな指を載せる光景を想像したりもしながら、dは待った。のこぎりの歯が父親の血にまみれて止まる瞬間を。父が自分の神聖さを打ち止めにし、ついに木工所が静まり返る瞬間を。そんな想像はdを恥じ入らせ、罪悪感を覚えさせ、突然こみ上げる憤怒によって父親をにらみつけさせたり、同程度の幻滅によって父親を無視させたりもした。dにとって神聖なものはなかった。しょっちゅう耳が赤くなり、雑音を聞いた。割れた木材を引き裂く音や、非常に薄い鉄板を割るような音がするときもあり、羽毛が小さな塊になって耳の中をころがっているようなかさかさという音がするときもあった。dは静かな場所にいるとき、自分が聞いているのは静寂でも沈黙でもないことを知っていた。音の痕跡、雑音。それが常時、世界を埋めていた。dはあまりしゃべらない大人に育てられ、話をすることが好きでもなかった。dにとって世界はすでに、うるさすぎた。

dはddに同窓会で再会した。終日、冷たい雨の降る日だった。同級生の誰かが酒をこぼしてdの左の膝が濡れたが、ティッシュで拭いてそのままにしておくとすぐに乾いた。夜中の十二時ごろ、店の入り口でdは傘をなくしたことに気づいた。誰かが持っていったらしく、なくなっていた。ddが隣に立っていて自分の傘を差し出した。これ持っていきなよ。

いいよ。

ううん、持ってきな。

あくまで断ろうとするdにddは、傘を借りたと、借りて返せなかったことがあると言った。dには思い出せないことだった。小さいとき……落雷を一緒に見たというのだが、その記憶もdにはなかった。つまり、落雷の記憶はあるのだがddはいなかった。そのとき僕ら、一緒だったの？　ddは傘の柄（え）を握りしめて困ったようにdを見た。結局dとddは二人で一つの傘に入り、先にddの家に寄ってからdの家に行くルートを選んだ。ちょっと時間はかかるが、歩いて行ける距離だった。傘をdが持った。ddは水たまりに会うたびに傘の外に出ては、また戻った。ddの頭と顔が濡れ、dはそれが気にかかった。

じゃあね。

見送るddに手を振ってみせた後、dはddの傘をさして家に帰った。青い布に赤い椿が描かれた傘で、柄は暗い栗色だった。きれいな状態だったが、長く使ったらしく柄はつるつるで、二本の骨に直した跡があった。dはそれをベランダに広げて干した。すっかり乾くと手早くたたみ、ベランダの窓枠にかけた自分の傘の隣に並べておいた。ベランダには洗濯かごと洗濯機があり、dは洗濯物を取り出したり、広げて干したりするために毎日そこに出入りして毎日その傘を見た。どうしたんだ、変だぞとdは思った。見るたびに、その物品もdをじっと見ているようだったから。傘という物体ではなく小さなddのようで、ddの一部を借りてきて置いてあるみたいだった。

dは金浦(キンポ)空港の食材処理場で、防水服を着、長靴をはいて働いていた。航空機が到着すると、飲食物のゴミと包装材でいっぱいのカートを受け取り、ゴミを捨て、カートを洗浄した。退勤するときは、こっそり持ち出そうとしてポケットや帽子の中に小さな酒びんや機内食を隠していないかチェックされた。バスに乗って家に帰った。

ある日dは帰宅するバスの中で、明日、雨が降るという予報を聞いた。dは家に寄ってから傘を返しに行った。ddが傘を受け取りに家の前に出てきた。ddと簡単に近況報告をし合った後、dは家に帰ってきた。こうして、傘はなくなった。返したから。dは毎日洗濯物のためにベランダに出て、ｄｄの傘ではなく、それがかかっていたＳ字形のフックを毎日見た。どうしたんだ変だぞ、とｄは思った。その物品はなくなったのに、あるみたいに生々しく、ありそうでないというのがとても寂しくて、ｄは、こりゃだめだなと笑ってまたｄｄに会いに行った。

ｄｄとつきあいはじめてからは、ｄｄがｄの神聖なものになった。ｄｄはｄにとって、ずっと続いてほしい言葉であり、初めて会ったときのまま完全であるべき身体だった。ｄはｄｄに会って、自分の労働が神聖になりうることを知った。愛を知った人間は美しくなれるということ、誰かを、または何かを美しいと感じる心を持っていても人間は悲しくなるものだが、幸福にはなれることを知った。ときにｄを悩ませた世界の雑音も問題にならなかった。幸福になろうと、ｄは思った。もっと幸福になろう。彼らが共に分け持つ暮らしの不如意、みすぼらしさ、疲れ、にもかかわらず交わし合う微笑、共に感じることのできるユーモアと悲しみ、お互いの関節を感じる手のつなぎ方、撫でることができるあたたかい後頭部……肩を揉んでやり、小さな、平凡な色をした耳を手で包み、あたたかい首に唇をつけ、寒い日にはコートを着るのを互いに手伝いながら、ｄｄの幸福と一緒に、僕は幸福になろう。

ｄとｄｄは陽川（ヤンチョン）区木（モク）２洞（ドン）５０５番地のＢ０２号室に住んだ。大規模高層団地とはかけはなれた地域で、築二十年以上の低層集合住宅と戸建住宅が集まった場所だった。つまり陽川区のぎりぎり端っこで、バス停のある大通りを渡れば江西区(カンソ)だった。家々の多くが赤っぽく、低くて古い塀に囲まれていた。B02号室のドアは大きく厚く、人の顔の高さのところにすりガラスをはめ込んだ窓があった。錆びた敷居をまたぐと、足首までぐらいの段差で地面より低い玄関があり、リビングとキッチンと浴室と部屋があったが、これらの空間が全部この順番通りに、列車のように、一列につながっていた。便宜上B、つまり地下階と呼んではいますけど、この程度の落差じゃ半地下ともいえませんから、実際には一階ですよ？　と、不動産屋は確認するようにそう言ったが、家自体が微妙な傾斜の上にあるので、いちばん外側の玄関からいちばん奥の部屋に向かうにつれてゆるやかに地下へ降りていく構造になっていた。奥の部屋には横長の窓があったが、窓の高さが地面と同じなので、そっち側はもう半地下だった。しかし最終的に決まった毎月の家賃の金額には、地下という短所は反映されていなかった。

ｄｄとｄがその部屋を借りることに決めた理由は、二人の職場両方からぴったり中間地点に位置する町だったためと、他の部屋よりずっと安かったためだ。大家のキム・グィジャは読み書きのできない老人だった。彼女は、毎月家賃を振り込む口座番号を教えてくれと不動産屋に要求されて困った末に、自分に直接くれればいい、つまりこんなふうに、あんたがドアをたいたら……ドアを開けて手だけ差し出すから、このおばあちゃんに……くれればいい、と言いながら手のひらを上に向けて差し出してみせた。小さな、白い手だった。ｄは自分の顔の前にぬっと近づいてきたそれを見て驚いた。老人の顔にｄは慣れていた。奇怪な方法で家賃の支払い法を教えてくれて、卑屈に笑っているその顔。ｄはうっとうしく不快だったが、その部屋を借りるしかなかったのでその部屋を借りた。

ｄｄは部屋を借りるにあたって採光を大切に考えており、その点でこの家はあまりｄｄの希望に近い空間ではなかったが、ちゃんと慣れていった。寝て、食べて、入浴して、出勤準備をして、仕事を終えて帰ってきて、映画を見、音楽を聴き、猫を飼いたがり、多肉植物が植わった小さな鉢植えを集め、近づいてくる冬に備えて買いたいコートや、ｄが作業場ではくブーツの防水について話し、ｄに触れながら朝寝をし、公共料金の請求書の心配をしたり、ときどき不眠だったりもして、大それた望みもないが大いに悲観することもなく、その家によくなじんで暮らした。壁紙が浮いたり、古くてめっきのはがれた手すりで手を切ることはよくあり、奇妙なことにいつも日曜日に、日曜のたびに必ず浴室の天井の隅からタイルの溝に沿って泥水が落ちてきて、ボイラーを使わない季節には湿っぽい布団の上で背中が冷えて目が覚める部屋だった。その部屋へ帰ってくるときにｄｄは死んだ。

投げ出されて。

ｄはそのことをくり返し考えた。多くのことを考えたが、最後にはいつもそれを考えた。投げ出されたんだ。あの、大勢の人が乗っていたバスから。精密で無慈悲なピンセットがつまみ出すように、ただｄｄ一人が、ｄｄだけが、外に。衝突の結果として、僕らが毎日行き帰りに通っていた固い道路の上に。

　ｄはほとんどすべての物品からぬくみを感じるようになった後、外出しなかった。出勤もせず、家にとどまった。誰とも電話で話さず、あまり食べも飲みもせず、ものたちを壊し、割り、捨てた。それを念入りにやっていると、ものたちのぬくみで手が熱くなった。ｄは灼熱感を散らそうとして頭をかいたり、手を体にこすりつけたりしながら作業した。ゴミを捨てつづけたので、誰かが腹を立て、道を汚すなと言ってドアをたたいたりしたが、ｄは返事をせず、やっていたことを続けた。箱をいっぱいにし、ものを捨て、また箱をいっぱいにした。ものたちはずっと奇妙で奇怪な生物のようにぬくみを帯びており、それを触るたびにｄはむかつきに耐えられなかった。けれどもそのままにしておけなかった理由は、ものたちが、嘘をつくから。

　ｄはしばしとまどいつつ待った。ものたちの多くはそのままで残っていた。急な用事で出かけるときにｄｄが目深にかぶっていた帽子がたんすにかかっており、室内用のスリッパはｄｄが最後に脱いだそのままの形で玄関マットの上に残っており、出勤する直前にお茶をいれて飲んだカップは、褐色のお茶が少し入ったままテーブルに置いてあった。靴箱に、大事にしていた傘がきれいに折りたたんで立ててあり、浴室には古くなって交換時期を迎えた歯ブラシと半分以上残っているヘアケア用品があり、卓上カレンダーにはｄｄの字でメモが書き込んであり、布団と枕にはｄｄの匂いが染みついていた。それらをそっくり残しておいて、

ｄｄはしばらく外出しているみたいだった。どこかに間違いなくいるようだったし、だから今夜か明日の朝、または何日か後、何ごともなかったようにこの空間に帰ってきそうだった。それはいつだろう。今ではなく、まだなのだろうが、次から次へと移っていく今のことであり、今の次に来る時間のことだ。ｄは毎時毎分その瞬間を溢れるほどに実感し、また、常にその実感に裏切られた。ものたちはそんな錯覚を、後で何倍にもなる喪失感と、裏切られ、失望となって返ってくる期待と希望を抱かせた。

ｄはものを捨てるとき、その欺瞞的な期待と偽の実感を捨てていた。例えばｄｄの茶色い靴。それと同じ靴は世の中になかった。ｄｄの足の形に伸びて、ｄｄの歩き方の癖の通りに底がすり減り、くり返し踏まれてしわになっていたから。それを箱に入れながらｄは考えた。これはこの箱に入れたのだから、あの箱には入れられないよな。同時に存在することはありえないのだから、ものは……この箱にあるのと同時にあの箱にあるということはない。もうここにしまったのだから、あそこにはない。ここにあればあそこにはないんだよな。ものはそうだが、靴をはいていた人は……人間はものとは違うから、ここにもいて、あそこにもいることができるんだと……僕はいつか、そんな話をどこかで読んだか、少なくとも聞いたことがある……誰かがいなくなっても、その人を記憶する人間がいるなら、その人はここにいなくてもここにいる……いるのと同じだ、と言ってたかな？　人をたぶらかさないでくれ……人間はあまりにも、ものと同じで……なければない。いなければいないんで、いないのだからここにはいない……

箱に入れたものたちを床にぶちまけたり、また入れ直したりしながら、ｄは黙々と作業した。ｄの判断では……どうしても捨てられないいくつかのものはｄｄの家族に送らなければならなかったが、後になってみると、どれがどうしても捨てられないものなのか判断できなかった。ついにすべてのものを捨てるか箱に入れた後、郵便局との間を四日間往復して、ｄｄのものを入れた箱をｄｄの家族に送った。最後の箱を郵便局に預けた後、ｄは家に帰ってきた。そしてＢ０２号室にとどまった。

2

木2洞５０５番地の建物は、装飾のない外壁に、釉薬を塗った赤黒いれんがと青い瓦を用い、半地下に二世帯、一階に二世帯、二階に一世帯が入った構造で、キム・グィジャ婆さんは二階に一人で住んでいた。キム・グィジャの庭には、キム・グィジャが自分で土を運び、れんがでまわりを囲んで作った花壇があり、サルビア、鶏頭、コスモス、くちなしや春菊、黄色いさくらんぼが実る桜桃の若木が一本……そして、偶然芽を出した株からキム・グィジャが種子を取って花壇にまいたケシが育っていた。赤や黄色や白のその花たちの中心は黒く、一重の花が散ると、オリーブの形をした子房が残った。近所の老婆たちが日傘をさして、キム・グィジャのケシを見にやってきた。これがケシなのかい……腹痛や歯痛、胸の痛みにこんなにいいものはないよ、これは本物だね……青緑色で端がぎざぎざの葉っぱに囲まれたケシの茎はきわめて細かったが、花が散った後も折れたり曲がったりせず、まっすぐ立ったままで枯れていった。キム・グィジャはまだ実の入っていない子房に切れ目を入れて乳液を集め、茎と子房が全部枯れると丸ごと抜いて束にして保管しておいた。キム・グィジャの庭に遊びに来る老婆たちは、ケシの乳液を煮詰めたものを分け合って飲み、庭に寝そべって遊んだ。dは彼女たちから餅菓子や水正果（スジョングァ）［干し柿と肉桂を使った、さっぱりして甘い伝統的飲みもの］をもらって食べた。彼女らが日光を避けて敷物を広げている日陰が、Ｂ０２号室の窓のすぐ前だったから。

ほらほら、お餅をおあがり……お若い方、それと　これも飲んでごらんな　肉桂をどっさり入れて煮立てたから　すーっとして胸にいいんだよ……キム・グィジャと彼女の訪問客たちは、人絹で仕立てた夏服を着て、木の枝や唐草模様が描かれた扇子でてんでに顔をあおぎながら、餅菓子や飲み物をdに勧めた。dは彼女らが窓のむこうから差し出す皿を受け取った。彼女らが皿を差し出すとき、皿の縁を持つ手も、扇子を持ったもう一方の手も日焼けして色が濃く、やわらかそうだが頑丈そうに見えた。彼女らは日の出ている間は日陰にいて、彼女らの子どもたちとお天気と、どんどん衰えていく食欲と、もう自分で醤油を仕込んだりしない世相と、戦争について話した。キム・グィジャは、昨日の午後……昼寝をして目を覚まし、サイレンを聞き、彼女の記憶では民防衛訓練［有事に備えた軍事避難訓練。サイレンとともに人と車輌の移動が規制される］のある日でないことははっきりしていたので、間違いなく空襲警報だと思い、ああお母さん……と座り込んでしまったが、ちょっと後になって花と植木鉢を売るトラックの行商の拡声器の音だとわかった、と言った。老婆たちは大いに共感し、自分たちもそんな勘違いをしたことがあるし、全く同じ理由でびくっとしたことがあると言った。しかもそのうち一度は本当だったのだから、その勘違いはまったくの的はずれではないと言って、一九八三年二月二十五日に仁川（インチョン）が爆撃されているという誤報から始まったイ・ウンピョン大尉の帰順事件の話をした。当時、それぞれソウルと烏山（オサン）と京畿道広州（キョンギドクァンジュ）に住んでいた彼女らは、新聞とテレビを通してイ・ウンピョン大尉を目撃し、すっかり驚いてしまったのだが、その理由は彼があまりにすらりとした美男子だったからで。北朝鮮に住むすべての人間は、人民か軍人かを問わず全員がろくに食べるものもなく、不細工で、アカの手先どもだと思ってきたのに、思いのほか洗練された戦闘機に乗って現れた北朝鮮の大尉はアカの手先というよりは美男子で、だったら北の状況は、思っていたような共産主義者の奴隷状態なんかじゃないのかも……しれないという疑問が湧いたが、一方あんなかっこいい軍人が自由に飢えて、自分の戦闘機で北を離陸した後、一度もどこも経由せずノンストップで南に飛んできたことは、北がいかに共産主義のえじきであるかを、同時に自分たちの住むこちら側がいかに自由ないいところかを語る証拠だったと、彼女らはお互いの言うことを肯定し合いながら話していた。そうだよ、だけどね……そのいいものはいつだって、一度の戦争で、一日とか、半日の半分もかからない爆撃によってすっからかんの瓦礫の山になってしまうことを私らは知ってるんだ……お若い方はそれを知っているかね、私らは身に染みてわかってる……若いときに最初の戦争を経験した彼女らは、人生の中でいつ何時でも二度めの戦争が起こりうると思い、それは思うというよりほとんど無意識の確信と予感であり、それを抱えて生きてきたため、ときおり、知らず知らずのうちに同じようにして過去が今でもここに現存していると認めるしかないことがあり、そう考えると自分たちの人生の内側では……つまり心の中では……戦争が完全に中断されたことはないみたいだ、と言った。そんなわけだから、トラックの物売りの拡声器の声が空襲警報のサイレンに聞こえることもあるのだし……これは夢なのか、現実なのかって……だってお聞きよ、人が死ぬのを私が初めて見たのは一九五〇年の六月に漢(ハン)江(ガン)の橋が落ちたとき［六月二十八日、ソウルに侵攻してきた北朝鮮軍を足止めするために漢江にかかる人道橋と鉄橋が爆破された］なんだけど……そのとき私には夫がいて、子どもが二人いたんだよ。子どもの一人は夫が肩車して、もう一人を私がおぶって、怖いから夜中に、大勢の人たちに押されるようにして歩いていったんだけど、橋を渡りきる前に背中の方からタァーンって音がして、私は前に倒れて、ちょっとしたら何かが私の手の甲にぽたぽた落ちたんだ。倒れてて、やっと立ち上がって、みんなに押されてもう必死で……何だか滑りやすいものをずずーっと踏んづけながらその道を歩いて、歩いて……後ろの方がどうなってるか見ることもできないで、ただもう進んでったんだ。川を渡りきってまっ暗なこっち側に着いてみたら、うちの人も上の子もいないの。もうこっちに来てるだろう、どっかにいるだろうって、戻ることもできないしね、そう信じて私、ただ歩いてったんだよ。なんにも食べずなんにも飲まずに、みんなが行く方へ歩いて、走って。そしたら私を追い抜いた人が教えてくれたの、あんた死んだ子おんぶしてるよって。おくるみを開けてみたら、赤ん坊の頭の後ろ側が全部吹っ飛んでるんだ。まっ赤な頭蓋骨がすっかり見えてて。あの子を前に抱いていたら、私の背中が吹っ飛ばされてたんだね。こんな話をしても私は泣かないよ。泣けないよ。あのときも泣けなかったし今も泣けない。ただもう、ああ、恐ろしいって……あんまり怖くて振り返ることもできないでそこを抜けると、まっ暗で、手ぶらで、一人ぼっちでさ。もう、怖くて寂しくて……大急ぎで相手見つけて所帯を持って、娘を産んだんだよ。その娘が娘を産んで、二人とも元気で今、水色（スセク）に住んでる。孫が私に似てるんだ。だけどその子とそのお袋がうちに来るたび、ここは汚いとか何とか、こごとを言うんだよ。何をそんなにため込んで暮らしてるんだって、ものをごちゃごちゃ置いとかないで捨てなさいって。私にしたら全部使えるものなのに、近所の人に見られるのが恥ずかしいって。お若い旦那、今すぐ必要なものを一個二個、言ってごらん。うちに全部あるよ、何だってあるんだから……お餅をもっと食べるかい？　それじゃ　もうちょっとお聞きなさい　私はずうっと南の方まで行ってきてね……昼は歩いて、夜は男たちが私の腹の上に乗ってこられないように、塀とか木に背中でもたれて立ったままとうとして、日が上ったらまたずーっと歩いていったんだよ、南へ……ちょうど、やっと避難民が来るようになったばかりの田舎の村には、まだ本格的な戦争が到達していなくて、何も壊れてないしとっても静かで、キム・グィジャはそのときそこでぐっすり眠りたかったと言った。あるとき昼間に、どっかの家の塀に私がもたれて休んでたとき……その塀がすごく冷たくて、私もすっかり疲れてくたびれていて、もうここで眠って目が覚めなきゃいいって思ってたんだけど、ふっと我に返ってみたら、その塀にひょうたんがなってたんだよ。青びょうたんね、まだ若いけど、食べられるくらいにはなったひょうたんが……白っぽくて、青々してて、それが本当にきれいで、手で握ってみてからもいだんだ。私があのときそれをぷつんともいだのは、どうしても食べたかったわけじゃなくて、ただもううっとりするくらいきれいだったからね、十何個かあったうちの一個をつかんで、蔓からぷつんって、もいだんだよ。なのにその家の女がさっと門を開けて出てきて、うちのひょうたんを取るんじゃないよこの泥棒女、ひょうたん泥棒ってものすごい勢いで言って、私の手からひょうたんをバッと持ってってったの。私と年がぴったり同じぐらいのその女が、品のいい顔で髪もきれいにしてたからに、この泥棒女って……そのとき……まっ昼間から、恨めしくて、恥ずかしくて、涙が出たよ。そのとき私、たいがい驚いて、気がついたのさ、私が泣いてる、恥ずかしいのがわかるんだ、ああ生きてるなあと。そしたらこんどはそれが嬉しくて、涙が出て出てきりがなくて。生きなくちゃ、せっかくここまで生きたんだから最後まで生きてみようって確かに覚悟を決めたんだ……そうやってしっかりはっきり心が決まったのはあの恥ずかしさのおかげで、あれが私を生かしたの。つまり、あれが今まで私をね……私の年齢……いーち、にーい、さーん、しい……って数えてったらもうほとんど百年にもなるんだねえ……こんなに歳月が流れても私はあれが忘れられない。あれだけはね、あの気持ちはね。孫と娘は、私の暮らしっぷりが汚くて恥ずかしいって言うけど……何が恥ずかしいんかね？　そんなのは私の知ってる恥のうちには入らないさ。生きてる者の生活がぐちゃぐちゃなのはどうしようもないことだろ、恥じゃない……

　正午を過ぎ、午後も遅くなると太陽は移動し、日なたと日陰が入れ替わった。キム・グィジャと訪問客たちの足元に置いてある水正果の入ったガラスの器は日差しの中に露出しており、その反射光がdの地下の部屋に降りてきて壁の上でゆらゆらした。目の粗い網のようなその光を眺めながらdは多くのことを考え、dが考えに沈んでいる間に彼女らはほとんどすべてのことについて話した。花粉と土と戦争と調味料について……一人が語る話のようで、三人が交代で語る話のようでもあるそれを聞きながらdは、彼女らがちょっとむこうへ行ってくれないか、もういい加減、自分の窓の前で、茶色い斑点のある赤茶色の唇でおしゃべりするのをやめてくれないかと思いつつも、彼女らの話にすがってみたくもあり、といって、家賃を払う日になったらドアをたたくから手だけを、ね、ドアをほんのちょっと開けてお金を持った手だけ突き出せばいいと言ったキム・グィジャと、最初の対面で胸の方へぬっと突き出された彼女の白い手を思い出すとうんざりな気持ちになりもし、しまいには何もかも消えてくれりゃいいのにと思い……そして、あんたのがらくたはあったかくないか、本当に、むかつくくらいあったかかったりしないかと、実はいつもそう聞いてみたかったのだが、もっとひどいときには、それがあったかくないわけがあるかと今すぐ叫んでもおかしくないほど心がすさんでいるのに、壁を眺める、もう少し正確には壁の上でゆらめく光の網を眺めるdの顔は静かで、そのまなざしも彼女らのそれと同じように静かで朦朧としていた。夏だった。dは彼女らの正午に混じったまま、細長い、空っぽの容器のような一つの空間として存在し……壁に夜が染みわたり、それより明るい色で昼が広がり、また次第に夜が染みていくのを見守った。

心はどこにあるか。

人間の心はあごにあると、dは思った。なぜなら、あごが痛かったから。

dは一日じゅう口を閉じており、ときどき血の味を感じて口を開けたが、どんなに舌で探っても出血はなく、ただそのたびに、それまで自分がどんなに口を、あごを、固く食いしばっていたかを知った。特に夜、口をぎゅっと閉じ、目を開けたままで暗闇の中にいると肉体は稀薄になり、まるで物体のようにあごが残っていると、そんな気がするときがあったが、そんなときには見えるものも聞こえるものも懐かしいものも触れるものも悲しいものもなく、ひたすら、あごだ、今は、あごだ、これだけがあるのだと思うようになった。だから最終的に心はあごにある。心はいつも決定的で、最終的だから。最終的にあごが残ったのなら、心は、ここに。上あごと下あご、あごを押すあご、上あごと下あごの間に、異なる極どうしがくっつく磁石みたいにぎゅっと付着しているその間隔に、かろうじて。錆びた錠で固く封じられたような口の中に。こわばった舌と、火薬の味のする唾に。

心はそんなところにある。

一九五〇年六月二十八日に漢江の橋を渡りきったときキム・グィジャ婆さんは、自分が足で踏んづけてきた滑るものたちの一つに、さっき橋を破壊してのけた爆発の残光の中で偶然気づき、それは誰かの顔だったと言ったよな。ひょうたんの四分の一ぐらいの分量の、骨片にくっついた人間の顔。dはその顔のことを考えつづけた。言うまでもなくそれは、誰かの頭蓋骨と結びついた完全な顔だったのだ。二十八個の骨が美しく嚙み合って閉じた頭蓋骨。その人はその頭蓋骨の中に脳を持っていて、それによって一生けんめい考えたり、何かや誰かを記憶もし、忘却もしながら生きていたんだ。脳は丸い……それが丸い理由は、頭蓋骨というものが、美しくて頑丈な球という形態で閉じているからだ。頭蓋骨という枠があるから、それが固有の形態を持ちそれぞれのパターンで完璧に閉じているから、脳は丸い形を維持することができるんだ。つまり生の形を……

枠から出てしまったら脳はただ、力なくほどけた、ぐにゃぐにゃした紐というだけ。それぞれの頭蓋骨はそれぞれのパターンで嚙み合っているよな。十人いれば十種類、百人いれば百種類のパターンで。百万人いれば百万種類のパターンで。それぞれたった一つしかないのだから、一個の頭蓋骨、それが崩壊したときに世界は、唯一だった一種類の、さっき壊れたそのパターンを喪失する。永遠に歳月が流れるとしても戻ってこないそのパターンを。だけどそれが何の関係があるんでしょうか　そんな喪失なんか　世界にとって……そういうことはそのようにして起こる。ただもう、そのように。そのように……ｄｄのパターンは美しかったのだろうな。万人の中でも僕には見分けがついたあの顔の中で、固有に噛み合っていたのだろう。それが、唯一だから二度と戻らない、生きているうちに二度と会えないそれが……僕のそばからすーっと消えたとき、すーっと抜け出していって遠くの、跳ね上がる雨水でじりじり湧き返っているようだった黒い道路の上に投げ出される直前、僕はｄｄをつかまえられず、やがてすべてがあの路上で……僕らがいつも通っていた道の上で、中断された。ところであれは何の結果なのだろう……何かの、結果ではあるのだろうか。

　誰かがＢ０２号室のドアをたたいたが、ｄは反応しなかった。誰かは翌日また来た。ｄはドアをたたく音を聞き、家のまわりを歩き回る足音を聞いた。ソールが固くて薄い紳士靴をはいた人だなとｄは推量した。足の指か足の横か、どこかに相当すきまの残った靴をはいて歩く足音だった。その靴はとてもよく磨かれているなとｄは思った。毎日靴を磨くのがその靴をはいた人の習慣かもしれないし、そうでない可能性もあるが、とにかくあの靴は今日、とてもよく磨いてあるのだろう……キム・グィジャの庭の門を開けて、誰かが庭を歩き回っていた。しばらく後、ｄは庭に面した窓が少しずつ開くのを見た。きしみながら窓がちょっと開き、少しするとまたもうちょっと開いた。dは窓の前にしゃがんで部屋をのぞき込んでいる男を見た。彼の後ろにキム・グィジャの花壇が見えた。ケシとサルビアと鶏頭が、何日も水をやってないようにだらりと伸びて枯れていた。

dは男を見上げた。誰かと尋ねる代わりに、彼の顔を仔細に見た。目と口の輪郭がはっきりして、髪も端正に整えられていたが、鼻筋が左に曲がっているので歪んで見える顔だった。男は半地下の部屋とdをゆっくり見回した後、自分は大家の婿だと言い、いるのになぜいないふりをするのかと尋ねた。毎月の家賃がかなりたまっているし、ドアをノックしても返事もないから、もういないのかと思っていたと彼は言った。dは餅菓子を待った。そしてキム・グィジャの水正果を。男はそのどちらもくれず、窓のむこうからdを見おろしていたが、キム・グィジャはホスピスに入ったと言い、すでに合法的に多量のモルヒネを投与されて安らかな夢に浸っており、無痛のままで残された時間を過ごして死んでいくだろうと、そう言いはしなかったが、男の尋常で平然とした目からdはそれらすべてを読み取った。dが何かを言おうとした瞬間、キム・グィジャの婿が膝に手をついて立ち上がった。彼は、この部屋はどうなっているのかと聞き、dが答えずにいると、もともとこうなのかと尋ねた。

もともと？

だから……本来こうだったのか。

dは男の足を見上げてから、こう答えた。そうですよ　本当です　あんたのおっしゃる通り、この部屋は本来こうでした。

ドアを開けてdが最初に聞いたのはモーター音だった。いまだに夏であり、猛暑警報発令中の真昼であり、エアコンの室外機たちがウィーンウィーンと鳴り、ジーンジーンと鳴り、あちこちで大気を炙っていた。dは歩いて通りを抜けた。鼻の中がすっかり乾き、服がぶかぶかに感じられ、実際にもぶかぶかだったが、足は冷たく歩みは軽かった。日の当たっている方をすたすたと歩いた。道が熱く、それがdには気に入った。すべてのものが熱いので、ものの温度がろくに感じられない点が気に入った。歩くたびに腹と太ももとふくらはぎにまとわりつく服の生地、靴といったものの温度がそれよりも熱い大気の中にみごとに埋もれているのが。夏はいいな、すべてがもっと大気に浸っていたらいいのに、世界はこの熱さの中にずっといた方がいいとdは思った。日差しが照りつける通りを冬服で歩いた。何日着たかわからないセーターとしわだらけのコットンパンツという身なりで、げっそりやせた頬はまばらに伸びたひげにおおわれており、胸には何日か前の夜中に吐いたときについた跡がずっと残っていた。頭と腋と股は長い間洗っていないので匂いを放っていた。彼のそばを通る人たちが匂いをかいで顔をしかめた。dは意に介さず目を輝かせた。初めて真昼を経験するように頭を上げていた。dはほとんど嬉しかった。久々の直立と歩行をはっきりと感覚しながら直進した。足がめっぽう、軽かった。関節たちは、滑らかに動く薄い付属品で作られたように素早く軽く動いた。しかし、すぐに混乱が押し寄せてきた。歩く速度が速すぎて、感覚が裏返るのだ。直進しているのに同じ場所をぐるぐる回っているみたいで、あまりに速く回転する回りどうろうのように……町の風景がごちゃごちゃに混ざって押し寄せてきては後戻りするせいで、どんなものも、誰も、結局は何もはっきり見ることができなかった。足と膝ががちがちになり、とうとう痛みで止まるしかなくなったとき、そのときdは立ち止まった。ここがどこか、どのへんまで来たのか考えてみることもできないほど疲れて、ただ立っていた。停留所から6623番のバスが排気ガスを吐いて出ていった。dの足の前では誰かが落とした銅貨が、丸く、平たく、地面に貼りついていた。

それをじっと見おろしながらdは、外にいるのにちっとも外という気がしないと思った。長いこと部屋に閉じこもっていて、自分からドアを開けて出てきたが、ここはまだどこかの内側で、小さな袋から少しだけ小さくない袋へ移動しただけだという気がした。大気は驚くほど親密でありながら旧態依然だった。そして……そうだ、あんたのおっしゃる通り、この部屋は本来、こうだった。

dはそれまで、自分が何かを失ったと思い、自分の世界が変わったと信じていた。だが、そんなんじゃない。本来の状態に戻っただけだと思った。ddが例外だった。ddがこの世に、dの世界に存在していた時期が、dの人生での例外。従って僕は変わったのではなく、本来に戻ってきたのだ……dは開けていた口を閉めた。冷たいのに熱い金属の槍のように、両の耳を貫くものがあった。dはそれまでの痕跡が、遠くて長い軌跡を描いた末に自分に戻ってきたことを感じた。世界は雑音に満ちていた。

3

dはキム・グィジャの婿にたまっていた家賃を払ってB02号室を出た。江西区傍花洞（パンファドン）580番地に新しく部屋を借りて、六か月分の家賃を先払いで支払った。ベッドと机があり、窓と保証金がなく、月に家賃を三十八万ウォン払わなくてはならない部屋だった。前に住んでいた人の壁紙と机と毛布と枕が、掃除も洗濯もしてないままでdのものとなった。枕は湿っぽくて汚れており、毛布には白髪が何本かくっついており、机の隅には固くなったパンくずが散らばっていた。三星考試院（サムソンコシウォン）［考試院はもともと国家試験の受験勉強をする人のための狭小な賃貸スペース。家賃が安いため経済的困難を抱えた人が利用するようになった］の15号室だ。その部屋の向かいにはそれと何の違いもない部屋があり、狭い廊下に沿って似たような部屋が何十室もあり、廊下はいくつもの角によって複雑に分かれて迷路のようだった。リノリウムの床には埃がたまっており、玄関には公衆浴場で見られるのと同じ巨大な靴箱があったが、空きはなかった。壁にかかった鏡の前には鎖で結わえられた消火器と公衆電話があった。骨董品店にあってもおかしくないそれらの物品は飾りではなく実用品で、テレフォンカードは使えず、十ウォンか五十ウォンか百ウォンの硬貨を入れて使用する。硬貨が落ちる速度がとても速いので、電話をかけようとする人たちは片手いっぱいに小銭を握りしめていなければならなかった。

dの部屋がそこから近かったため、dは自分の部屋で、公衆電話でどこかへ電話している中国人や韓国人の言葉を聞いた。相手の言葉は聞こえないから、一方的な発声として言葉が聞こえてくる。金を送ったとか、金をもっと送ってくれとか。健康かと尋ねたり、どこかがちょっと具合が悪いとか。会いたいとか殺してやるとか。dはマットレスに寝るか座るかして、その共同空間の雑音を聞いた。硬貨の落ちる音、足を引きずって歩く音、ため息、誰かがドアを閉めたり、洟をかんだり咳をしたり、脈絡なく罵倒したり、麺類をすする音。こんなに大勢の人たちがこれほどの密度で集まっているのに会話はなく、人に出くわすことも稀だった。静かだから、彼らの気配はいっそうよく聞こえた。dはろくに眠れなかった。

長期の無断欠勤によってすでに解雇された状態だったので、dは鍾路(チョンノ)区長沙洞(チャンサドン)の世運商街(セウンサンガ)［一九六七年に建てられた韓国初の大型住宅商業複合ビル。特に電気街として隆盛を極めていたが、九〇年代後半以後は徐々に衰退し、二〇一四年から再開発が始まった］に新しい仕事を見つけた。宅配の荷物を収集して車に積み込む仕事だった。出勤時間は昼飯どきだったが、毎日早めに考試院を出た。コンビニで弁当と水を一本買い、座る椅子のある区民会館まで歩いていって、プールを見おろしながら弁当を食べた。たいていは、焼肉のたれで煮つけたじゃがいもとにんじんがいっぱい載った丼ものを割り箸でゆっくりとつまんで食べ、泳いでいる人々を見守った。午前七時から七時半の間に。区民会館に付設されたプールは天井から床まで三階構造で、会館の中心となる施設だった。水をたたえた青い水槽は地下一階にあったが、あまりにも巨大なので壁も同然の南側の窓から一日じゅう日が入るため、水面がきらきらしていた。その窓からは八本のレーンを見おろすことができた。

dは、レーンに沿ってバタフライで泳いでいく人たちの頭と腕が静かに水の外へ突き出してはまた水中に入る光景を見守った。たった今到着した人たちが背中を丸めて水に入っていく。さっき水から出てきた人たちは濡れた手で濡れた口をぬぐっていた。その口が感じる味。しょっぱくてぬるい水と、塩素系殺菌剤。dもその味を知っていた。月曜日、火曜日、水曜日、木曜日、金曜日。毎日泳ぐ人々。プール監視員が吹くホイッスルの音が窓を貫通して聞こえてきた。こんな光景がガラスの上を流れ落ちる水のように、どこにも染み込むことができないままdの表面で滑った。dは飯を食べ水を飲むときに見るものが必要なのでそこに行き、それを見ていることについては何も考えなかった。そこには何の印象を与えるものも、動揺させるものもなかった。その透明ですっきりした空間が目の前でいきなり半分に折りたたまれたとしても、dが驚くことはなかっただろう。飯を食べて水を飲んだ。機械的にあごを動かし、飲み込んでいると、飲み込んだものがみぞおちにたまった。

小さいとき……僕らが落雷の跡を一緒に見たと、ddは言ったよな。でも僕にはその記憶がない。そのとき僕ら、一緒にいたの、そうだったのと尋ね、ちょっとびっくりしながら聞いたその話をdは思い返した。ddがその記憶に存在してないのは変だと思いながら、dはその話について何度も考え、それと似た状況で誰かと話をした憶えがあると思いはじめた。誰かと雷が落ちた跡を見つめていた記憶、そうだ、その記憶だ。だが、それが誰だったのかは初めのうちはっきりせず、草の匂い、接着剤の匂いとも似た汗の匂い、若干酸っぱい匂いをかいだとdは思うようになった。今ではその記憶は間違いなくdにある。そしてその光景をときどき夢で見た。ddとd。二人の子どもが小さな背中を丸めて座り、教室の床をじっと見つめている後ろ姿を。それを自分が見ている夢だった。ddはそのときもひどく小さくて、腕を差しのべて抱き上げたらそのまま持ち上がりそうで、それさえできればddの命を助けられる、ddを生かすことができるとdは夢の中で思ったが、しかしその夢の中でdには腕がなかったから、それができなかった。毎回その夢から覚めるとき、dは自分が聞いていた音、世界の雑音が激しい流れのようにその後ろ姿を押し流していく光景を目撃した。束手無策とはまさに、このことだった。dの夢はすさまじい叫び声で終わり、それが終わるや否や現実がすさまじい静けさの中で続いた。

毎日、出勤途中にdは大型広告を見た。その道にそれがあった。俳優の上半身が巨大に出力された化粧品ブランドの広告写真だ。俳優の鼻の先に茶色いほくろがあったが、パウダーを塗ってあるため若干曇って見えた。dはそれを見るたび、ddの手にあったほくろのことを考えた。ddは清潔な手に関して若干の強迫観念があり、特に指のささくれに耐えられず、それができると歯で噛み切るか、手でむしった。一度など、その下の肉にまで及んだために出血した。右手の薬指、爪のすぐ上に。その傷跡は茶褐色の跡になって残った。皮膚の下にたまった血がどこにも吸収されず、そこに固まって小さな点になった。水滴のような形の茶褐色の点。あんなに小さな傷でも痕跡を残すのに、ddの死は……とdは思った。あの死は僕に、ちっぽけな点さえ残さなかった。言い換えるなら、この生は僕に、取るに足りない点一個も残してくれなかったんだな。

あるときdが602番のバスで出勤する途中、バスの運転手が何度も曲芸のように車線を変えながら運転したので、そのたびに乗客の体が右へ左へと大揺れになった。バスが次の停留所に近づいてスピードを落としはじめたとき、dは運転席の方へ体を傾けて、まっすぐ運転しろと言った。何?　何ですか?　まっすぐ運転してくださいよ　ちゃんとやってくださいよ。え?　何ですか?　まっすぐ……まっすぐ運転しろって言ってんだよこのクソ野郎。あー、お客さん後ろ行っててください よ　危ないから　後ろにって言ってんでしょ。dは彼がひどく恥知らずだと思い、頑として聞こえないふりをする彼にむかついて顔をしかめた。しかし自分の席に戻ろうとして振り向いたときdは、運転手よりもdの方にむかつき、警戒し、こちらを見つめている乗客たちの顔を見、ちょうどそのとき開いたドアから、目的地でもない停留所に降りた。漢江と安養川（アニャン）の間の土手道だった。週末などに漢江の川辺に降りて散歩する人が少しいるだけで、ふだんは乗る人も降りる人も稀な停留所だった。厄介な荷物を放り出すように、バスはdを置いてどんがらがらと発車した。dは憎悪に身を震わせながらバスが去った方向へ歩きはじめ、狂ったように一人で怒鳴り、やがて黙った。川風がdの顔を乾かした。幻滅と嫌悪。それがdに可能だった。なぜ、いけないんだ。dはその後ときどき歩いて川を渡った。可能な感情を抱いて生きた。

dは世運商街でたくさんの物品を扱った。そこは男たちが吸うタバコと、汚水と、ものたちの世界だった。商人以外に往来する者はほとんどなく、空き店舗も多く、商街全体がほぼ廃業寸前、みたいな雰囲気だったが、夜になると集荷場として使われている一階駐車場にすさまじい量の荷物が集まった。dの仕事はその荷物を集荷し、分類し、トラックに積み込むことだった。dは昼ごろから、何も書いていない伝票の束を持って事業所を訪ね、送るものがあるかと聞いて回った。ないと言われれば次の事業所に行き、あるという返事を聞いたらすぐに伝票を書き、箱詰めにされ包装された荷物に貼り、事業主に伝票原本をはがして渡した後、荷物を一階に運んだ。ものたちは相変わらず嫌な感じに生あたたかかったが、あまりに忙しく体が辛かったので耐えられた。エレベーターがたった一台しかなく、宅配や出前のスタッフがそれに乗って上り下りすることを守衛たちが非常に嫌うため、彼らに罵倒され、言い争いながら、

ｄは一階から八階まで上り下りを反復した。世運商街及びその一帯の「部品屋通り」から出る荷物を一人で担当した。勤務時間に含まれない分類作業から始めて積み込みを終了するまで、毎日十時間以上の重労働だった。仕事が終わって帰るころには腹が減り、鍾路でうどんを食べ、夜中の十二時を少し回った時刻に15号室に帰ってきた。部屋を出たときと全く同じ、手ぶらだった。短い睡眠をとると朝食を食べに出て、そのまま出勤した。ｄは一人で過ごし、誰とも長い会話はしなかった。何も記憶に残さず、一日はその日の睡眠で終わりとなった。それがｄの日常であり、パターンとなっていた。

ある夜、ｄが商街の一階で伝票を読みながら、収集してきた宅配荷物を積み込んでいるとき、誰かが背中をクッと押して、言った。

わかるか？

4

ヨ・ソニョは一九四六年に八人きょうだいの長男として生まれた。上に姉が二人、下に弟妹が五人いた。父のヨ・ジュンゴンは末っ子が生まれた年に肺がんで死に、母のノ・ジェスンは生計費の不足を埋め合わせようとサーカス団員相手の下宿屋をやり、そこで意外な才能を見出してすいとんの商いを始め、それによって八人きょうだいを育てた。昔は訥語里（ヌロ）、日帝時代には松亭里（ソンジョン）、一九六三年以後には空港洞（コンハンドン）と名づけられた場所にその家はあった。

ヨ・ソニョは成長期を通してずっと、名前が少女（ソニョ）と同音であるために同級生や先輩にからかわれたりけんかをふっかけられたりし、その相手をするうちに鍛えられた。きゅっと詰まった小柄な体で首は短く、その上の頭はしっかりして、握力が強かったが、ヨ・ソニョ本人が最も自信を持っていたのは歯だった。彼はそれでパイプに刺さった釘も抜くことができたと自慢していたが、人前でも一人のときでも、何かを誇示したいとか、暇だとか、釘抜きを取りに行くのが面倒くさいなどの理由でよく歯を使って釘を抜いた。

彼は電気専門の高校で技術を学び、空港洞にあった電気屋に見習いとして勤めた。見よう見まねで仕事を覚えるのが早く、腕もよく、故障を上手に直したので、短い見習い生活を終えた後、姉たちの支援で清渓川(チョンゲチョン)に小さな修理店を開いた。ラジオ、テレビ、扇風機にオーディオ……家電製品なら何でも引き受けたが、ある年の冬に電子レンジを修理していて腕にやけどを負って以来、スピーカーとアンプの修理に仕事を絞った。一九六七年は世運商街の一部である「カ棟」と「ナ棟」［日本語でいえば五十音の「あ棟」と「か棟」のようなもの］が竣工した年であり、ヨ・ソニョが清渓川に修理店を開いた年だった。ヨ・ソニョは商街の開館式の日を覚えていた。朴正熙(パクチョンヒ)大統領と夫人の陸(ユク)英修(ヨンス)が、かわいらしい洋服を着た息子の朴志晩(パクチマン)を連れて二階の洋品店を訪れ、子ども用のズボンを買っているとき、ヨ・ソニョはそれを直接見ることはできなかったが、商街をとりまいた人波の中に混じって夢の建築を、切り立つような屋上を眺めていた。彼が首を後ろへそらして仰いだ世運商街の「カ棟」は、四階までが一般商店街、五階から上が中央ホールのついた住居空間だった。タイル貼りのキッチンと温水供給システムと壁から降りてくるベッドがついた、大韓民国初の新型住商複合施設。

ヨ・ソニョは商街の繁栄と同時進行した住居空間の衰退を間近で見守り、七〇年代後半、駐車場が狭すぎることや、周辺の環境がよくないことを理由に住民が出ていった時期に五階に入り込んだ。ヨ・ソニョは以後三十六年間、下の階に降りなかった。九〇年代以後、商売が徐々に衰退してお客も減り、商人も減り、下の階に空き店舗が増え、賃貸料がさらに下がっても五階の賃貸にこだわったが、なぜなら四階までは夜中の十二時を過ぎると防火扉に錠がかかってしまうからだった。遅く出勤してきて夜中に帰る彼には、常に開いているドアが必要だった。

ヨ・ソニョは564号室で十年働いてから568号室に移転し、数年後にまた564号室へ戻った。ひさしがないため雨が降ると窓を閉めても雨水が吹き込み、穴のあいた天井からときどきネズミのふんが落ちてくることもあった564号室は、きれいに修理されていた。ひさしもついていたし、ペンキもきれいに塗られていたし。ヨ・ソニョは非常に満足してその空間を古いアンプでいっぱいにし、いつもしていたように裸電球の明かりの中に頭を突っ込んでアンプを修理した。

だが最近、彼はある質問を受けた。

彼の娘が彼に尋ねた。

あの人たちはみんなどこへ行ったの?

だって……世運商街には人が大勢いたじゃない。パパの知り合いの人たち。パパと同じぐらい長くあそこで商売してた人たち。私が小さいときママと一緒に修理店に行くと、ソフトクリームとかポテトチップスとか羊羹とか買ってくれたおじさんやおばさんたち。あの人たちは今は、商街にほとんど残っていないけど、みんなどこへ行ったのかと娘は聞いていた。どこへ行ったのかって? ヨ・ソニョは内心驚きながら答えた。いや、まあ……行っちまったんだ。みんな、な。

どこへ?

どっか移った人もいるし、ほんとにいなくなった人もいるし。

ヨ・ソニョはその話を続けたくなかったので気乗りのしない様子でそう答え、娘もそれ以上しつこく聞きはしなかった。しかしその後、ヨ・ソニョはその質問を反芻した。机の前でドライバーを握ったまましばしば思いにふけり、何か考えては途中でやめたり、うるさい虫を追い払うようにドライバーで頭上の虚空を引っかき回したりした。そしてまたドライバーを握りしめたまま考え込んだ。

ヨ・ソニョは空港洞から傍花洞へ、傍花洞からまた空港洞へと引っ越してきて、江西区以外に家を持ったことがなく、生涯、西から北へ、北から西へと重なる動線を描いて暮らしてきた。家族を除き、彼が今まで会った人々の大半が世運商街で会った者たちだったが、そうした知り合いのうち、今そこに残っている人はいくらもおらず、ヨ・ソニョは今さらながらそれについて考えているところだった。映像の仕事をしているユ氏や中古オーディオ商のペク先生、トランスのイ氏、ケーブルのキム氏、五階のウンソンスーパーのおばさんキム・ウンソン。彼らはヨ・ソニョと同様、残った人々だ。

といってもキム・ウンソン女史は、五階を通る人自体が稀なので、他の人に店を譲って出ていく準備をしていた。ちょうど先週、疲れた顔をした彼女が修理店に持ってきて見せてくれたつけ買いの帳簿には、修理店との最初の取引の日付が一九九六年と記入されていた。カップラーメン一個、ドリンク剤一本、タバコ一箱。キム・ウンソン女史とヨ・ソニョは帳簿を一枚ずつめくって未払い項目を確認し、ヨ・ソニョは彼女に八万七千八百ウォンを現金で支払った。そのときキム・ウンソン女史がまけてくれた八百ウォンが、まだヨ・ソニョのポケットに入っていた。

何年か前まではいつだって、修理店の外に出れば商街のどこかに行くところがあり、訪ねていける人がいた、とヨ・ソニョは考えた。挨拶なしですーっと入っていって、あれをくれと言えばそれだとわかり、間違いなくそれをくれた人たち、詐欺師みたいな連中、ほんものの詐欺師ども、それでも俺が見たところとてもいい人たちだった彼らと、次の世でも会えるだろうか、長らく困ったもんだと思って見ているうちに情が移ってしまった人間たち……オーディオを売っていた人たち、部品商たち、トランス技術者、スピーカー製造業者、本物そっくりにロゴのラベルを作る技術を持っていた老人たち、その他の技術者たち。同じ空間で一時期を経験した人たち。その人たちがみんな、どこへ行ったのかと？　ヨ・ソニョはその質問を思い返すたび、彼らの不在と自分の残留と、すでに迫りつつある自分自身の不在をいちどきに考えた。そのように仕向ける質問だった。ヨ・ソニョは意気阻喪し、寂しくなった。故障した機械の中をずっとのぞき込んでいてふと顔を上げてみたら、彼の修理店は人の世の寂寞（せきばく）の果てに至っていた。人気のない荒地のほとりに。

ヨ・ソニョはしびれた奥歯を舌で触りながら椅子にもたれた。椅子はカタカタと音を立てて後ろへ傾いた。オシロスコープの中で細い緑色の波動が刺激を待ちながら水平に流れており、無秩序が秩序である作業台の上には、午前中にヨ・ソニョが包装をはがしておいたマランツ2325が、埃の積もった内部を見せて置かれていた。蠟を捺すのに使うコテを載せた金属の皿は、タバコを強く押しつけて消した跡でいっぱいだった。硬貨とねじとばねと、黒もしくは銀白色の鉄粉とＩＣチップ、そんなものたちが一つかみ振りまいたようにものたちのすきまに散らかり、重なっていた。

ヨ・ソニョはもう、歯で釘を抜かなかった。そんなことは考えもしなかった。自分の持っているものの中でいちばん丈夫だと思っていた歯はもう何年も前からだめになっていた。初めて前歯に青い縦線ができたのが八年前だ。歯が腐りだして初めて目に見えるようになった亀裂だ。一か所二か所ではない。前歯はその、長年にわたってできた亀裂に沿って腐っていき、歯根を残したままでぽろりと折れ、奥歯何本かは彼が飯を食べているとき、石膏のかたまりのように口の中で割れた。ヨ・ソニョは奥歯があったところにインプラントを三本入れていた。それではとても足りないが、歯槽骨がほとんどないので、まともにねじを設置できる場所が三か所しかなかったのだ。何かざらざらした硬い砂のようなもので歯槽骨の代わりに歯茎の中を埋め、ねじを入れる方法もあると歯科医は言ったが、ヨ・ソニョは何となく疑わしい気がし、費用もかさんだので、さんざんぼやいたあげくその提案を断った。その結果、頼りなく残った何本かの貧弱な歯とインプラントの奥歯三個でとにかくもちこたえていた。はかばかしく嚙めないので、食べることがつまらなかった。取り外しできる入れ歯を使えばもう少しまともに嚙めるだろうが、入れ歯が大嫌いなヨ・ソニョは死ぬまでそれを使うことはないだろう。

ヨ・ソニョはマランツのアンプの中を照らしているランプを消した。両手の指を組んで腹の上に置いたまま、考えた。さあ、よく考えてみよう、全員がだぞ、全員が……ただ何となくいなくなっちまったわけはないだろう。うまくいった奴らはずっと前にここを出ていき、自家用車を乗り回し、週末にはゴルフに出かけるというわけだ。そして残りは……俺が残りだな。俺は残った。俺は今もこのビルを自分の手相のようによく知っているのに。今じゃこの大きなビルの中に、俺を知ってる人間は十人もいない。こういうのを何と言うんだっけ　うむ……ヨ・ソニョは空しくなってくる心をなだめようとして顔をしかめ、すっと立ち上がると狭い通路を行ったり来たりし、前日と前々日に受け取った宅配の箱の上に腰をかがめて伝票を一枚ずつのぞき込んだ。全州(チョンジュ)からカン・ハヨンが送ってきたフィッシャー250、城北区(ソンブク)のキムズ・オーディオから送られてきたアルテックのモノモノ……他にも小さな箱が一つあったが、そこに貼られた伝票を読んでヨ・ソニョは、それが誤配されたものであることを知った。清渓川の向こうの大林(テリム)商街に届けるべきものだった。サイズに比べて非常に重いところから見て、トランスらしい。ヨ・ソニョは巨大なさいころを扱うようにその箱を縦にしたり横にしたりして見た後、箱を持って修理店を出た。

午後八時半、平凡な冬の夜だった。ヨ・ソニョは担ぎ屋(チゲックン)たちが仕事を上がって空の背負子(しょいこ)を立てかけておいた踊り場を背にして、下の階へと降りていった。日没前までみぞれが降っていたため、階段と踊り場は濡れた足跡だらけでどろどろになっていた。商街はもう、ほぼ閉店の時刻だった。吐息が白く立ち上った。ヨ・ソニョはジャンパーを着て出てくればよかったと思いながら一階の駐車場へ降りていった。駐車場に進入する貨物車両のエンジン音が、駐車場をおおう天井にぶつかって雷のように鳴り響いた。三階のペデストリアンデッキの床でもある天井は、駐車場を出入りする車両の排気ガスでまっ黒に煤けていた。

　タバコの吸い殻と伝票から切り取った紙片が散らばった床に、箱が積んであった。今夜、商街から出ていく荷物がすべてそこに集まっていた。商街が閉まる時刻からは、そこが集荷場になる。大手配送会社の京東（キョンドン）、ローゼン、イエロー、現代（ヒョンデ）、ＫＧＢ、そしてその他の小規模配送会社が荷物を分類して積み込む集荷場として駐車場を使用しているのだ。普通は、伝票を管理する管理職が荷物の見張りをしている間に他の職員が商街を回って荷物を持ってくる。大規模な配送会社は夕方になると細長い箱のようなコンテナを開けて荷物を受けつけた。人が一人入って座れるほどの空間に机一つと出力機が置かれ、頬骨の突き出た女性がその中に座ってむっつりと配送費を計算し、伝票を出力していた。荷物は昼から少しずつ集まってきて、夕方ごろにはとてつもない量が積み上げられていた。毎日そうだった。ヨ・ソニョは京東宅配の区域を抜け、宗廟（チョンミョ）の方へ歩きながら、怪しからんことだと思った。こんなにたくさんの荷物がこんなに人の少ない商街に、こんなにぎっしり積まれているなんてあるか。通る人もいないのに、こんなにたくさん誰が買ったんだ。幽霊が買ったのか。

　商街は誰の目にも否定しがたいほど変化し、変化の方向は凋落だった。ヨ・ソニョはシャッターをおろしたオーディオ店の前を通りながら、これらの店が最もはっきり変化を感じているだろうと思った。以前は、商街をぶらぶらしてわざわざ寄っては、これをちょっと聴いてみたいと言う人たちがいた。聴き、帰っていき、次に来ると一個ずつ何か買っていき。通りすがりに。そんなことはもう起きない。行き来する人自体が稀なのだから。オンラインにはいるのだ。照明器具、電線、電気ストーブ、ホットカーペット、扇風機、ほうき、コンセントなどの生活用品を買う人々。毎晩集荷場にすさまじい規模で積み上げられる荷物の購買者は彼らであり、ヨ・ソニョにとって彼らは幽霊だった。足音もなく、顔もない幽霊。

　商街は倉庫と化しつつあった。

　この変化に適応できる人間は残り、それができない人間は出ていった。ヨ・ソニョは今まで残ったが、明確に後者の方だった。取引は活発だが、人はほとんどおらず、空き店舗は増えていき。こりゃまた奇妙奇天烈……とヨ・ソニョは思った。売れる品物でぎっしりの倉庫と、わずかにその倉庫の管理者だけが残された場所。おしまいには巨大な倉庫と、たった一人の管理者だけが残るのではないか。ヨ・ソニョはそんな荒涼とした寂しい光景を想像して口をぐっと閉じた。首に鳥肌が立ち、体が震えたが、それはこの突拍子もない想像のせいなのか、寒さのせいなのかはわからなかった。貨物トラックがクラクションを鳴らしながらヨ・ソニョの方へバックしてきた。ヨ・ソニョはぶつぶつ言いながら、小便の色をした汚水がたまった水たまりを飛び越えた。ローゼンの区域に入ると、積み込み作業のまっ最中だった。ジャンパーも着ていない人たちが汗びっしょりのシャツ姿で、フードやマスクであご口をおおって荷物を運んでいる。ヨ・ソニョはその中から、毎日修理店に立ち寄るスタッフをすぐに見つけ出し、湯気が上っているその背中に向かって近づいていった。

わかるか?

5

dは彼がぴったり接近しすぎだと思った。四角い頭と縮んだ首、しかめっ面。左右で長さが違う眉毛には白髪が混じっていた。タバコの匂い。dは最初はわけがわからず、ちょっとして彼が怒っているのだと思った。寒さで青ざめた額をひどくしかめており、黒い目でdの目をにらんで何かぶつぶつ言っていた。何を言っているのかよくわからない。彼は何かを握った手を前へ突き出し、dがとっさにそれを受け取ると背を向けて行ってしまった。dは、赤いギンガムチェックのシャツに色褪せた茶色のチョッキを着たその後ろ姿をしばらく眺めた。左手に持った箱の重さで腕が垂れ下がった。dはぼんやりと立っていたが、顔をしかめた。ちょっと前に突然押された場所に、今になって圧迫感を感じた。その部分がかゆかった。わかるか、だと？

知らない人だった。

わかるか？

dは彼の言葉の中から、かろうじてそれを聞き取った。活字のような言葉だった。聞いたというより、見たような言葉。

積み込み作業に戻ってからもdはその言葉について考え、その後も何度も何度もあの瞬間について考えた。異常なことが起きたのだ。dは彼を知らないのに知っていた。彼に背中を押されて嫌な感触が残ったときでさえ彼を知らなかったが、わかるかと彼が尋ねた瞬間、dは言葉に詰まってしまった。自分はその男を知っていた。いや、何で僕があんたを知ってるわけがある？　すぐさまそう聞き返そうと思ったが、その問いを聞き、その顔を見た瞬間、知った顔だとわかった。dは、彼がわかった。

どうして？

dはその男の店に行く道を知っていた。清渓川方面からエレベーターに乗るときは五階で鍾路方向へホールを横切り、鍾路の方から階段で上ってくるときには高い天井がついた五階のホールに入ってすぐに右折し、暗くじめじめした玄関にまっすぐ飛び込めばそこが564号室であり、その三部屋のうち二番めの部屋をその男が使っていた。dは目をつぶっていてもそこに行けた。しかも、すごく速く。この七か月間というもの日に二度ずつ、その部屋に寄っていたから。

それと同様にして、dは伝票の束を握りしめ、キム・ジョンヨプの店の前を通った。汗の匂いがした。鍾路側の駐車場から三階のペデストリアンデッキに上っていく階段の下、「時計通り」に進入する曲がり角に、彼のケーブル店があった。細いの、太いの、長いの、短いの、さまざまな電線を束にしてかけてある狭い店の中で、キム・ジョンヨプは一日じゅうオーディオでクラシック音楽をかけてダンベル体操をしている男だった。彼はいつも腕の筋肉がむき出しになる袖なしのシャツを着ており、暇があるたび、汗が出るまでダンベルの上げおろしを反復した。彼のオーディオはかなり性能がよく、音質がなめらかで、重低音がずっしりしており、鍾路から清渓川までつながる長い駐車場をバッハやドヴォルザークが貫通する空間に仕立て上げた。キム・ジョンヨプは毎日シャッターをおろす前にオーディオを止めたが、それが夜の七時ごろだった。この男のオーディオが止まって音楽が途切れたら宅配のトラックが到着する時間だということをdは知っていた。

dは「時計屋通り」に入っていった。ろくに補修されたことのない狭くて暗いこの通りは、長年の人通りと、運ばれる荷物の重さによって中央が凹んで割れていた。下水溝をおおったコンクリートの溝蓋は七〇年代の製品であり、苔におおわれて青っぽくなっていた。dは古い腕時計と色褪せた時計バンドが置いてあるガラスのショーケースの前をいくつか通り過ぎ、電球の店である錦湖社（クモ）に寄った。机の前で電球に「足」をつけていた白髪の老人が顔を上げた。dは彼の名前がユン・チュンギルだということを知っていた。ユン・チュンギル爺さんは終日、入り口の近くに置いてある傾いた机の前で、小さな電球の外部導入線、彼の表現によれば「足」を延ばす作業をしていた。注文通り、足のない電球には足をつけ、足の短い電球は足を延ばしてやり。ちょっと前までは一人でその作業をしていたが、ある日dが荷物を取りに行ってみると助手を雇っており、彼と同じくらい歳をとった老人がもう一人いた。今や錦湖社では白髪の老人が二人並んで座って電球を作っており、dが持っていくべき荷物は彼らの足元の、机のそばに積んであった。

dは手押し車に錦湖社の荷物を積んで集荷場へ戻る途中で、部品を商っている名人（ミョンイン）流通に寄った。大部分が廃業したか、廃業寸前の店たちの間でほとんど唯一、活発に取り引きしている店であり、まっすぐな姿勢で、口をつぐんだ表情がいつも何かをあざ笑っているように見える中年女性がその店の主人だった。彼女はトランジスターやICチップなどの電子部品を商っていたが、今は生産されていない部品を何で代替できるかについて独自の豊富な知識を持っていた。dは彼女の名前がカン・スッチンで、彼女が自分の名前の最後の文字を力をこめて押しつけて書く癖があることを知っていた。彼女はガラスのショーケースの上に置いた部品を分類して小さなジッパーつきの袋にしまいながら、誰か男性とスピーカーフォンで話していた。TIP40ある？ うん、あるよ。ところでおばさん、何で敬語使わないんだ？ あんたは何で使わないのさ？ 彼女は未練なくボタンを押して通話を打ち切ると、やってらんないよね、そうじゃない？ と言いたげに目を大きく見開いた。

それと同様にしてdは、中古オーディオ商である白山オーディオで靴磨きのおばさんと鉢合わせした。彼女は、白山オーディオの社長であるペク・サンの靴に関して取引を持ちかけていた。ほーら社長、靴がずいぶん汚れてる、ちょっと磨かなくちゃねと彼女が言い、ペク・サンはつい先週磨いたじゃないかと答えた。ええー、もう一週間にもなる？ 社長は週に一度しか歯を磨かないの？ 歯は毎日磨くのにどうして靴は週に一度だけ……彼女は手押し車にサンダルをどっさり入れたかごを積んで移動し、靴を持っていくときはサンダルを貸してくれた。彼女のかごにはもう靴が何足も入っており、くたびれたサンダルが底どうしを合わせた形で刺さっていた。dは彼女の名前を知らなかったが——宅配を利用しなかったから——彼女の顔を知っており、彼女が靴を集めて持っていく、夫婦でやっている靴修理店がどこにあるかも知っていた。白山オーディオからは今日は荷物が出なかった。その後にdは、そこへ行った。dが毎日行くところ。知った場所。知っている顔と声たちのある、そのうちの誰かにいきなり背中をクッと突かれてわかるかと聞かれたら、知るかよとは言い返せない、古ぼけた、汚い、奇妙な、たくさんの場所たち。

照明器具街から家電街へと上る階段でdは担ぎ屋と出くわした。もう少し正確に言うなら、彼の背負子と。スピーカー二個と段ボール箱を積んだ背負子がゆっくりと左右に揺れながら階段を上っていた。すり抜けるすきまが見あたらなかったので、dはその後ろについて上っていくしかなかった。背負子に積まれた荷物は小山のように高く、重そうに見えた。たぶんその日の最後の荷物なのだろう。後ろからは担ぎ屋の顔や上半身を見ることはできず、背負子の下の方、階段を踏んでいるその足とふくらはぎが見えた。階段の傾斜面とほぼ平行になるように、彼は腰を曲げていた。彼はその荷物を目的地におろしたらカ棟の五階の踊り場へ戻り、鍵のかかった自分用のロッカーを開けるだろう。その中に彼のかばんと服がしまってあることを、dは知っていた。彼のロッカーの隣には他の担ぎ屋たちのロッカーがあった。彼らはそのロッカーのそばで目隠しのカーテン一枚もなしで服を脱ぎ着し、dは通りすがりに何度もその光景を見た。彼らが、その労働のために赤くなった背中や足をむき出しにして着替える光景を。その後、彼らは空の背負子をロッカーの横に立てかけて帰っていった。dは担ぎ屋たちが荷物を背負って階段を上るときは進行方向を向き、降りるときにはバランスを崩して倒れても下敷きにならないように後ろ向きで降りていくのを見た。駐車場まで背中に背負った物品を運び、五千ウォン紙幣を受け取るのも見た。

それと同様。

dは彼らを知っていた。

だからどうしたと。dはぶかぶかになった帽子をかぶり直して顔をしかめた。わかるか、だと? よそで同じことが起きたら、誰かに背中をたたかれて自分がわかるかと聞かれたら、dはその顔を見分けられないだろうし、知らないと答えるだろう。知らないから。知らないですまされない理由がなく、知っている理由もないから。dが嫌悪する他の大勢の人々と同様、彼らもそうであるはずだ。同じように嫌悪すべき人々であるはずだ。舌を突き出して食べ物を食べ、露骨にこっちを見、すまないと言うべきときにすまないと言わず、あからさまにじろじろ見る人々、やたらと周囲にぶつかり、自分の持ち物が人に当たっても気がつかないほど鈍感で、わかっていてもあえて意に介さず、肥大した自我とやくたいもない自尊心がぐしゃぐしゃに混じった人格を誰にでも見せつけている連中と少しも違わない、他人。嘘いつわりによって生きていく人々。

dは三階のペデストリアンデッキと地上を連結する階段に腰かけた。軍手をはずし、ものとの摩擦で熱くなった手を冷ました。日が暮れるところだった。キム・ジョンヨプのクラシックはまだ終わっていなかった。中性的な声のオペラ歌手が歌っていた。dが題名は知らず、和音の一部を知っている歌だった。階段の手すりに亀裂が見えた。縦に長く、太く割れていて、そのすきまを通して遠く離れた店の看板が読めるほどだった。ハンマーで一度たたくか、足で何度か蹴ったら崩れ落ちそうだった。dは商街の人々がこのビルのとてつもない頑丈さについて話すのを聞いたことがあった。ほんとだよ、ハンマーで壁をたたいたら壁が壊れずにハンマーが壊れるんだぞ……ここを設計した奴らは日本で建築を勉強した連中で、当代最高の技術と最高の資材がとんでもない物量で動員されたんだから、丈夫でないわけがなく、九〇年代に何度か取り壊そうとしたこともあるんだが、ビルが頑丈すぎて壊すよりこのまま置いといた方が金がかからんという試算が出たもんで、手をつけないことになったほど堅固なんだという話だった。だがdは商街を歩き回る間に、あちこちで亀裂を見た。すぐにでもこの階段が、この夏の豪雨で鉄骨だけ残して消えてしまったとしてもおかしくないようなありさまだった。dは軍手をはめて、階段を全部上りきった。

ここは壊れない。

自信を持ってそう言う人間はたくさん見たが、ここを管理し、壊れないよう手配している人間をdは見たことがなかった。ここの人々はただ、壊れないと言っているだけだ。冗談みたいに、彼らは彼らの信頼を口にする、それも不注意な信頼を。だが、ここにこんな亀裂がある。大丈夫だということと、もはや大丈夫ではなくなる瞬間は、単なる表と裏だ。いつかは覆る。信頼は覆り、そこからぶちまけられるもので人々の顔は汚れていくだろう……

dは伝票を握りしめて564号室へ入っていった。床に敷かれた古い不織布が足にざらっと触れた。アンモニアとハンダの匂いがした。角がぎざぎざになった機械たちが石筍（せきじゅん）のように並んだところ。昨日dの背中を押した男が、机の前に座っていた。あのとき見た服装のまま、赤いギンガムチェックのシャツに古い茶色のチョッキを着て、チョッキの前ポケットには小さなドライバーが二本、差してあった。立っているときより座った方が少し大きく見える体型だった。首が四方に曲がるライトを使って、アンプの中をのぞき込んでいた。彼は自分の机にぴったりはまり込んでいるように見え、気抜けするほど安らかに見えた。

　dが動かずに立っていると、彼が頭を上げてdを見た。

おじさんは僕を知ってます？

彼は何かを食べながらdを見ていたが、言った。

知ってるよ。

どうして。

見たから。

いつです。

毎日？

名前知ってます？

いったい、何が聞きたいんだ。

わかるんですか、僕の名前が……

ヨ・ソニョはチョッキのポケットに手を入れてドライバーをいじりながらdを見やった。彼はdの前任者を憶えていた。他の宅配スタッフに比べてちょっと年がいっていたが、人懐っこく、なれなれしい男だった。彼が、商店主たちに紹介するために新人を連れて挨拶回りをしているとき、ヨ・ソニョはdを初めて見た。これからこいつがこの区域を担当します。前任者の後ろに新人が立っていた。何しに来たんだ？　と聞きたいほど病弱そうな青年だった。髪も顔もぼろぼろで、関節には脂っ気がなく、突き出していた。どこで何をやっててここへ来ることになったのか、あごには鈍器のようなものでこしらえたかと思われる傷跡もあった。無口だし、礼儀もなってないとヨ・ソニョは思った。前任者が挨拶をさせても、首をちょっと下げてみせただけだった。あんなのじゃ勤まるまいよ。ヨ・ソニョは舌打ちをした。

ヨ・ソニョは前任者とその前の前任者を、そのまた前の前任者を憶えていた。みんな初めは意欲的で生き生きしていた。健康で快活な男の子たちも、ちょっと時間が経つと憂鬱そうで寡黙になった。重労働に苦しみ、短いときは二日から一週間、長ければ何か月かして辞めた。この若造も同じだろう。来てすぐにいなくなった他の連中と同じように長くはもたないだろうとヨ・ソニョは思っていたが、一週間、二週間が過ぎ、秋を越え、もう冬になっている。これまでdは一日欠かさずに修理店に寄った。ヨ・ソニョはdの変化を興味深く観察した。青白かった皮膚は浅黒くなり、枯れ木のようにどっちつかずに揺れていた姿勢はまっすぐになった。わざわざ鍛えた筋肉ではない、生活の中で作られた筋肉で体は程よく頑丈になり、敏捷に動いた。ぼうっとしていた顔が集中力を帯び、重い荷物を運ぶ要領も会得したようで、担当する区域も広がったようだった。

最近ヨ・ソニョは、鍾路で荷物用オートバイに乗っているdを目撃したことがあった。帽子をかぶっておらず、ちょっと伸びたかに見える黒い髪の毛が風で後ろへなびいているせいで、いつもは帽子のひさしに隠れていた顔がすっかり出ていた。風をもっと浴びようとするかのように、あごを若干上げていた。安定感を持ってオートバイにまたがっており、鍾路2街から清渓川の方へ大きくカーブを切って行ってしまった。ヨ・ソニョはその姿を見て笑いだしたが、なぜ笑ったのかは彼にもわからないのだった。その日以後、ヨ・ソニョはdをちょっと気をつけて見るようになった。口数が少なく、礼儀知らずに見えるほどぶっきらぼうな点は相変わらずだった。ほとんど毎日会う人に対してもこんにちはの一言さえ言わないし、冗談を言っても笑わない。倒れたらすぐに額がくっつきそうな距離で伝票を書いていても、目を上げて人を見ることさえ一度もない。その態度は粘り強く、一貫性があったから、生来そういう人間なのだと思うようになった。それがいきなり、自分の名前を知っているのかと目をむいて人をにらみつけている。

何だこいつは、俺が何をどうしたというんだだしぬけに、この野郎、本当に礼儀知らずだな……ヨ・ソニョは呆れてdを見ていた。お前をいつ見たかと？　毎日見ているさこの野郎、日常的にな……と、おっかぶせてやろうかと思ったヨ・ソニョは、ｄの顔色が一瞬で変わるのを見た。何かにとても怯え、驚いたように青ざめ、首をすくめている。ちょっと前までの勢いはどこへやら、ひどくうろたえているように見える。しわくちゃになった帽子と伝票を手に持って、黙って床を見おろしていたが、もう行こうとするように帽子をかぶった。

おい。

ヨ・ソニョは食事のときに食卓として使っているＪＢＬのスピーカーを指差してみせた。

これでも食ってけ。

太ももの高さのスピーカーの上にでこぼこのアルミの盆が置いてあり、ｄが現れる直前に配達されたジャージャー麺の皿がその上にあった。ヨ・ソニョは受話器を取って東海楼に電話をかけた。あ、俺だ、ジャージャー麺もう一つ持ってきておくれ。電話を切って、やっていた作業を終えるために作業台に向かって座った。半月前に麗水から上京したキム某という人物が預けていったターンテーブルだ。ピッチが勝手に変わってアームがすぐにアームレストに戻ってしまうという問題があったのだが、修理はもう終わってテストが残っていた。ヨ・ソニョは机と壁の間に適当に立てておいたＬＰの中から手当たり次第に一枚選び、ターンテーブルに載せて針を調整した。砂粒を噛むような短い雑音が続き、最初の音を長く伸ばしてエルヴィス・プレスリーの歌が始まった。ｄが椅子を引いてきて、ジャージャー麺の前に座った。帽子を脱いで近くのアンプの上に置き、しばらく気が抜けたように座っていたが、器を引き寄せた。ヨ・ソニョは停止ボタンを押し、スタートボタンを押した。アームは安定した角度でアームレストに戻ったと思うと回転してターンテーブルに移動した。ヨ・ソニョはリフトボタンを押して針を空中に上げ、適当な位置に合わせた後、またリフトボタンを押した。針が最初のトラックに向かって降りていった。音楽がまた始まった。

東海楼の社長でヨ・ソニョのビリヤード仲間でもあるイ・チョリがジャージャー麺を一皿、自分で持ってきた。おっ、と彼がdを見つけて言った。ローゼン、ここに来てたのか。何してんだ、ここで。

6

もう一度聴けるかと、dは尋ねた。

「ラブ・ミー・テンダー」を。

ddとdは毎年クリスマスにちょっと贅沢な夕刻を過ごし、夜になると部屋に帰って高いワインとチーズ、シロップ漬けのフルーツをどっさり入れた大きなケーキ、バターつきパンとサーモンとスライスした玉ねぎを皿にたっぷり盛って、ラジオでクリスマスキャロルを聴きながら食べ、飲んだ。dの記憶ではたぶん一昨年……のクリスマスにあの歌が流れて、ワインを二瓶ぐらい飲んでぐったりしていたｄｄが急に吹き出した。ｄと同じく、ｄｄはエルヴィス・プレスリーが好きではなかった。彼のことを考えるたびに思い浮かぶイメージ、例えば星条旗の色である赤と青のビーズで飾られた白いシャツを着て、はだけた胸に赤い花輪をかけ、太ももをぴちぴちに締めつけたラッパズボンをはいた格好なんかはちょっとばかみたいと思っており、すすり泣くようなあの歌唱法も好きではなかった。ｄｄはクッションを抱いて笑いながら、自分はこの人の歌は好きじゃないし、聴きたくもないときにこの歌をもう何度も聴かされて、そのたびに、何なんだろこれ……どうしてこんなに優しく歌えるんだろと思って呆れちゃうのに、毎回、幸せになるんだよねと言った。この歌を聴くと笑っちゃうのに、悲しくなるほどおかしいのに、変に幸福になる……ヨ・ソニョの修理店でプレーヤーの針がＬＰに触れて思いがけない歌が始まったとき、ｄはじっと座ってそれを聴いた。おかしくもなかったし、幸福になりもしなかった。あまりに有名であまりに聴き慣れた、あまりに優しくて、もう、変だとも思わない歌。何度となく聴いたことのある歌だ。しかし聴いたこともないような音だった。ｄはめまいがし、頭をそらした。

音。

それを聴こうとしてｄはプレーヤーを見つめ、スピーカーを見つめた。作業台の前で体をかがめたヨ・ソニョを見、汚ない窓枠を隠したバーティカルブラインドと、雑多ながらくたで隠された壁と、床に置かれたアンプ群を見た。空間と、その空間のあらゆるものが、スピーカーから出る音に共鳴していた。プレーヤーとアンプとスピーカーを持ったことのないｄは、そんな音を聴いたことがなかった。空間を空間たらしめる音。ｄｄはそれを聴いたんだと、ｄは思った。ＬＰを持っていたから。ｄは最後まで集中して聴き、もう一度聴けるかと尋ねた。ヨ・ソニョは停止ボタンを押し、ちょっと待ってからスタートボタンを押した。不規則ながらも一定の間隔でじりじりという雑音がずっと続いた。ｄは、あれは何の音かと尋ねた。針が埃を引っかいたり、雑多な傷を拾ったために出る音だとヨ・ソニョが答えた。その音は……ｄが聴くこともある耳鳴り、雑音とも似ていたが、音楽とともにそれはあり、音楽みたいに……音楽の一部みたいに聴こえた。ｄはそれをもっと聴きたかったし、欲しかった。これをどこで手に入れられるのかと、ｄは尋ねた。

何を。

これです。

これとは。

こんなふうに……こういう、音楽を聴けるやつ、機械です。

ヴィンテージ？

ヴィンテージ……

下にいっぱいある。

下のどこですか。

いっぱいあるだろ。

そのうち、どこですか。

こういうの買ったことあるか？

ないですが。

そりゃまた。

こういうのを全部揃えようとしたらいくらあればいいのかと、dは聞いた。そうだな……ターンテーブル、アンプ……スピーカーもか？　dはうなずいた。すごく高くもなく、安すぎもしない普通の線で揃えるとしても、百万ウォンは超えるだろうとヨ・ソニョが言った。それでも欲しいか？

欲しいです。

揃えてやるか？

はい。

それじゃあ待っていなさいと、ヨ・ソニョが言った。適当な機器を探してみよう。待つと言った後、dは帽子をかぶって集荷場へ降りていった。

ヨ・ソニョは二週間ほどかけて、dのオーディオを揃えた。プレーヤーはデュアル731Q、アンプはフィッシャー440、スピーカーはJBL。初めてだから欲張らないで、このあたりから聴いてごらん。ヨ・ソニョは非常に満足そうな様子でdにアンプを見せてくれた。外側の傷もほとんどないし、ボタンも全部ちゃんと残っていて、回路の状態もきれいだよ。dは仕事が終わるまで修理店にオーディオを預けておき、仕事用のオートバイにそれを載せて川を渡った。風がとても強かった。dはオートバイをゆっくり走らせて、夜中の十二時ごろ考試院に着いた。部屋に上っていく階段の入り口にオートバイを停めて、15号室にアンプを運んだ。スピーカーは抱いて運んだが、あんまり大きいので階段を上るときに一度、廊下を通るときに二度休まなくてはならなかった。考試院の管理者は席をはずしていて不在だった。やわらかいゴムのサンダルをはいた男が、バスキン・ロビンスのアイスクリームの一パイント入りの紙容器とミネラルウォーターのびんを持って廊下のむこうから歩いてきて、dとdのスピーカーを見つけて立ち止まった。彼はちょっとあわてたらしく、壁に背中をくっつけて立っていた。dがそばを通り抜けるとき彼が何かぶつぶつ言ったが、dはそれを聞き取れず、とりあいもしなかった。二個めのスピーカーまで15号室に運んだ後、ドアを閉めた。

ドアを背にして立ち、dはオーディオを置く位置についてよく考えた。スピーカー二個とプレーヤーとアンプがシングルベッドの上に置いてあり、その重さでマットレスがまん中に向かって凹んでいた。ベッドと壁の間にオーディオを置くつもりだったが、スピーカーが予想より大きかったのだ。dはスピーカーが倒れないようにマットレスにそっと足を載せ、アンプを持ち上げて床におろした。出入り口から机の前まで行こうとしたら、足を大きく広げてアンプをまたがなくてはならない構造になった。dは用心深くプレーヤーをアンプの上に載せてみた。プレーヤーはアンプより大きかった。机の前に行こうとしたら、ベッドを踏んで戻らなくてはならない構造になった。スピーカー二個のうち一個を床におろした。残る一個までおろしたらドアの開け閉めに支障が出ることは明らかだ。dは服を着替えもせず、昼間じゅう流した汗が染みついた作業服を着たままベッドのそばに立って腕組みをし、埃でぱさぱさになった髪を両手でかき上げて机を見た。机の上にはねじで固定された棚がついていたが、それをはずせばスピーカー二個とプレーヤーを机に載せることができそうだった。dは管理人が帰ってくるまで管理事務所の前で待ち、ドライバーを貸してくれと言った。

何に使うんだ?

気にくわなさそうな様子で工具箱の中を探している管理人のそばに立って待ち、ドライバーを受け取って、部屋に戻ってきた。棚の下を手探りしてねじ四個を見つけ出し、ドライバーをきゅっきゅっと押しつけて回し、ねじをはずした。棚が壁から分離された。

左右にスピーカーを載せ、中央にアンプを、その上にプレーヤーを置いた。初めてプレーヤーを持つ記念だと言ってヨ・ソニョがプレゼントしてくれたトランスまで隅に載せると、オーディオ一式がすべて揃った。念入りにコードをつなぎ、トランスを通して電源を入れた。すぐさまスピーカーがブンという音を出し、アンプの周波数を示す表示窓に暗いオレンジ色の電気がついた。15号室に圧倒的な勢いで電流が流れた。dは後ろに退き、ベッドに腰かけた。夢中で、没頭し、意固地になったように、電流を帯びたアンプを見た。匂いがした。電流が金属のかたまりの中を流れていく匂い。鉛と銅、機械の中に隠されたコイルが熱される匂い、埃が燃える匂いと……血の匂い。

dはヨ・ソニョが教えてくれた通りにセレクターのつまみを回し、Phonoに合わせた。プレーヤーの準備は整った。プレーヤーについたスタートボタンを押すと、小さな丸いボタンがいったん本体に入ってから出てくるときにカチンと音を立てた。小さなコインを金属のテーブルに載せたときのような音だった。ターンテーブルが空のますすーっと回転し、針がその上に移動した。ターンテーブルの下に隠れた薄緑色の電球の明かりが見えた。いじましい、薄暗い光だった。とても小さなもので、限界がありそうだった。dはその小さな物品への愛情が湧いてくるのを感じ、吐き気を覚えた。これは、ものだ。他のものよりましだということもない、もの。しかしdはボタンをまた押してみた。ddのLPを取り戻さなくてはならないと思った。

土曜日にdはバラマンションを訪問した。狭い路地の突き当たりに位置する暗赤色の建物で、半地下まで入れて五階だった。腰の高さのところまである一階の窓の鉄格子は、下の部分が錆びたまま朽ちており、三階の外壁についた金属の活字は薄い青緑色に変色し、文字二つが脱落し、「バラマショ」となって残っていた。築三十年以上の集合住宅だ。ｄｄの父母が、入居者のチョンセ金［チョンセは韓国特有の賃貸方式で、入居時に高額の保証金＝チョンセ金を大家に預けるかわり、月々の家賃が免除される。大家はチョンセ金を運用して利益を出し、入居者の退去時にチョンセ金を返却する］まで計算に入れた上でローンを組んで無理に購入した建物で、ｄｄが何年か前までこの建物のローンの一定部分を返すのに苦労していたことをｄｄは知っていた。父母の部屋とリビングがある四階にｄｄの部屋もあったのだが、ｄｄはその部屋に長くは住まなかった。それまで住んでいた家の三倍に及ぶ広さにおじけづいたｄｄの父母が、暖房費を節約しようとして、それぞれの部屋につながるボイラーのパイプを閉めてしまったからだ。その古い建物に入った最初の年の冬、ｄｄは風邪をひきっぱなしだった。

　ｄｄは父母を大切に思う方だったが報われることはあまりなく、父母の関心は、神経質で何をやってもうまくいかない長男に集中していたから、あきらめどきが来るとバックパック一つと箱一個に荷物をまとめて家を出た。本当に必要なものだけ持って出ていこうと思ったんだけど、それがなかったんだよねとｄｄは言っていた。箱を開けといて、そこに入れるものを決めようとして部屋を一回りしてみたけど、特にないんだよ。本当に必要で、絶対持っていかなきゃと思う何かが、その部屋にはね。でも何か持っていきたかったんだ……無理にでも。おこづかいでせっせと集めたレコードと筆記用具をｄｄは箱に詰め、今、その箱がこの家に戻ってきていた。

dは鉄格子の前でブザーを押し、扉が開くのを待ち、四階まで上っていった。ddの兄であるクァク・チョンウンが固い表情で踊り場まで出ていた。素足にサンダルをはいており、首元まですっかりファスナーを閉めたジャージ姿だった。クァク・チョンウンのあごは寒さで赤くなっていた。dは彼の後について屋上に続く鉄の階段を上っていった。寒さで枯れたハボタンがぼろ布のようにしなびているプランターのそばを通り過ぎ、屋上部屋に入っていった。狭いリビングに二間がついた空間で、部屋の一つは倉庫に使われており、もう一つはクァク・チョンウンが使っていた。クァク・チョンウンは倉庫のドアを開けてみせた。使われていない家具や雑多な品物を入れた箱が積んである。dはその中から、自分の手で封をして住所を書いた箱を何個か見つけた。開けてないものもあった。箱を床におろしてテープをはがした。三つめの箱にdが探していたものがあった。古びたレコードの数々。ぼろぼろだったり、埃だらけだったり、ごわごわになったボール紙のジャケットたち。エラ・フィッツジェラルド、ジョルジュ・ムスタキ、ニール・ヤング、ナット・キング・コール、パティ・ペイジ、シナウィ、ニュー・キッズ・オン・ザ・ブロック、シン・ヘチョル、ボニー・エム、エリザベータ・ギレリス、ヴィヴァルディ、マイケル・ジャクソン。手当たり次第の趣向。というより、趣向ができる前に中断された趣向。

dが箱からそれを一枚ずつ出して床に積んでいる間、クァク・チョンウンは腕組みをしたまま、ドアにもたれてdの後頭部を見おろしていた。口をつぐみ、拳はズボンのポケットに入れていた。dは彼の父母がわざわざ家を空けたことを知っていた。クァク・チョンウンが今にも拳を首に振りおろそうとしているみたいに自分をじっと見ていることも。何か飲むかとクァク・チョンウンが尋ねた。声がちょっと沈んでいた。dは振り向かず、結構だと答えた。結構？　クァク・チョンウンがdの言葉を声に出してくり返した。dは口をつぐんだ。安物の薄い紙を貼った床は冷たく、少しもぬくみはなかった。クァク・チョンウンが着ているジャージの匂いが屋上部屋にしみついていた。クァク・チョンウンはddとあまり似ていなかったが、眠っているとき、目をつぶって寝るときには似ているだろうとdは思った。dの父と祖父の顔がそのように似ており、dの父母がそのようにお互い似ており、たぶんdもまたそのように父母と似ているのだろう。同じ空間で一緒に暮らしてきた人たちは、いちばん放心しているときの顔が似る。

あいつと俺は……仲がよくなかったと、クァク・チョンウンが言ったことがある。ddの葬儀会場で。真夜中で、彼らはちょっと風にあたりに庭に出ていた。dはクァク・チョンウンがその夜ほど長く話すのを見たことがなかった。ぴったり三日の三日葬［韓国の慣例では三日間かけて葬儀を行うが、死亡時刻によって二日や四日になることもあり、この場合はぴったり三日間だった］だった。クァク・チョンウンは大量に汗をかいていた。黒いチョゴリがしわになり、汗に濡れて彼の背中に貼りついていた。クァク・チョンウンは靴の爪先で土を蹴っては芝生の根の部分をほじり出し、また土をかぶせることを反復していた。俺はあいつにあんまり気を遣わなかったと、クァク・チョンウンは言った。

小さいときから俺たちは話が通じなくて……一緒に遊ぶこともなかった。俺はあいつとあんまり話をしなかった。まあ、誰とも話さなかったけどな。俺はもう、おっそろしく金のない家の中学生だったから。ただもう何もかも気にくわないし、どうでもよかった。あんなやつ……いない方がましだと思うこともあったな、ほんとに、きょうだいなんて……ある日、学校から帰ってくるときにあいつを見たんだ。あいつが九歳のとき。小汚い天ぷらを並べた粉食店［トッポッキやラーメンなどの安価な軽食を出す飲食店］の店先で、天ぷら買ってんだ、片手にかご持って、もう一方の手にはトングを持って、すっごい苦労して、五百ウォン分な。その金額からはみ出しも余りもしないように天ぷら買おうとして、ほとんど厳粛に見えるくらい集中してたな。俺のきょうだい。今、やたらとそれを思い出すよ。ただ思い出すんだな。トイレに行った手も洗わないで天ぷらの衣、作ってる……無愛想な女が売ってる天ぷらを汚いかごにそっと入れてたあいつの姿、あれがやたらと思い浮かんで、中にいられないよ。遺影を見てられない。たった五百ウォン分。あいつがあのプラスチックのかごに入れられる天ぷらはそれっぽっちだったと思うと、気が変になるよ。どうかなりそうだよ。だからな、お前、言えよ。それでもあいつが最後には、少しは余裕のある暮らしをしていたって……特に困ることもなく……それでも、最後にはそうだったって。な？

　dは四つめの箱を引き寄せてテープをはがした。他の箱に押されて、上の方がつぶれた箱だった。中身はいくらもなかった。使った痕跡のあるノート何冊かと本、ドイツ語初級教本、茶褐色の紙紐で結わえた手紙類。まだ生あたたかいものたち。吐き気がこみ上げてきた。dは続けられなくなり、床に積んでおいたLPをその箱に入れていった。箱を持って振り向いた。クァク・チョンウンはdを屋上部屋［建物の屋上にさらに増築した部屋］に置いたまま、いなくなっていた。dは箱を持ったまましばらく屋上部屋に立っていたが、四階へ降りていった。クァク・チョンウンがテレビをつけたまま、ソファーに座っていた。あごと鼻を赤くして、テレビを見ていた。クァク・チョンウンはまだ裸足で、ぼろぼろになった茶色のクッションに左足を載せていた。dは何と挨拶して出ていくべきかわからず、箱を抱えて立ったまま彼を見た。行くのか？ クァク・チョンウンがテレビから目を離さずに言った。探し物は全部見つかったか？ そうか……じゃあ帰れ……もうここに現れるなよ……ゴミでも捨てるみたいにあいつの持ち物を送りつけてきたくせに、今さら……おい、行けよ、行っちまえ……いや、また来い……そうだよ、また来てみやがれ……

　dはターンテーブルにLPを載せた。最初の雑音が聞こえるや否や目を閉じた。そろそろ音楽が始まるというサインだ。針がガリガリと音を立てて、レコードの溝に沿って進んでいった。音楽が始まった。

……

……

音楽は薄い合板でおおわれた壁に完全に反響した。dはスピーカーに向かって座っており、目の詰んだ伸び縮みする布を張ったスピーカーから出てくる音が、ごく細い、繊細な櫛のように頭をてっぺんから梳きおろすのを感じた。ドラムとギターとボーカル。音がすごすぎて、dはそれ以外のものを聴くことができなかった。音楽だけだった。窓のない15号室は、性能のよいサウンドボックスのように音楽をたたえていた。動くたびにきしむベッド、その上に敷いた変色した毛布、dのバックパックとジャンパーをかけた椅子、筋肉痛のある体。その部屋にあるすべてのものが、音楽に共鳴して波長を広げており、その波長はすべての壁にぶつかって反響した。それがあらゆる音楽の中で音楽になった。

dはレコードを入れた箱をマットレスの上に載せて、中を引っくり返した。休暇のときにもらったはがき、自分で作ったクリスマスカード、ハードカバーの日記帳類。三分の二ぐらい使ったノートをめくってみた。その一冊のノートの中でさえ、ddの筆跡は変化していた。縦の画を強く曲げる癖があったが、後ろの方へ行くほどその激しさが消え、もう少し単純で軽い字体へと。ddは筆記用具と紙に愛着を持っており、ただ紙に何かを書くためだけに、夢や考えたこと、本で読んだこと、その日の支出や短いお話などを記録しておく習慣があった。dはゆっくりとページをめくった。文字でいっぱいのページはそうではないページよりこわばっていて、めくるときに重かった。dはそういうページで夢の話を読んだ。それは夢であり、図書館へ行ってそこで本を何冊も借りたという話だった。

最初の曲が終わる前に、隣の部屋で壁がたたかれた。dは箱の底からREVOLUTIONと書かれた本を見つけ、それを膝に載せた。厚い、茶色い本だった。ざらっとした合成紙を貼ったハードカバーの装丁には何の装飾もなく、黒い文字でタイトルが印刷され、厚さの割に重くはなく、黄色と褐色のしおりが二本ついていた。最初のページに誰かの赤いハンコが捺してあった。くねくねとした迷路のようなその形をしばらく眺めてから、dはそれを解読した。それは名前であり、dはその名を知っていた。パク・チョベ。ddの同級生であり、dの同級生だった。小学校を一緒に卒業した同期生。明洞（ミョンドン）の街でレコードを売っていると聞いたが、今もその仕事をしているのかどうかはわからなかった。パク・チョベの本がなぜここにあるのだろう。

dは適当に本を開き、力の氾濫、という言葉を見、くり返しそれを読んだ。氾濫。力の。力の氾濫。誰かがまた壁をたたき、こんどは反対側の部屋だった。ぶつぶつ言う声が聞こえ、次に壁をたたきはじめた。右の部屋と左の部屋で。dは隣の部屋の住人たちのことを考えて微笑んだ。隣室を、15号室にそっくりな16号室と17号室の構造を、自分のと何も違わないかもっと汚い寝具と壁、合板と壁紙でできた安物の家具と、その部屋をぎっしり埋めたみすぼらしい生活必需品について考えた。僕はそれらの一時的な所有者たちに、彼ら自身より厭（いと）わしいもの、もうちょっと耐えがたいもの、つまり彼らの隣人に向かって、こんなにも一生けんめい壁をたたく機会を与えているのだ。面白いかって？　面白い。面白さがある。dは本をもう一ページめくりながら思った。マットレスを押さえつけるとき以外には存在感も重みもない無害な彼ら、僕の隣人。幽霊みたいでもあるし観念的でもあるその存在が、とうとう物理的存在になった。邪悪な、隣の壁をたたく人間に。

音楽がまた始まった。

7

ヨ・ソニョはガスストーブを消して窓を開けた。ガスの匂いが染みついた、蒸すような空気が冷たい空気と混ざって風が起きた。黒い固い埃が混じった風でバーティカルブラインドが揺れた。鍾路の方へ広がった低いビル群が見える。平べったくてぼろぼろの屋根には先月降った雪が少しずつ残っており、日光浴をしに出てきた猫の一匹も見当たらなかった。ヨ・ソニョは椅子に戻ってまた新聞を取り上げた。ヨ・ソニョは市長が好きでなかった。自分より十歳も若いのに五歳は年長のように見え、すべてに確信を持っているように見えた。ヨ・ソニョにも信じるものはあったが、その信念は市長の信念より善くないように思えた。ヨ・ソニョはそれが気に入らなかった。憂鬱そうな顔でヨ・ソニョは新聞を全部読み終えた。いずれにせよ市長の計画通り、二〇〇五年に消えたペデストリアンデッキを復旧するというニュースが載っていた。清渓川をはさんで世運商街と清渓商街をつなぎ、その上を人が行き来できるようにし、都心に活力を与え、技術者たちを発掘し、世運商街一帯を新名所として再整備するという計画だ。ヨ・ソニョの理解では、まずは通行人を増やそうというプロジェクトだ。通行人を増やす？またそんなことができるのか？　そもそも通行人がいないので、たくさんの店が商売をたたんだというのに。ヨ・ソニョは新しいプロジェクトに生ぬるく反応するしかなかった。人の行き来だと？　ふむ。

綿菓子の棒や風船に結わえた細いひもを握りしめた子どもらだの、デートする若者たちにとって、ここにあるものに何の意味があり、何の関係があるのか。よそ行きの服を着て胸にケチャップの染みをつけた四歳くらいの子を連れて修理店を訪れ、ヴィンテージのオーディオの話をする女や男をヨ・ソニョは想像できなかった。いや、想像することはできても、それは想像の中でのみ可能な光景だと思われた。散歩にやってきた若い恋人たちが三階のペデストリアンデッキを歩いて放熱板や抵抗、ＩＣ、ＤＣモーター、スピーカーユニット、トランスを見て回る光景は？

もちろん、人が増えれば繁華街は形成されるだろう。今とは何か違う形の繁華街が。ヨ・ソニョは窓から三階のペデストリアンデッキを見おろした。六〇年代に、「世運」というその名のごとく遠大な計画のもとに設計されたが、まともに実現されぬまま曖昧に挫折した形で具現され、一度はそれこそ途切れたのだが、今になってまた遠大な計画の一部となった空中街路は今、二月の太陽の冷たく淡い光を浴びていた。路端の靴修理店のような形のスタンドがデッキの端に沿って並んでいた。大部分は閉まっていたが、開いているスタンドの中では若い男が日光に背を向けて座り、コンピュータのカードゲームをしていた。バイアグラやタバコ、監視カメラを売ると書かれた短い立て看板が陰に置いてあった。どっちにしろ、あそこを行き来する人が増えて新しい繁華街が形成されたら、大家がすぐに家賃を上げようとするだろう。再整備プロジェクトを準備する者たちの計画によれば、ヨ・ソニョ自身のような技術者たちがこのプロジェクトの重要なコンテンツなのだが……技術者であり商店主である彼らはみな、結局のところは店子(たなこ)であり……家賃が上がれば、特に零細な会社の多いこの商街で、商店主たちは長くはもたないだろう。最後の一撃となることもありえた。ヨ・ソニョは思った。商街が生き残るのであって、俺が生き残るわけではない。

膝の上に広げた新聞が風でふくらんだ。ヨ・ソニョは新聞を二回たたんで、もう少し詳しく読みたい記事が上に来るようにした。世運商街活性化総合計画が発表されたという内容だった。本文で五回も言及されている、再生、という言葉にヨ・ソニョは引っかかった。何を再生するというんだ?

なぜ？

ヨ・ソニョはそれがひどく気になったが、計画者たちも自分と同じくらいそれを気にしているのかどうかがまた気になった。ヨ・ソニョが思うには、世運という名の通り、ここには世界の気運がすでに集まっていた。未来とはっきりつながった現在、理想には至らなかった実在、肥大した、センスのない外形、時代に後押ししてもらったことはほとんどないが、それなりに食っていくことはでき、一時代をなし、今は時代の尻にくっついて残っている人々、ああ、詐欺師ども、ヨ・ソニョ自身をはじめとする嘘つきども、それもちっぽけな取るに足りないスケールの詐欺しか働けないからいまだに普通の人としてここに残っている俺の隣人たち……ヨ・ソニョの理解では、それが世界の気運だった。ここを本気で再生したいなら、嘘を並べず、そのことを世に見せるべきだった。彼らが蘇らせようとしているものについて彼らがちゃんと知っておくべきだった。ちゃんと知りたいなら、ちゃんとやりたいならだよ……少なくとも、この空間で人生を送ってきた人たちの話ぐらいはひもといておくべきじゃないか……彼ら一人一人がどんな病気を患っているか、旅行には何回行ったことがあるか調べ、家族にも全員会って、彼らの子女はどんな学校に通い、どんな職業についているか、そのうち非正規職は何パーセントかということまですべて調べるべきだった。彼らの話で巻物を作り、この巨大な商街の内壁と外壁をそっくり包んでしまわねばならない。

ヨ・ソニョは一週間前にしばらく出現して消えた構造物について考えた。水曜日だった。出動すると、五階のホールに奇妙なものがあった。モニターだの扇風機だの古い電話機、穴のあいたスピーカーといったくず鉄や古道具がホールの中央にひとまとめに積み上げられており、苔と花の咲いた木の枝がその合間合間に飾られていた。クリスマスデコレーション用の電球がついたコードが天井のどこかに結ばれて構造物の上からぶら下がっており、高く透明な天井がその上にぼんやりと光を落としていた。ヨ・ソニョはすぐに、城隍堂（ソナンダン）［村の境界などにあるご神木から陰陽五行に基づく五色の布をかけ、下に石積みをする］を連想した。正体不明の巨大な生物が古物商を飲み込んだ後、夜中にひり出していった糞のかたまりのようでもあった。ありゃ何だ……芝生を植えてあるところを見ると……作りかけてやめた墓みたいでもある。人の庭にあんなものを作っておいて何をしようってんだ……ヨ・ソニョが眉をひそめてその構造物の周囲を回り、修理店に戻ってからいくらも経たないうちに、大学生らしき若い男女が突然修理店に入ってきて、招待状だと言って紙を一枚置いていった。今日の午後、展示を兼ねて、再生プロジェクトのスタートを告げる集まりがあるという内容だった。ヨ・ソニョは冷ややかにそれを受け取っておいた。自分らどうしで何かやって、写真でも撮っていくんだろう。いつもの調子で。

午後になると案の定、前に見たことのない人たちが五階のホールに集まり、すったもんだして何かやり、写真を撮って、行った。彼らが全部行ってしまった後にヨ・ソニョが行ってみると、構造物は残っていた。ヨ・ソニョはそれに近づき、紙に書かれた文章を読んだ。触るべからず。ヨ・ソニョはその言葉遣いに気分を害した。失礼な奴らだ……これを読む人間がつまり、お前らの計画のコンテンツというわけだな、そうだ、俺がコンテンツだよ、このがきども……俺はこの商街と四十年間、脈を通じた人間なのに、俺に質問一つせずに進めるプロジェクトなんぞまっぴら御免だとヨ・ソニョは思った。タバコを吸いながら、構造物の周囲を一回りしてみた。これは実に……ご立派なシンボルだとヨ・ソニョは思った。突飛で人ごとみたいだという点で、みごとにこのプロジェクトを象徴していた。珍しいことではなかった。今回のことをはじめ、都市の名で計画されるプロジェクトはヨ・ソニョにとっては陰謀であり、胸算用というだけのことだった。公的機関の予算が策定されて進行するプロジェクトというだけのこと。俺とは無関係な。どこまでも俺が疎外された状態で展開されるもの。いつも通りに。そのシンボルにはヨ・ソニョという文脈が欠けていた。564号室や568号室、531号室、540号室、536号室の文脈もなかった。彼らはその文脈を知らなかった。だから人の庭先に城隍堂みたいなものを作ったりできるんだろう……悪霊祓いみたいにな。俺は悪霊か？

ヨ・ソニョは腹立たしげに新聞をかたづけて窓を閉めた。歯茎がうずいた。いつも面倒を起こす三番めのインプラントがまた厄介なことになっているらしい。ヨ・ソニョはそこに容赦なくねじを打ち込み、インプラントを回してはめ込んだ歯科医のことを思い出してぶつぶつ言った。ラジオをもう少しきれいな音で聴こうとしてチューナーを調節した。ヨ・ソニョの修理店では91・9チャンネルだけがまともに入る。他のチャンネルはざわざわしてとうてい聴けたものではなかった。都心だから入る電波が多く、このビルが古いので電波をちゃんと受信できないのだろうとヨ・ソニョは考えていた。全チャンネルをちゃんと聴こうとしたら、屋上に装備を設置しなくてはならないが、管理事務所がそれを許可しない。昔の機械何台かの周波数を合わせるためにわざわざ費用をかけて装備を設置することなどできないし、美観という点から見てもよくないという意見だった。ヨ・ソニョはラジオを直したいという人が店に来ると、どこに住んでいるかと尋ねた。その地域では電波がよく入りますか。よく入るという答えを聞くと心からうらやんだ。人生の最後には山里……みたいなところに行って、いい空気を吸い、いい水を飲み、喧騒を避けて暮らしたいというのがヨ・ソニョの望みだったが、基本条件は電波だった。電波がきれいに入るんじゃなけりゃ……ラジオがざわざわ言った。晴れた日なのに受信状態がよくなかった。

昨日と今日、下の階では、ユン・ソノ老人のことでひそかに色めきたっていた。何年か前からオーディオ店によく現れ、店主たちと飯も食べ、飲み会にもよく顔を出していた老紳士だ。オーディオ店の店主たちは彼を好いていた。無用にうろうろしたりせず、礼儀正しく、地味に見える高い服を趣味よく着こなしており、何でも知っていそうなのに自分から知ってると言ったことがなく、金遣いもけちくさくない。最近何か月か商街に現れず、あの方に何かあったんじゃないかと気にする者もときどきいたのだが、まさに先週、ユン・ソノがペク・サンの店にやってきて、十分ぐらい話をしていった。ところがその後ペク・サンの店の商品が一つなくなったというのだ。

ペク・サンはすぐにユン・ソノ老人を疑ったが、みんなは彼の言うことを信じなかった。ペク・サンとユン・ソノの二人のうちどちらかを疑わねばならないなら、圧倒的にペク・サンだった。中古オーディオの売買をやっている彼は体が大きく、ががら声で騒がしく笑う男で、笑顔からたちまち険悪な形相になることができ、その逆も可能だった。ずうずうしくて、誰にでも手練手管を用い、商いの道をまるで踏みはずしたような人間であり、大幅に修理が必要な中古オーディオを捨て値で買い入れ、全く修理せずに高く売りつけた後、運の悪い購買者から修理代をたんまりふんだくったりする。ヨ・ソニョからも何度となく修理代を踏み倒したが、自分に必要が生じれば人のよさそうな顔をして厚かましく修理店に現れ、また踏み倒すということをくり返した。四十年以上にわたって電子商街を構成してきた多くの要素の一つとして彼を受け入れてきたが、ヨ・ソニョもペク・サンを信じてはいなかった。

ところが防犯カメラを見てみると、本当にユン・ソノが持っていったのだという。古すぎて商品価値もないので店の外に積んであるアンプの上に置いておいたものを、白山オーディオから出てきたユン・ソノ老人がすーっと持っていき、その場面が映像に残っていた。店主たちがみんなで集まってそれを見たが、誰もにわかには信じがたかった。だってあまりに異常だから。彼らが見てきた老人の人品を考えてもそうだったが、マッキントッシュを家に何台も揃えて音楽を聴くという人が、十万ウォンのＣＤプレーヤーをなぜ？　ペク・サンが十万ウォンで売る程度というのは、ほとんどクズという意味だった。完全にだめになったもの。捨ててもかまわないものだから外に出してあったはずで、そのことをユン・ソノ老人が知らないはずがなかった。高価なヴィンテージを聴く人が、ゴミ同然の安物の機械を。それも、何のつもりでCDプレーヤーを。

オーディオ店の店主たちは何度も映像を見直し、めんくらい、互いに顔を見合わせ、この映像を持って今すぐ警察に行くというペク・サンをなだめた後、仲裁に入った。

その過程を見聞きした人々が、夜、修理店にやってきた。

韓一(ハニル)社の社長が電話したんだと。いちばん親しいから。何ごともなかったみたいに電話に出たそうだ。旦那、もしかしてこんなもの持っていかなかったかと聞いたら、知らないと白を切ったそうな。防犯カメラの話をしたらすごく冷静に、見たのか、って尋ねたんだと。

見たのか？

ああ、見たよ。

そしたら、認めたというんだ。ああ、それは自分が持っていったよと。旦那、CDプレーヤーが必要だったのかねと聞いてみたら、いいやと言うんだな。それも、本当に何でもないことみたいに。最初から最後まで本当にずっと落ち着いていて、平気で答えてたそうだ。韓一社のおやじが鳥肌が立つほど驚いて、だったらば、ことが大きくならないように旦那がお金を出したらどうだろう、十万ウォンでは？　と、そう言ったんだな。

ところが、そう言った矢先にペク・サンがまた、十五万ウォンくれと吹っかけて。

で、払ったんだとさ、十五万ウォン。

午後にすぐ振り込んできたんだって。

どういうことなんだろうな。

あの旦那、何かあったのか。

金のない人でもないのに。

たまたま持ち合わせがなかったか？

ないとしても、高級オーディオを聴いてた人が何であんな安物を？

盗癖があるのかな？

今さらか？

急に始まることもある。

認知症になったか？

見たとこ、すごくまともだがね。

じゃあ、なぜ？

なぜ？

なぜなのかずっと心配していれば答えがわかりでもするみたいに、集まってしばらくお互いに尋ね合った。

俺が見るには……

ヨ・ソニョはdと二人で残っているときにそう言った。爺さんは復讐をしたんだと思う。俺ら全員にな。

ヨ・ソニョは防犯カメラの映像の中で、きょろきょろしてからCDプレーヤーを持って視野の外へ悠々と消えていったユン・ソノ老人の姿のことを考えていた。ペク・サンには、ひどい風邪をひいてしばらく外出できなかったと言ったそうだが、なるほど顔がちょっとほっそりして見えた。ヨ・ソニョもユン・ソノ老人とはつきあいがあった。夕飯を一緒に食べに行き、あれこれ話をしたことが少しあった。旦那は何の仕事をしてるんですという質問には毎回微笑を浮かべるだけで答えなかったが、地方で大学教授をしている息子が一人いて、自分は北村(ブクチョン)［ソウルの昔からの高級住宅街］に庭つきの伝統家屋を構え、そこで暮らしているという話をたまにしてくれた。ある日老人は、庭に自分の手で小さな滝を作るつもりだと言った。こんなふうに水路を作るんだと、設計図を持ってきて、店でヨ・ソニョに見せてくれた。大判の紙だった。何度も折りたたんだ全紙にマジックで書いた図面だ。上半分が少し長めで下の方がふくらんだ、洋梨形の水路が書かれていた。水路に沿って散らばっている小さなブロッコリーみたいなものは、彼の庭にあるというバラの植え込みや庭木だった。

滝なんてものをどうして作るのかと聞くと、水の落ちる音を聴きたいんだとユン・ソノは答えた。夏、大輪の白バラをいっぱい咲かせた植え込みの下を流れ、カエデの後ろを巡って、桜の木のそばで、膝の高さほどの落差で黒い石の上に落ちる水。日によってはその音が音楽よりも美しいだろう、気が向いたときに縁側に寝転んで、一日じゅうその音を聴くのが長年の夢だったと、今後しばらくは家でこの夢を実行に移すつもりだとユン・ソノは言った。次に彼に会ったとき、それを思い出したヨ・ソニョが、滝はどうです、うまくできましたかと聞いてみると、老人はひどく苦々しい顔をした。作るには作ってみたが、水を入れるために蛇口をひねってみたら、水道管から水が出る音がひどくうるさいので、ふだんは水を入れずに放ってあるというのだった。雨が降るのを待つよと老人は言った。それも、大雨を。そうだな、雨が降れば自然と水が流れるだろうとヨ・ソニョは思った。だがそんな大雨が降ったら、雨音に遮られて滝の水音など聴こえないのではあるまいかとも思ったが、口には出さずこう言った。旦那はいいですね、やりたいことを全部やれて。するとユン・ソノ老人の色白な顔が狭量さをにじませて歪んだ。吐き気をこらえているようでもあり、軽蔑しているようでもあった。怒っているようでもあった。一瞬の間に非常に複雑な表情が浮かび、色白な顔がやけに狭く見えたのをヨ・ソニョは憶えていた。次の瞬間にはいつもの穏やかな顔に戻り、〈コンボ冷麺〉からカルビタンでも一杯ずつ取って食べようと言って彼の肩をたたいたが、あの表情が忘れられなかった。

今になって考えてみると、そんな滝はあったのだろうか本当に。ヨ・ソニョは防犯カメラの映像の中でユン・ソノ老人が、CDプレーヤーを取り上げる前にカメラの方をちらっと見ていたことについて考えた。ヨ・ソニョは彼の家を知らなかった。彼の小さな失敗作がある家。持っているマッキントッシュのうち一つが面倒なことになったのだが、あんな重いのを鍾路まで持ってくるのは大変だから、いつか一度家に来て見ておくれと老人が言ったことがあり、ヨ・ソニョは快くもちろんだと答えたが、実際に来いとは言われず、行ったことはなかった。老人を知る他の人たちも同様だった。行ったことがないからわからないよな。あの老人がいったい、どこで、どうやって暮らしているのか知る者はいないのだ、我々の中に、誰も。ほぼ六年ものつきあいなのに。

それを考えながらヨ・ソニョは言った。俺もあの老人があれを盗んだとは信じられないが、見たからには信じるしかなく、そうなるといっそう、やっこさん、復讐したのかもしれないって気がするんだね……そういう自分を見せることで、みんなの信頼を……みんなが信じているものを弄ぶことによって復讐をしたんだ……では、なぜ復讐なんかするかというと……どう考えてみても……あの人に、行くべきときが来たからだとしか思えない。どんな事情があったにせよ、老人は今、自分の死についてじっと考えているはずだ。それ以外にヨ・ソニョは動機が思いつかなかった。ヨ・ソニョはユン・ソノの色白な顔についてじっと思いをめぐらせた末、死後のことを、あの世のことを想像したことがあるかとdに聞いた。

ないです。

dが答えた。毎晩座る椅子に腰かけて、黒い目でヨ・ソニョを見ていた。綿が少し入ったキルティングのジャンパーを着て、働いている間かぶっていた帽子は左の膝に伏せて置き、さっき平らげたあんパンが包まれていた包装紙を片手で揉んでしわくちゃにしていた。穏やかな、疲れて見える顔だった。dがオーディオを持ってまた現れた夜もそんな表情だったことを、ヨ・ソニョは思い出した。持っていってから一週間にもならない機械を修理店の入り口におろし、これをここに置いていってもいいかとdは尋ねた。あまりに予想外の質問で……ヨ・ソニョはその意味をすぐには理解できなかった。何が、どうしたって？　ですから……適当なスペースを用意するまで、自分のオーディオを修理店に置いておき、ここで音楽を聴いてはだめだろうかという頼みだった。いや、だめだろうかも何も、もう持ってきちまってるものをどうしろと……ところで……音楽を聴くのか？　ここで？　と再び尋ねると、今と全く同じ顔でdはヨ・ソニョを見た。

ヨ・ソニョは舌打ちをしながらも、隣の部屋に場所を作ってやった。修理店とは薄い扉一枚で隔てられた空間だったが、ヨ・ソニョは扉を外してしまい、倉庫として使っていた。宅配で届いた、アンプの入った箱が隅に積んであった。dは自分でその場所をかたづけて自分のオーディオを運び込んだ。その後ときどき夜にやってきて、そこで音楽を聴いて帰っていった。一曲で帰るときもあれば、かなり遅くまでその前に座っていることもあった。ヨ・ソニョは修理中のアンプをテストするとき無慈悲なほど音を大きくするのだが、dは気にしていないようだった。ヨ・ソニョの作業台から急に大きな音がしても驚く気配がなかった。ただ自分のレコードを載せて、それを聴いていた。dのオーディオから出る音なのにもかかわらず、ヨ・ソニョはすぐにdの存在を忘れた。焼き切れてしまって修理が困難な回路板に向かってぶつぶつ言い、必要な部品を持ってこようとして振り向き、倉庫のすみっこの椅子に座ったdの姿を発見してびくっと驚くこともあった。dは自分のオーディオに向き合って座っており、そんなとき、何物にも妨害されないように見えた。何かを聴いているのではなく、完全な寂寞の中に、どこか別の世界に座っているようでもあった。うむ、とヨ・ソニョは視線を宙に泳がせた。そうか、そういうことを想像したことが……

ないのか?

ないです。

一度も?

ないです。

そうか……とヨ・ソニョは思った。それを想像してみたことがないというのは、そりゃほんとに、珍しいね。誰でも一度くらいは想像してみるんじゃないか、そういうことは。俺はだ……そこへもう行ってきたと言えそうなことが、一度あったんだとヨ・ソニョは言った。

三、四年前に下の階の連中と酒を飲んだことがあってね、ここで……豚足とマッコリと焼酎と、誰かが持ってきた餅を食ったんだ。夜中の十二時を回って一時ごろになったとき、停電になったんだ。窓の外を見ると、遠く鍾路1街の方には明かりがついているんだが、このへん一帯は全部、飛んじまって。まあどうしようもない。暗いまんま、この狭い場所で酒びんと皿を手探りしながら飲み食いしてたさ。それでも、ほんとのまっ暗じゃなかったな。完全な暗闇ではなくて、向かいに座ってる奴の輪郭は見分けられる程度だったから、月明かりでちらっちらっと表情も見えたよ。飲んでって、俺が杯を持ったまたまちょっとうとうとしてたら、一緒に飲んでた奴らの一人が起こすんだ。そいつも入れて五人だったが、そいつらがにこにこして、遊ぼうやって。遊ぶだと？　今までも遊んでたんだし、ちょっと眠いから放っといてくれって俺は言ったのに、いやいや兄貴そう言わずに遊ぼうよ、だと。何して遊ぶんだと聞いたらば、外に出るんだと。どうせ暗いんだ、こんなふうに部屋ん中になどいないで、外に出て……隠れんぼでもしようやって言うのさ。いやもう、こんな真夜中に、誰もいないのに、何だって隠れんぼなんかと言うと、誰もいないから隠れるにも探すにもいいんだ、酒の勢いで子どものときみたいにやってみようと、な。それで、ああもう、わかった、やろうとなって、誰が鬼だと聞いたらば、俺にやれと。兄貴が鬼で、俺らが先に隠れるから探してごらんとぞろぞろぞろぞろ出てったよ。それで俺は残って鬼になってな。鬼のせりふがなかなか出てこなくてまいったが。きつねや、きつね……だったかな？　死んだか、どうだか、みんなよくよく、隠れなさい、髪の毛が見えてるぞ……と、ここで一人でもごもご言ってから探しに行ったんだ。あきれたもんだろ。この年になって、俺と同じく頭の白い連中と今、隠れんぼなんぞやって……でも、それが面白くてね。酒で腹がいい塩梅にあったまってたせいか、まあ、面白かったんだ、少しは。

まだ停電だっただろ。だから電気は一個もついてなかったが、天井に月明かりが入って青白くなって、空間が広く見えて、影法師が濃くて……おお、ここ、こんなに広かったのか。改めてそう思ってびっくりしたんだな。その晩見たらほんとに広くて、ほんとに暗くて。五人は影も形もなかったよ。五階を歩き回って探してみたが、いなかった。あの五人はおろか、誰もな。あいつら、下の階に隠れたのかと思って降りてったんだよ。普段は防火扉が閉まって施錠されているんだが、急に停電になったせいなんだか、その日は開いてたんだ。ここのどこかにいるだろうと思って、商街をずーっと歩いていったよ。明かりの消えた商街を、俺一人で。ところでそれが妙でねえ。歩けば歩くほど、なあ。クァンジン電子、地球(チグ)電子、ヨン音響、半島(パンド)電子、コ電社、梨花(イファ)電子……いつも見ていた店、毎日行き来する廊下なのに、まるで知らんところみたいだったんだ。看板も、ガラスごしに見える店の内部も、昨日も見ておとといも見て今日も見てるものなのに、違う場所みたいなんだ。人の気配が全然なくてまっ暗だから……涸れた井戸に石を落としたときみたいな自分の足音だけが聞こえてなあ。どこに隠れたかなと歩き回っても見つからないんだ、誰も。あの世とはこんなところなんだろうなあ……と、そんなことを思ったよ。ある瞬間に、あの世になってる、そんなこともあるんだろうとね。ある瞬間にもう、すーっと……そうだよ、あんなふうにすーっと……俺はこの世とあの世の間を越えていたんだ……

ここが俺のあの世なんだな。そんなことを。

思った、と、最後の言葉を飲み込んだとき、ヨ・ソニョはdがつぶやく声を聞いた。

一九八三年二月二十五日に……どこにいたかと、dは聞いた。

つまり三十二年前に、自分は西海（ソヘ）にいたと、dは言った。海は遠くにあり、茶褐色に濡れた干潟は固くて冷たかったんです。親戚たちと小さいいとこたちがその海岸に一緒にいました。何で僕らがそこに集まってたのか、思い出せません。家族の集まりがあったんじゃないかと思います。僕は貝かなんか掘ろうとして、ちっこいシャベルで地面を掘ってて、ちょうど立ち上がろうとしたときでした　大人たちが近くに立ってました。シャベルやバケツを持ってね。風がちょっと吹いてたようです。僕らは空を見てたんですよ。大人たちがすごくあわてた顔をしてたのを思い出します。大人がみんな空を見ていたから、子どもたちもみんな空を見ました。でも、何もなかったんです。空以外には何もね。僕らはサイレンを聞いてました。海岸全体に鳴り響いてましたよ。一九八三年二月二十五日に、北朝鮮空軍の軍人だったイ・ウンピョン大尉がロシア製ミグ戦闘機に乗って韓国に帰順したことがあったでしょう。韓国では、北朝鮮が戦闘機で空襲を始めたって大騒ぎになりましたよね。僕の記憶ではね　これ　その日の光景なんですよ。僕はある老人たちからイ・ウンピョン大尉帰順事件のことを聞いて、僕にもその記憶があることを最近思い出したんですが、これが僕が作り上げた記憶なのか、もともとあった記憶なのか定かではないんだけど、その光景はすごく鮮明ですごく停止してるんです。長いサイレンの音と一緒に止まってるんです。死を考えるとき、僕はそんな光景を思い浮かべます。明らかにあったか、ものすごく、あったように思える瞬間のことをです。それはみんな過去のことで、停止しているんですよ。今とは完全にかけ離れて無関係なまま、永遠にその続きがないみたいに……止まってて、中断されてるんです。実は、今も同じなんです。こうやって動かずに座っているときも、動いているときも、何かを考えていても考えていなくても、僕は死を感じます。きわめて停止した今、をね。あまりに停止しているから、今すぐには僕　後のことが想像できないですよ　知りたくもないし。今というものはもう、ここに来ているじゃないですか。ただもう、すーっと……そうです　おじさんの言った通り　もう、すーっと……他の想像をする必要もなく。だから僕は、この世界以後の、あの世界というものを想像しないんです。僕が現在や過去を考えるとき、それは毎回、死だし、死を境界としてこの世界、あの世界と分けるのではなく、死には死があるだけで、すべての死はただ二つに分けられるだけだ。僕はそう思います。目撃されるか、目撃されないか。そうじゃないですか？

ところで、こんな話を知ってますか？　イ・ウンピョン大尉が戦闘機に乗って韓国へやってきた理由は、幻滅のためだったというんです。北で海岸を散歩していて、南で生産されたラーメンの袋を拾ったら、こういう説明文が印刷されていたそうです。不良品は販売所で交換または払い戻しします。それを読んで、南にはラーメンをいっぱい売ってる場所があることを知り、自分が属している体制に深い幻滅を感じるあまり、帰順を決心したというんですね。それを知ったとき、僕は彼がうらやましかった。両手で操縦桿を握って、目的地を目指して戦闘機を駆ったそいつがすごくうらやましい……南の歌謡曲を放送するラジオのチャンネルに周波数を合わせて、音楽が流れる戦闘機に乗って、北と南の境界を目指して飛んでいった瞬間、そのはるかな虚空を飛んでいた瞬間の彼がです。死と薄い金属板一枚を隔てただけで滞空していたとはいえ、彼は明らかに幻滅の反対方向へ向かって飛んでいます。彼は、それを持ったんです。脱出の経験を。

僕にはそれがない。

僕は自分の幻滅から脱出して、向かうべき場所もない。

8

ｄはパク・チョベの本をベッドのそばの床に置いておき、寝る前に開いてみた。黄色い布のしおりが本の中間に、褐色のしおりが最後のページにはさんであった。ｄはしおりが二本ついた本を初めて見た。最初は、製造工程でミスがあったんだろうと思ったが、しおりの色が違うし、ほとんど同じ場所に並んでついているところから見て、わざと二本つけたのだ、たぶん本が厚いからだろうと思うようになった。ｄｄは褐色ではなく黄色いしおりをはさんだページまで読んだのだろうと、ｄは思った。全部読んだのなら、いつもやっていた通り、いちばん最初か最後のページにしおりを集めておいたはずだ。

黄色いしおりは二四六ページと二四七ページの間にしっかりはさんであった。二四六ページの最後の文章はこうだ。これは、自分のしていることがよくわかっていない人々のあさはかな言い逃れにすぎない（クリストファー・アレグザンダー『永遠の建築』〔邦題は『時を超えた建設の道』平田翰那訳、鹿島出版会〕）。二四七ページの最初の文章はこうだった。事実はそれと正反対だ。

ｄは、ｄｄはどこまで読んだんだろう、左ページだったのか右ページか、左ページなら何行目までだったのか、右ページならどの段落までだったのか知りたいと思いながら本を開いていた後、ページをめくってみた。紙は厚いが軽く、ざらっとした手触りだった。黄色いしおりの後ろからdは本を読みはじめた。本は他のものに比べたら生あたたかくないように思えた。dは毎日仕事を終えて帰り、夜に少しずつ読書を続けていった。内容はあまり気にとめていなかった。本の重さと匂い、文字の色が、眠るために役に立った。dは、最後のページにはさんであったしおりで自分がどこまで読んだか記しておき、次に本を手に取ったらそこから読みはじめ、その日読んだ最後のページにまたはさんでおいた。褐色のしおりがもとの位置に戻った後は最初のページから読みはじめ、黄色いしおりのあるところまで読んだ。これは、自分のしていることがよくわかっていない人々のあさはかな言い逃れにすぎない。二四六ページの最後の文章まで来た後、褐色のしおりを黄色いしおりと並べて本を閉じた。

　dはパク・チョべの本をバックパックに入れて出勤し、他の日より少し早く仕事を上がった。汗に濡れた作業服をバックパックに入れ、本をどうするか悩んだが、小わきに抱えて明洞へパク・チョべに会いに行った。木曜日で、若干涼しい春の夜だった。パク・チョべは観光客でごった返す明洞の街で、今もレコードと靴下を売っていた。フライドポテトの屋台とTシャツの屋台の間に、パク・チョべの小さな屋台があった。中国語や日本語で呼び込みをする声と、それぞれ違う音楽がごちゃ混ぜになった通りだ。パク・チョべは両手を太ももの間にはさんだまま、退渓（テゲ）路の方を見ながら座っていた。久しぶり。パク・チョべはしばらくぼんやりとdを見た。これを返しに来た、と言いながらdが本を差し出すと、パク・チョべが眉間に少ししわを寄せてそれを受け取った。お……そうか、これ、俺の本だな。パク・チョべはずっと前にddにその本を貸してやったと言った。ddが、自分を招待しにここに訪ねてきたことがあったとパク・チョべは言った。お前らが屋上部屋に引っ越したとき……引っ越しパーティーするから来いって。

そうか。dはうなずいた。ddは何で一緒に来なかったのかとパク・チョべが聞いた。ああ、一緒に来られなかったんだとdは答えた。ふーん……dはパク・チョべを、パク・チョべは自分の太ももの上に載せた茶色い本を見おろした。カバーには長く引きずった指の跡が残っていた。あれは誰のだろう。dは考えた。僕のものだろうかddのものか、パク・チョべのものだろうか。救急車が一台、サイレンを鳴らしながら退渓路を通り過ぎた。夕飯食ったかと、パク・チョべが聞いた。dは首を振った。今日は行くところがあるから商売を早めに切り上げるつもりだったんだ、その前にうどんでも食いに行くかとパク・チョべが尋ねた。

dは会賢(フェヒョン)の交差点でパク・チョべを待った。リヤカーをかたづけてくるからそこで待っててとパク・チョべが言ったから。ちょっと持っててと本を返されたので、パク・チョべの本は再びdの脇腹と腕の間にあった。パク・チョべが大然閣(テヨンガク)ビル側の横断歩道の前に現れた。信号が変わると両手をズボンのポケットに突っ込んだまま道を渡ってきた。大きな、重そうに見えるスポーツバッグを一方の肩にかけていた。彼らはパク・チョべがよく行くという小公路(ソゴンノ)

のうどん屋でうどんを一杯ずつ食べた。糸のように細く切った海苔とネギを載せて。dはうどんを食べている間ずっと、パク・チョべの本を太ももの上に載せていた。パク・チョべは勉強のためにイタリアにいたことがあり、韓国のものが懐かしかったことはほとんどないけど、海苔はとても食べたかったと言いながら、半分くらい食べたうどんにまた海苔をたっぷりかけた。俺、たいがい海苔が好きなんだよな。子どものとき、母ちゃんに黙って焼き海苔一束食べちゃって吐いたこともある。この子が血を吐いたって、あの日、母ちゃんが大騒ぎして……

汚いな、食ってんのに……

あ　ごめんな。

dはどんぶりに残った麺を箸で集めて食べながら、イタリアではどこにいたんだと聞いた。北部にいたよと、パク・チョべは言った。南部には沼地が多いんだ。それとマフィアも。俺、じめじめしたものも銃撃戦も大嫌いだから、南部には行かなかったんだ。パク・チョべはミラノで一年間建築を勉強したが、成績はすごくよくなかったと告白した。それは、修道士がやってる寮にいて、悪いルームメイトと南京虫に苦しめられたせいで、そのとき嚙まれた跡が背中や太ももに残っているとパク・チョべは言った。パク・チョべの顔には血の気がなかった。分量の多い縮れ毛が脂じみて頭をおおっており、鼻を中心に額から両の頰までそばかすが広がっていた。dはパク・チョべの小さいころを思い出した。顔が面長になっただけで、ほとんどあのころのままのように見えた。右手の人差し指が内側にちょっと曲がっていたが、沈黙するたびに左手で人差し指をひねる癖があるためのようだった。俺のルームメイトたち……パク・チョべが言った。ある意味では、あいつらにも嚙まれたっていえるな。あいつらが修道士たちに、俺の私生活のこと告げ口して、俺と同じ部屋を使いたくないって陰で不満を言ったんだ。俺がしょっちゅう自分たちに……革命の話をするって陰口たたいて回って。ちょっとイっちゃってるみたいな奴で、何かにつけては政治の話をして、革命が起きなくちゃいけないと言って自分たちを困らせたって……

革命に関心があるのかとdは聞いた。パク・チョべは大根のキムチを箸でつまんで食べながら、革命家たちのことは好きだったと言った。世界は変えうるという信念を持っていて、その信念に従って世界を変えようとしたり、本当に変えてしまった人々だから。ほんとに、驚くような人たちだよ……特に第一次大戦と二次大戦の間の時期と、二次大戦以後の芸術家にすごく関心があった。もう根っこもなければ底もないような時代だろ、そんな時代に、革命的芸術家たちが……そんないまいましい、ないないづくしをどう克服したのか、すごく知りたくてさ……

パク・チョべとdはうどん屋を出て、小公路を眺めながらしばらく立っていた。車の往来がなく、道路はほとんど空いていた。そのときまで持っていた本をdが差し出すと、パク・チョべはそれをじっと見てから、返してくれなくてもいいと言った。

やるよ。

いいのか。

俺はもう、そういうのは読まないんだ。人の国の革命史を武勇伝みたいに読んだところで
……

パク・チョべはスポーツバッグを肩にかけ直しながら、自分は光化門（クァンファムン）の方へ行くと言い、お前はどこへ行くんだとdに聞いた。dは光化門の東和（トンファ）免税店の前でバスに乗れば部屋に帰ることができた。じゃあ、一緒に行くか？　パク・チョべが言った。彼らはプラザホテルの方へ歩きだした。

　プラザホテルの横から小公路へ抜けるとソウル広場だ。ソウル市庁の三叉路に向かって巨大な舞台が設置されており、大勢の人々が芝生の上をうろうろしていた。彼らは舞台前を離れて世宗（セジョン）大路へ移動していくところだった。舞台の上の方に大きな模型の船が一隻、照明を浴びて浮かんでいた。下の方が青く、上の方が白いその船をdは憶えていた。今日が一周忌だと、パク・チョべが言った。その船が沈んでから一年になる日。追悼行事があることは知っていたが、夕方の商売を完全にやめるわけにはいかないので、光化門の焼香所にだけでも行こうと決めていたんだ、お前が来たおかげでちょっと早く出かけられたんだよとパク・チョべは言った。

　dは菊の花を持って歩いていく人々を見た。旗竿につけたとても大きな旗が何十枚も、彼らの頭上にあった。ハイキングに出かけるみたいに敷物とバックパックを持った人たちもおり、そこらへんのビルからなだれ出てきたところのような会社員たちもいた。世宗大路ではすでに

車両が規制されており、大勢の人々が道路を通って光化門へ向かって歩いていた。パク・チョべとdは彼らの後ろをついていった。光化門に近づくほど人が増え、その流れがのろくなった。清渓広場交差点まで来たパク・チョべとdは、歩いてきた人々がそこに立ち止まるのを見た。青い「警戒」と書かれたテープを巻いた「車壁」［警察車両をびっしりと並べて壁のようにし、デモ隊の通行を遮ること。150ページも参照］が世宗大路を遮っていた。道路は濡れており、雨合羽を着たり傘をさしたりした人たちが道を開けろと叫んでいた。いがらっぽい匂いがした。のどの粘膜を熱く刺激する粒子が空気に混じっていた。dは、トラックの上で車壁の向こうの人々を見おろす丸いヘルメットの集団を見た。光化門方面に渡ることは、不可能だった。

パク・チョべは地下鉄の駅を抜けて光化門側へ渡ろうと言ったが、地下へ降りる入り口はふさがれていた。蛍光グリーンの防護服を着てヘルメットをかぶった戦闘警察［デモ鎮圧を担当する警察の武装部隊］の隊員が階段をぎっしりと埋めて立っている。駅から上ってこられない人たちと、駅に降りていけない人たちが警察に抗議していたが、彼らは返事もしなければ動きもしない。バス停は警察バスに遮られて使えなくなっていた。さあ、どうしようか……駅に降りる階段の端で、グレーのバックパックを背負った男が、え、何だよくそったれ、うちに帰るだけだって言ってんだろと抗議していた。パク・チョべとdは、市民の通行を妨害するなと叫ぶ人々の後ろに立っていた。お前どうするとパク・チョべが聞いた。dは、歩いて漢江を渡って帰ってもいいしと答えた。それじゃ、もう行くかいとパク・チョべが尋ねた。dは即座に答えられなかった。

ファイナンスセンターの前が騒然としていた。清渓川路の方向へ、旗と人々が移動していた。

じゃ、俺と、少し歩こう……パク・チョベが言った。


俺がイタリアを出たころ……そのころイタリアが総選挙中だったんだ。選挙の間じゅうずっと、俺、イタリア人の友だちに言ってたんだ。ベルルスコーニが当選したらおしまいだよって……何度言っても、まともに聞く奴はいなかったな。俺は結果を見る前に韓国に帰ってきたんだけど。まあ、言わずもがなだが、金が続かなくてね……二〇〇八年のイタリアの総選挙で、イタリアの富豪でフォルツァ・イタリア党の創設メンバーであるシルヴィオ・ベルルスコーニが勝利して、四回めの首相になったとき……あのとき俺はイタリアの友だちや前のルームメイトたちに一人一人電話したんだ。で、言ってやったんだ……お前らはもうおしまいだよ、いいか……ほんとに見てろよって。ベルルスコーニは大ざっぱに言って……李明博(イミョンバク)みたいな奴だった。こっちは李明博、あっちはいよいよベルルスコーニだ。お前らと俺らはおんなじだよと、俺は言ったんだ。まあ見てな、同じような目にあっておだぶつだよって。俺があんなに警告したのにあのクソ野郎ども、おい、頼むよの一言でおしまいだったよな。放っといてくれよこのガイキチって、それだけだ。で、どうなったか見てみろ。ほんとにおだぶつだったんだ。そして俺らは、な……俺は、あのときが最悪だと思っていた……

パク・チョベは清渓川路を通って鍾路へ迂回し、鍾路から光化門へ行こうと言ったが、清渓川路にはすでに警察のバスが並んでいた。すべてのバスがエンジンをかけたまま待機しており、その排気ガスで清渓川一帯の空気はひどく濁っていた。パク・チョベとｄは毛廛橋（モジョン）付近で少し幅のあるすきまを発見したが、すきまにヘルメットを装着した警官たちがぎっしり待機しているのを見て、もう少し歩くことにした。後ろから押し寄せてくる人々をかき分けて戻っていくこともできず、警察バスで作られた白い壁を左手に見ながら狭い歩道に沿って歩くしかなかったのだ。平和的デモを保障しろというスローガンが反復された。清渓川を渡った向こう側でも、大勢の人々と旗が移動していた。

パク・チョベは、以前はＣＤを売っていたが、最近は靴下中心で商売していると言った。お前も知っての通り……最近は誰もＣＤで音楽を聴きゃしないだろ。中国人や日本人がアイドルのＣＤをたまに買っていくけど、でも圧倒的に売れるのは靴下だ……アイドルの顔と、動物のキャラクターがついた靴下がよく売れるとパク・チョベは言った。パク・チョベのスニーカーの紐はしょっちゅうほどけ、そのたびにパク・チョベとｄは清渓川の鉄柵の方へ体をよけた。三度めに紐がほどけたとき、ｄは手を差し出してパク・チョベのスポーツバッグを受け取った。パク・チョベが足の甲の上にちょっと焦りながら結び目を作っている間、ｄはパク・チョベのバッグを肩にかけていた。見るからに重そうだったが、見たところよりずっと重かった。パク・チョベが息を吸いながら背中を伸ばして立ち上がった。バッグを返してやりながら、ｄは何でこんなにかばんが重いんだと聞いた。パク・チョベは、バッグをポンポンたたきながら、ここに全財産が入ってると言った。個人的なコレクションだが、見本として売り場の台に載せておく貴重なCD何枚かと、現金と金のネックレス、最近読んでいる本、下着と洗面道具。水とエナジーバーもあるから、有事の際にはこのかばんだけ持って出ればいいんだ、ここに入ってるものだけで何日かはもつとパク・チョベは言った。

有事の際って、例えば？

戦争とか放射能漏出だよ。

dとパク・チョベはスピードをゆるめた人波とともにしばらく立っていたが、またゆっくりと移動した。パク・チョベはちょっと前に結んだ結び目がまたゆるんでいないか確かめながら歩いていた。ここにいる人たちは、そんなことはまさか起きないみたいに振る舞ってるけど、そんなことはそんなふうにして起こるもんだとパク・チョベは言った。思いがけないときに……みんなが放心しているとき。そうなると、人は蒸発して、その人の部屋と持ち物が残る。ヨーロッパでは今でも、古いアパートでそういう部屋が発見されるっていうよ。俺がイタリアにいたとき……パリやロンドンのどこかでそういう部屋が発見されたというニュースをときどき見たと、パク・チョベは言った。戦争のときに出ていった人が戻ってこないまま、七十年間もドアが閉まったまま放ったらかされた後、発見された部屋。そういう部屋に残ったものたちは、幽霊そのものみたいに見える。ふたの開いた香水びんやおしろいのパフが置いてある鏡台、剝製のダチョウの背中の上にあわただしくかけられたショール……最後にお茶を飲んだ痕跡がそのまま残っているテーブルとか、火の消えた暖炉の前に脱ぎ捨てられたブーツ、そういうものたちは、ある瞬間の寸前、というものを思わせる……その瞬間までその部屋にいた人がどこかで永遠に蒸発したことを語ってくれて、その蒸発の瞬間がきわめて急、だったことを教えてくれるとパク・チョベは言った。

彼らは廣通橋（クァントン）を過ぎ、廣橋交差点から左手の道に入ろうとしたが、郵政局路（ウジョングク）もやはり警察バスで止められていた。ヘルメットをかぶり、盾を持った警官たちがバスの前に立っており、スーツを着た人たちがバスの向こうを指差してみせ、俺たちの目的地はすぐそこのビヤホールなのに、何だってこんなところで道をふさぐんだと詰め寄っていた。パク・チョベとdはしばらくその光景を見守り、もう少し歩いていった。普信閣（ポシンガク）の方へ行く鍾路8キルが交通止めになっており、鍾路10キルもヘルメットをかぶった警官隊でしっかり封鎖されている。どこまでふさいでるんだ……どうも俺たち、この道に閉じ込められたみたいだなと、パク・チョベが言った。戦闘警察のバスが吐き出す煤煙のために、パク・チョベはずっと咳をしていた。

鍾路12キルも封鎖されているのを見たパク・チョベとdは、道路から階段を降りていき、清渓川の川べりへ向かった。煤煙を避けて降りていったのだが、煤煙はもう清渓川の水面の方へ沈んでいってたまっていた。ったく……無駄に降りてきちまったなと不平を言いながらも、パク・チョベはどことなく弾んで見えた。泡の混じった唾を地面に吐き、スポーツバッグを背中の方へ回して両手をズボンのポケットに入れたまま、大股で歩いていた。月も星もないが明るい夜だった。清渓川は黒くきらめきながら東大門（トンデムン）方面へ流れており、ちょうど若葉が出てきたばかりの柳の木と、花の咲いた桜の木が照明を浴びて美しく影を落としていた。清渓川の向こう側で旗と一緒に移動している人々が、スローガンを叫んだ。

施行令を廃棄せよ。
施行令を廃棄せよ。
朴槿恵（パククネ）は退陣せよ。
セウォル号を引き揚げろ。

今しがた到着した警官たちが、長通橋（チャントン）に続々と詰めかけていた。鍾路方向へ行こうとしていた人々と警官たちは長通橋の上でぶつかった。パク・チョベとdは立ち止まって長通橋を見上げた。盾とヘルメットが街灯の明かりを受けてきらきらした。叫び声と悲鳴が続いた。押しつ押されつする足音ともみ合いで、長通橋は騒然としていた。

兆候はいつだってあると、パク・チョベが言った。

兆候？

dはパク・チョベの方へ振り向いた。煤煙のために目がひどくずきずきした。「有事の際」という言葉は、非常なことが起きるときという意味だが、非常なことはいつも、日常の中に兆しを見せているんだとパク・チョベは言った。突然……というものは、本当はそんなに突然ではないという話だった。

不意に……っていうのは、俺の考えじゃ……俺たちが知らないふりをしてたことを意味するだけだ。俺たちの日常をね。日常の中に兆候が全部あるじゃないか。戦争を見てみろ。脈絡なく起きる戦争はないんだ……放射能も同じだ、原発という兆候があって放射能漏れがあるわけじゃないか。今もそうだ。俺にはいつだって、今がそうだ……今はまさに、戦争と戦争の間みたいだ。第一次大戦と第二次大戦、二つの巨大な戦争の間には兆しがすごく充満してただろ。そんな兆候を感じるよ。もうすぐ世界が、もういっぺん、滅びるんだろうって予感がして、それはものすごく確かなんだ。また滅びるんだろうし、今度は決定的なものになりそうだっていう……そんな予感がする。な、戦争と戦争の間の時期の芸術家の仕事を見てみろ。特に音楽の人たち、クラシックでもジャズでも……終末が目の前まで来てるみたいに歌ってるし、演奏してるじゃないか。彼らは確かに何かを感じたんだと俺は思う。つまり、俺が今感じているものを、待機の中から近づいてくる災厄をね。俺は、今がそのときに似てると思うんだ……一言で言って、寸前だと……だから、あんな光景はまだましだと思うと言いながら、パク・チョベは長通橋から広がっている光景の方をあごでしゃくってみせた。

この状況を見てみろ。何て透明で……何てサイテーなんだ。それに、このひどさは目に見えるじゃないか？　ただ静かに、そうじゃないふりして滅びていくより、この方がましだと俺は思う……

水標橋(スピョ)でパク・チョベとdは道路に上がろうとしたが、清渓川から道路へ上がる狭い階段は警官たちによって封じられていた。パク・チョベとdのように清渓川に降りてきた人たちが、鉄の手すりがついた階段で怒って警官に何か言っていたが、警官たちは答えず、道を開けてくれる兆候も見せなかった。階段の上の方の状況を見守っていた女性がいちばん下の段にぺったりと座り込み、靴を脱ぎ、ストッキングをはいたふくらはぎを揉んだ。何人かの人が側壁をぱっと飛び越え、ツツジが植わっている花壇の上へ這い上がりはじめた。パク・チョベとdも木の枝につかまりながら花壇を上り、鉄柵を越えた。彼らは水標橋の近くで、封鎖されていない脇道を見つけ、そこを通って鍾路へ出た。鍾路3街駅だった。dは仕事を終えて以来二時間かけてまた世運商街の近くまで戻ってきたということを知った。

鍾路2街の交差点で彼らは、普信閣の方へ道を渡った。鍾路2街は他の日と変わらず平穏で、賑わっていた。金剛製靴(クムガン)、ユニクロ、ジョルダーノ、貴金属問屋通り、どこも煌々と照明を灯して営業していた。ちょっと前に飲み会が終わったか二次会に行こうとしている人たちが酸っぱい酒の匂いをさせて通りを歩いており、雑貨店や春の特選メニューを提供する飲食店などは透明なドアを開けて音楽をかけていた。空気にはケンタッキーフライドチキンの匂いが染みついていた。道路はほとんど空いており、清渓川から抜け出してきた人々がちらほら、光化門の方へ歩いていた。警官がホイッスルを吹きながら道路に残っている車を東大門の方へ追い返していた。パク・チョベとdは酔客やデートをしに来た恋人たちや、春を味わうために冬のコートを脱いでやってきた人たちの間を歩いた。普信閣へ近づくほど、歩道は閑散としてきた。鍾閣(チョンガク)を通過したあたりから彼らは車道へ降りていった。両側の歩道は警察バスと鎮圧部隊によって封鎖され、パク・チョべとdは車両の通行が完全に消えた道路を歩いて世宗大路の交差点に着いた。

　そこに着いて彼らは初めて、彼らが清渓広場の方から目撃した車壁の後ろに、さらに何重もの壁があったことを知った。北側と南側をつなぐ世宗大路は二重の車壁によってせきとめられ、北にも南にも行けないようになっていた。dは、行き来する車も人もなく、広々とした道路がきれいさっぱり空いているのを見た。菊の花を持った若い女性と男性が車壁の間をのぞき込み、光化門広場の方へ出るすきまを探していた。dは彼らがすきまを見つけられずにカツカツと靴音を立てながらどんどん鍾閣の方へ移動していくのを見守った。世宗大路の交差点は、二つの長い壁を間に置いて、がら空きの、それこそ「空間」となっていた。そこは静かに停止しており、真空に他ならなかった。四十分あまり前にパク・チョべとdがいた清渓広場の方向から、喊声が聞こえてきた。さあ、どうしようか。dは警察バスの向こうにそびえ立つ李(イ)舜臣(スンシン)将軍の銅像を眺めた。あの声は、この間隙を、この真空を、とうてい通過できまいと思った。なあ、チョべ、これは革命だな。dは思った。僕らは迂回したんじゃなくて、あの車壁が作り出した流れに忠実に沿って、滓(かす)のように、ここまで到着したんだ。革命はもう到来していた、これがそれじゃないかとdは思った。革命をほぼ不可能にさせる革命……壁を発明した人たちが作り出した革命……夜の空気が冷え冷えとしていた。
パク・チョベはズボンのポケットに手を入れて立ち、教保（キョボ）ビルを見ていた。
お前、あそこがこの都市の一番地だってこと知ってるかと、パク・チョベが言った。

9

非常なことが起きるとき。

dはその言葉を思うたびに、小さな乳白色の壺のことを考えた。ddの骨の粉を納めた納骨堂。そこへ行ってからももう一年が過ぎているが、それを思い浮かべるだけで、それはdの手の中にあった。両手の中に。そして、それがとても生あたたかいだろうと思うだけでも苦痛なので、dは目を閉じた。あの体が全部、あの小さな、単純な納骨堂の空間の中に入っていることを思うだけでも。dには、パク・チョベのかばんみたいなものは必要なかった。非常なことが起きるとき……というのが、他にあるだろうか？　あるなら、こんなふうに、終わる兆しもなくずっと続いているはずはなかった。そうだ。続いている。兆候も何もなく、これはこんなふうに続いている。パク・チョベはすぐにでも世界が滅びそうなことを言っていたが、dには疑わしかった。滅びるだと？

滅びるものか。

ずっと続くのだ。もはや美しくなく正直でもない、生が。そこには滅びさえもない……ただ赤裸々なままに、続いていくのみ。バスがカーブして停留所に停まった。dはバスを降り、古い高層団地に入っていった。りんごといちごを買った。イ・スングンとコ・ギョンジャに会いに行くのだ。イ・スングンは三、四年前に痛風のため大工をやめた。彼は富川（プチョン）に彼の名義でおんぼろのアパートを持っており、今はその家賃収入で食べていた。彼の家にはもう大工をしていた痕跡を少しも見出すことができず、彼の妻であるコ・ギョンジャはひどいうつ症状を呈していた。

イ・スングンとコ・ギョンジャとdはリビングのソファーに座ってりんごといちごを食べた。イ・スングンは約一年ぶりに現れたdに優しく振る舞おうと努力した末に急に口をつぐみ、すべてに愛想をつかしたように冷淡になった。彼は自分の店子たちは最近、決められた日に家賃を払わないと言った。生活費が足りないよ。イ・スングンはdを叱責するかのようにそう言った。コ・ギョンジャはずっと皿の縁をにらみながらいちごを食べていた。dは彼女が片足だけに室内ばきをはいているのを見た。緑色のストライプがついたスポーツサンダルだ。彼女がしばらく、ボウルにごはんを入れて食べていたことをdは知っていた。それも、食べているのを隠すように、食卓の下にボウルを置いて足の間にはさみ、力いっぱい混ぜて食べるのだ。dはある日それを目撃し、何でそんなふうに食べるのだと聞いた。父さんと僕のごはんはごはん茶碗に盛ってくれるのに、どうして自分のごはんはボウルに入れて床に置いて適当に混ぜて食べるのかと。コ・ギョンジャはものすごくあわてて、こうやって食べるからおいしいんだと、お前もこうやって食べてごらんと、私たちみんなこうやって食べようと言いながら、訴えるようにこんな言葉をつけ加えた。

　昔のこと、考えながら。

　いつごろの昔のことを言っているのかとdが聞くと、コ・ギョンジャはなぜ今さらそれを聞くのかと言いたげにdを見やった。小さいときに……こうやって食べた、と彼女は言った。コ・ギョンジャが親戚の家で女中扱いされて育ったことは、dも少しずつ聞いて知っていた。彼女の両親は黄海道（ファンヘド）から逃げてきた戦争難民で、京畿道の江華（カンファ）に定着した後、特別な技術も財産もなく日雇い仕事で食べていたが、息子を一人、娘を二人もうけ、長女を肺結核で失った。コ・ギョンジャはこのきょうだいの末っ子として育ち、高等教育を受けさせてやるという約束で反物商をしている親戚のもとに預けられたが、高等教育はおろか勉強は一切させてもらえず女中暮らしで、親戚夫婦とその子どもたちが残したおかずを集めてふくべに入れ、飯とかき混ぜて食べる生活だった。

あんたのおじいさんとおばあさんはすごく貧乏だったから彼女を親戚の家にやるしかなかったって言うけど、息子は手元に置いて、娘を出したよね。貧乏だったからではあるけど、根本的には彼女が、女の子だったからだよ。おじいさんとおばあさんは、食費を減らす上に労働力になって生活費も補ってくれる人間として息子じゃなく娘を差し出し、その選択にはたぶん……少しのためらいも、後悔もなかっただろうというのが、コ・ギョンジャの幼年時代の話をdから聞いたddの意見だったことを……dは思い出しながら、コ・ギョンジャが食べ残したいちごのへたを見た。母さんはその昔の何をあんなにも切実に懐かしんでいたのか。ボウルに入れた飯を混ぜて子ども時代の自分を真似するほどに、昔の日々には特別な何かがあったのかもしれないとdは思った。そこには何があり、何がないのか。幼いコ・ギョンジャがいて、現在のコ・ギョンジャはいないのだろう……母さんは最近も飯を混ぜて食べるかとdは聞いた。イ・スングンはうなずいた。彼女は飯をよく食う、とてもよく食うというのが、彼の答えだった。

dは三時間ほどその家にいて立ち上がった。コ・ギョンジャはソファーに横になって眠っており、イ・スングンが玄関でdを見送った。dは父親のズボンに染みついた小便くさい匂いをかいだ。室内のすみずみに夫婦の排泄物の匂いが染みついていた。dは前にもこの空間で父と母の、ごちゃ混ぜの中からもそれぞれ区別できる匂いをかぎ、彼らがその匂いに気づいていないわけがないと思いながら、お互いに好感を持ってもいない二人が相手の匂いに耐えつつ同じ空間を分け合って使うことについて考えながら、母や父の言葉を上の空で聞いていたことを思い出した。靴箱が玄関にあり、そのまっ暗な箱に入ったものたちの匂いがした。ｄはその中に古い靴とスニーカーと、誰もはかない男性用と女性用のサンダルなどが自然とへしゃげてつぶれてぎゅう詰めになったままだということを知っていた。

こんなふうにごちゃごちゃに混ざったまま……少しずつ壊れていくイ・スングンとコ・ギョンジャの人生についてｄは考え、ｄｄが生きていたら、そして彼らの共同の生が続いたとしたら、自分とｄｄもついにはこんな光景にたどりついただろうかと考えてみた。残酷な光景だった。見るに耐えない、厭わしい眺めだった。しかしそれは同時に、何と美しいのか。ｄｄと一緒に、人生にうんざりするということ。二人分のものたちに囲まれたまま、少しずつすり減って、消えていくこと。生命がなく、すり減ってなくなる物理的な形もないのだから、ｄｄにはついに到来するはずのない光景だった。しかし僕にはそれが来るはずだ。ｄは玄関に立ち、イ・スングンの顔を見ながらそれを悟った。倦怠、幻滅、ひとかけらの愛着も残らない生。この人と同じような顔が僕の顔になるはずで、僕は一人でそれに耐えねばならないだろう……

ｄが玄関でしばらく動かずにいると、センサー灯が消えた。イ・スングンはｄに向かって、お前の恋人はなぜ一緒に来なかったのかと尋ねた。

ですよね、とdは思った。
僕の愛する人はなぜ一緒に来なかったのだ。
わからないとdは答えようとしたが、言葉が出てこなかった。言葉を言おうとすると口に力が入り、あごが開かなかった。たぶん笑顔になっているのだろうと、dは思った。耳がかちかちになって後ろへ反り返り、口が引っ張られてあごがこわばり、目も細くなる。これが笑いか？　dは思った。今の、僕の顔の状態、このくしゃくしゃに歪んだ顔、これが笑いか？　だが、何がおかしかったのか？　父さんの質問がおかしかったのか？　みぞおちがむずむずした。dは吹き出しそうになって口をつぐんだ。わからない、とdは答えることもできた。わからないけど、本当はわからないわけではなく、わからないと言うしかないのだと。僕の愛する人はなぜ一緒に来なかったか……それは、あまりに取るに足りないからだと。僕もddもそして、あなたも。僕らがあまりに取るに足りなくて、一度の衝突によって、投げ出されてしまうからだと。

—

五月も中旬を過ぎるころ、商街で老人が死んで発見されたという噂が出回った。倉庫や空き部屋が多く人通りが稀な最上階に何年も部屋を借り、誰にも知られず出入りしながら暮らしていた老人だが、商街を管理する守衛に発見され、身寄りのない死体として運び出されていったという噂だった。その老人の名字がユンだったという話を聞いたヨ・ソニョが五階の管理事務所へ行き、死んだという人の名を尋ねたが、ここでそんなふうに死んだ人はおらず、いい加減な噂に過ぎないのだから、単なる噂で忙しい人を煩わせるなと嫌味を言われただけだった。ｄが仕事を終えて修理店へ上ってきたとき、ヨ・ソニョは作業台の前に置いた椅子に深く腰かけ、アンプをのぞき込んで考えにふけっていた。

　ｄはｄｄのレコードの中から一枚を選び、ターンテーブルに載せた。バックパックを床におろして椅子に座った。

音楽を聴いた。

一日じゅう荷物を運び、階段を上り下りするのに動員された筋肉と関節の数々が、ぷつん、ぷつんと音を立てて弛緩していった。

午前中からずっと雨が降っていた。黒い埃でおおわれた窓は閉まっており、夜になってもやまない雨のために鍾路の方の明かりがにじんで見えた。ヨ・ソニョはテスターの針で基盤の状態を確認した。焼き切れたものは完全にだめになり、下の方にも流れのよくないコンデンサーがあった。もう生産されていない部品なのだが、他の機械から取り出した比較的ちゃんとしたものをヨ・ソニョはいくつか持っていた。ヨ・ソニョはハンダづけのコテを握って、まっ黒に焼けた抵抗のまわりの蠟を溶かした。だめになったものと、あやしいのを切り離し、部品を新たにつけた後、ハンダづけをして固定した。ハンダの煙が作業台の上に立ちこめてたまった。ヨ・ソニョは窓を開けた。一瞬にして空気が混ざった。アンプを引っくり返してまっすぐにしようとしたが、あまりに重い上に作業台の上の空間が狭くて一人では動かしにくいので、dの助けを求めた。dがオーディオを切って作業台の前に来て手伝った。アンプを九十度に立ててから横に寝かせ、外しておいた真空管を元の位置にはめ込む。電源を入れると五本の真空管に薄暗い光が灯った。ヨ・ソニョは真空管の予熱が終わるまで待ってから、ラジオのダイヤルをあっちこっちへ回してみた。Zion.Tの「Eat」です……元コメディアンが二十代男性へのセクハラ容疑で拘束……憎まず憎まず心を尽くし／惜しまず惜しまず愛し（「百万本のバラ」の韓国語版の歌詞）……二人の患者が韓国で初めて中東呼吸器症候群の確定診断を受け三名は隔離……日本の国民的ガールズグループＡＫＢ48総選挙が熱烈な高まりを……江辺北路（カンビョンブク）でトラックとタクシーが衝突事故で両方向渋滞……どうしてアンプに電球がついているのかと、dは尋ねた。

電球？

これは真空管で、電球ではないとヨ・ソニョは言った。構造が違うし役割も違う。電球は音と何の関係もないが、真空管は音を左右すると彼は言った。定電流と増幅って……聞いたことあるか？　定電流は散漫に散らばったものを一方向に流れるようにするもので、増幅は信号の振幅を増やすものだが、このアンプでそれを行うのがこいつらだ。これがちゃんとつけばこのアンプが直り、すべてがうまくいくのだと。

ヨ・ソニョは、一日じゅう天気が悪くて体がすっかりぐなぐなになったみたいだと言って、伸びをし、あくびをした。dが真空管から目が離せずにいる様子を見て、聴いてみるかとダイヤルを調節し、いちばんきれいな音が入るチャンネルに合わせた。dは立ったまま、ブラームスの「サッフォーの頌歌Op. 94－4」を聴いた。

どうだ、違うか。

わかりません。

聴いてごらん。

……違うような気も。

そうか？

音がちょっと違うみたいだと、dは答えた。

違うかね？　違って聴こえる？

嬉しそうに尋ねるヨ・ソニョに、こっちの方がいいものなのかとdが聞くと、ヨ・ソニョはズボンのポケットに手を入れながら、それはわからないねと答えた。

以前は、ＴＲがなかったからこういうのをつけてたんだ。真空管は扱いが難しく、壊れやすいから、シリコンが発明されて、それで出てきたのがＴＲなんだが……ＴＲを束ねたのがＩＣで……集積回路とも言うな。つまりこの機械は、ＴＲやＩＣが発明される前に作られたヴィンテージってことだ。今の世の中は何もかも早いから、ＴＲアンプもヴィンテージになってる状況だが……TRには真空管にあるロマンがないと言う人もいるな。だが、パワーがあるからTRの方がいいと言う人もいるし、同じ理由でTRが嫌でこっちがいいと言う人もいる。どっちがいいかははっきり言えないね。

ヨ・ソニョがまたダイヤルを回し、彼らはエラ・フィッツジェラルドが歌う「ブルー・ムーン」を聴いた。dは目を離すことができず、真空管を見つめていた。あまりにたやすく壊れたり割れたりする、もの。その真空を通過した音にも、雑音は混じっていた。dはひやっとするほど薄いガラスの管の中の真空をのぞき込み、何日か前にパク・チョベと一緒にいた空間のことを考えた。あの真空を。あれは広く、暗く、静かに停止していたが、この小さくわずかな真空は流れる光と信号に満ちていた。dはまた、世宗大路の交差点で感じた真空のことを考え、突然流れが消えたあの空間と、その向こうの、あの場所にとどまっている人々について考えた。彼らとdには同じところがほとんどなかった。他の場所、他の人生、他の死を経験した人たち。彼らは愛する者を失い、僕も恋人をなくした。彼らが戦っているということをdは考えた。あの人たちは何に抗っているのだ。取るに足りなさに　取るに足りなさに。

僕の愛する人はなぜ一緒に来なかったのだ。

君のオーディオはそろそろ、ちょっとは特別なものになったかいとヨ・ソニョが聞いた。同じモデルでも、その機器を扱う人によって音が違うとヨ・ソニョは言った。この世でそれ一台だけだから、ヴィンテージを修理しようとする人たちは、直すとは言わない。生かすと言うんだね。

湿っぽい風が修理店の中に吹き込んできた。雨が入ってくるとヨ・ソニョは窓を閉めた。黒っぽく燻ったガラスのバルブの中に明かりがついていた。dは思わず手を差しのべて、その透明な球を握ってみた。ぞくっとするような熱を感じて手を引っ込めた。

疼きが走った。

dは驚いて真空管を眺めた。もう手を引っ込めたのに、その薄くて熱いガラスの膜が手に貼りついているようだった。疼痛が、皮膚を貫いて食い込んだ棘のように執拗に残っていた。軽く見てはいけないよと、ヨ・ソニョは言った。それはとても熱いのだから、気をつけろ、と。

みんなが帰るころには、傘が必要だ。（「ディディの傘」〔『パ氏の入門』二〇一二年〕）

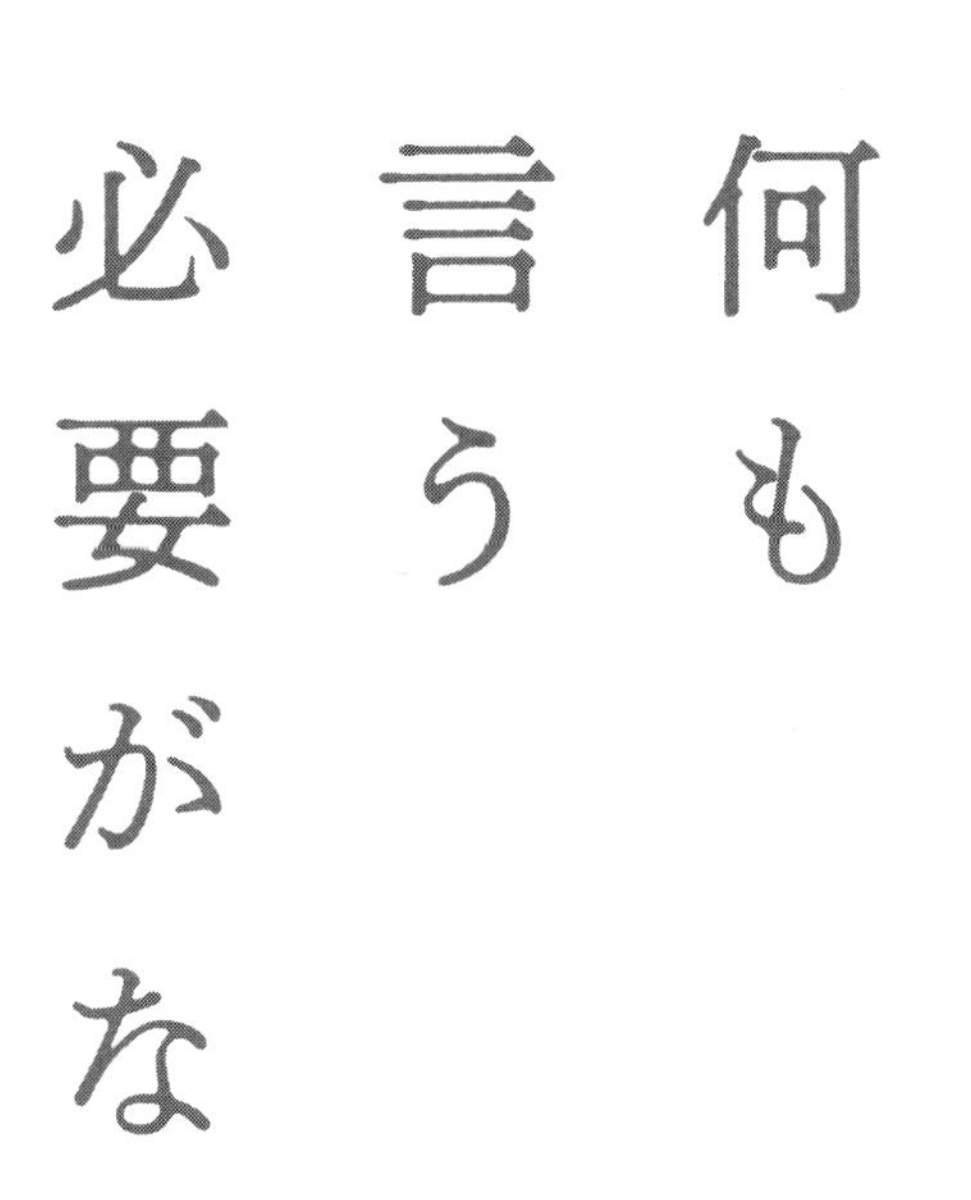
何も言う必要がない

1

正午を過ぎた。みんなが眠っている。昨夜は眠れなかったのだから仕方がないだろう。そうだとしても、神秘の午後だ。こんな時間にこの家に集まって寝ている。みんなが集まっているのに、これほど静かだ。こんなことが二度あるだろうか。

カップと皿をかたづけ、食卓を拭く。拭き終わったら、椅子に載せておいた本とノートパソコンを食卓に上げよう。この食卓はリビングに置いてある。水気に比較的強いという木材で作られており、色は明るい茶色だ。四角い上板をしっかりと支えるのにふさわしい太さの脚がついており、食卓としても書き物机としてもなかなかだが、材質が少々もろい。フォークで押したり陶磁器をちょっと強く置いたりするだけでも、本の角でも跡がつく。そんな跡がすでにたくさんあり、たゆみなく増えていく。キム・ソリは、この食卓の質感は何か厚かましい感じがするし、跡がいっぱいつくからよくないと不満を言ったりするが、私はそんな跡の上に本やノートパソコンを広げるのが好きだ。私はここで書いている。暇ができるたび、小説を書こうと努力している。一編の物語を完成させようとして。

私には、短編にしようとしてできなかった十一本の原稿と、長編にしようとしてできなかった一本の原稿がある。どれも完成させることができなかった。私は私のコンピュータのデスクトップにフォルダを作って、そこにその原稿たちを入れておいた。十二本の原稿。全部未完だから、合計十二回の試み、その痕跡というのが正確かもしれない。私はいつもそれを語ろうと努力したのだ。たった一つの物語。誰も死なない物語を。

完走という題名で物語を一つ書けるだろうか。

どうしてあなたの書くものにはいつもいつも、死んだり、死にかけていたり、死んだように見える人たちが登場するのか。ずっと前に誰かが私にそう尋ね、「優しさ」が私の物語の助けになるかもしれないとアドバイスしてくれたことがあった。週に一度、参加費一万ウォンを払ってお互いの小説を読んであげるオンラインの集まりで聞いたアドバイスだ。人物に、つまり人間たちにもう少し愛情を抱いてごらんと。ときどきそれを思い出すことがある。優しさが私の問題になることがありうるかと。それが私に足りないから、やたらと死が登場し、物語が毎回中断するのだろうか。

いったい、他の人たちは物語をどうやってしめくくっているのだろう。その話がそこで終わるということを彼らはどうやって知るのか。他の人たち同様、私にも好きな本があり、さほど長くはないその目録の大部分は前世紀に書かれたものだ。それらの物語が手で書かれたことについて、私はときどき考えてみることがある。私は物語を手書きしたことがない。紙の無駄使いになることが明らかだから、試してみたこともない。手で書いてみたら今までとは違うものが書けるかもしれない、と思うことはある。ノートパソコンとペンは全く異なる道具であり、道具は言葉と考え方に影響を及ぼすから。今みたいにこの食卓の前に座り、何かを書いてみようと努力し、話をしすぎたときのように唇が乾いてくると、手で書くことについて考える。そんなときには、ハウゲ［オラフ・H・ハウゲ。ノルウェーの詩人、一九〇八―一九九四］の新鮮な紙とニーチェのタイプライターのことを思う。統合失調症を患っていた庭師、オラフ・ハウゲは新鮮な紙とよいテーブルクロスに感嘆し、よい布と繊細な紙のおかげで言葉がやってくるだろうと期待している、という内容の詩を書いた。

新しいテーブルクロス、それは黄！
そして新鮮な白い紙！
言葉が来るだろう
布がよいから、
紙が繊細だから！
フィヨルドの氷が凍ったら
鳥がやってきて止まるだろう

ハウゲの詩「新しいテーブルクロス」に登場する紙とテーブルクロスだったただろう。他に含意はなかっただろう。ただ単純に、新しいテーブルクロスはあくまで、紙とテー新鮮な白い紙！　私はその詩を愛らしいと感じた。感嘆符は好きではないが、その詩に登場する感嘆符たちは例外的に愛らしいと感じたし、その詩を書いたハウゲに強い同質感を感じた。すぐ後のページでは妻のブディルに絨毯を織ってくれとねだり、毎朝それを体に巻いて朝食のしたくをしてくれと叫ぶつもりだ、と語る詩的話者を登場させて若干私をうろたえさせたけれども。ある日ハウゲは食卓の前に近づき、丸いか四角いその食卓は、もしかしたら彼が管理していた庭園や森に置かれていたのかもしれないが、新しいテーブルクロスとその上に置かれた紙を、驚きとともに目撃しただろう。ハウゲの詩を通して私は、その紙を見た。「新しいテーブルクロス」という詩が書かれた、パンの断面のような質感の白い紙を。

私はハウゲがその詩を肉筆で書いただろうと信じている。鉛筆がぴったりだと思う。黒鉛の芯で紙を引っかきながら書いただろうと想像することは楽しい。タイプライターにセットして小さな金属の活字でたたいていく方法では紙の繊細さを十分に感じることはできないはずだから、何にせよハウゲは紙に手を触れていただろう。紙をいちばん確かに感じられる方法は、少なからぬ人たちがすでに経験で知っているように、触れたり、折ったり、破ったり匂いをかいだり引っかいてみたりすることだから。私は私の紙をそんなふうに扱えないのが残念だ。私は本という形態で紙を集めている。何も印刷されていないノートよりは、何か印刷されている本の方が完全だと私は感じる。絵や写真よりは、図面や文章が印刷された紙がいい。より触り心地がいいという面においてだ。見返しの厚さ、感触、インクの色や印刷状態が気に入ったという理由で後先かまわず本を購入することも多い。二〇〇九年十月十九日に印刷されたジャック・ケルアックの『オン・ザ・ロード』第一版第一刷や、二〇〇九年二月十六日に出版されたウジェーヌ・ダビの『北ホテル』第一版第一刷といった翻訳書たち。ハウゲの詩集もそのようにして私の手に入り、私はその本の、紙としての状態に非常に満足した。以前はそのくらい気に入った本に出会うと同じ本をもう一冊買ったりしていたが、もうそんなことはしない。同じ日、同じ印刷所、同じインクで印刷した本でも同じではありえないと今は知っているから。微妙に違うのだ、濃度とか印刷状態といったものが。

例えばちょうど今、食卓の上に私が広げているシュテファン・ツヴァイクの『昨日の世界』の一七二ページからしばらく続くライナー・マリア・リルケについてのほとんど礼賛に近い記述が、他の本で反復されることはない。私が持っている『昨日の世界』のこの部分は、きわめて美しく、黒く、鮮やかに印刷されているが、他の誰かが持っている『昨日の世界』の同じ部分の印刷状態が私のと同じである確率は高くない。その誰かの昨日と私の昨日が違うくらい、違うだろう。同じ題名、同じ著者、同じ出版社で、その差異がきわめてわずかであっても、そのわずかな差異は厳然たる差異であり、ある人にとってはそのわずかな差異がきわめて重要なのだ。ここまで考えてみると、私が好きなのは結局、紙に刷られた黒いインクなのかもしれないという気がしてくる……ともかく、本はそれぞれ匂いも違う。私が持っているページたちは褪せた色紙（いろがみ）みたいな匂いを放っているが、他のものは違うだろう。本はそれぞれ、それが属している空間の匂いを放つのだろうから。

一八八二年、視力障害で苦しんでいたニーチェはデンマーク製マリング＝ハンセンのタイプライターを購入し、その物品のおかげで新しい方法で執筆活動を続けることができた。タイプライターで文章を書くのは、手でペンを握って書くのとは異なる経験だっただろう。私は、ニーチェは手書きからタイプに移行するときにほとんど驚異といえるものを経験しただろうと信じている。ニーチェの医師であり友人だったジャック・ロジェ、哲学者カール・ヤスパース、『ニーチェの危険な本、ツァラトゥストラはかく語りき』という本を著した社会学者のコ・ビョングォンらは、一八八一年以後のニーチェの変化を記録する過程で、あるいは何が彼をそれほど軽快にさせたのか、彼がいかなる精神の跳躍を経験したのかを知ろうとして彼の変化に注目したが、私はその変化の原因としてタイプライターを強く推したい。ニーチェはたたきつけるようにして書いただろう。筋肉と骨にストレスを与える持続的な圧力から、瞬間的で軽い打撃へと移行すること。思考のスピードについていけず常に遅れをとる手書きから、より速く、断固たるリズムの集合へと移行すること。新しいツール。それは始まりからしてニーチェに相当の影響を与えたはずだ。ちょっと音楽的な面も生まれたのだろうな。ニーチェは自分のタイプライターをどのように扱ったのだろう。そのとき生まれた文章はどんな拍子を持っていただろう。

私はタイプライターではなくキーボードを、つまりワープロソフトを使っているが、これは手書きからタイプへの移行とはまた違うことであるはずだ。有限の紙面を扱うことと、無限の紙面をスクロールすること。カーボン紙に触れた手の指紋がついたままで一枚ずつこつこつとたまっていく紙と、ソフトウェアにせよハードウェアにせよシステムの影響下で、いつ何時でもゼロに還りうる不安な画面……何より、バックスペースのやり方が違う。タイプライターのバックスペースは、間違った文の上に他の文が重なって紙を汚すだけだが、ワープロソフトではただ、先の文を消して空にする。従ってそこには、汚される紙自体がない……ニーチェにワープロソフトというツールがあったなら、彼の「超人」はどんなものになっていただろうか。歴史における仮定は無用の長物だが、私はときどき空想する。ニーチェが一八八七年に発表した『道徳の系譜』で、一人の超人 Übermensch, overman を呼名するにとどまらず、自分が属する民族全体を「グート」Gut[*1]、よきものとして肯定し、ゴート人を神的な種族と呼んだとき、その文章の未来に絶滅収容所が登場することを予想したとしたら、ニーチェはその文章をどうしただろう? 言語を惰性で読む人間、読みたいようにだけ読む人間、彼が望む「完璧な読者」からは程遠い人間たちに唾を吐いて、その文章を消しただろうか? 消して、空いたところに新たに書いただろうか？　そもそも未来を想像することにたけた人であったから、彼にワードプログラムというツールがあったなら……

やめよう。

十三番めの物語を始めたい。それを完成させることができるだろうか。それをするためには何が必要だろうか。優しさ、それは私にとってよいツールとなりうるか。ツールを手にした人間はツールの方法によって話し、考えると私に言ったのが誰だったか、思い出せない。ツールを手にした人間はツールの方式によって話し、考える。金、言語、スマートフォン……美術教育学を専攻した私の友人Yは、『ザ・レフト』〔『ザ・レフト　１８４８-２０００』。イギリス生まれのドイツ史家ジェフ・イーラーの著作。ヨーロッパ各地での百五十年にわたる「左派」の歴史を丹念に追った歴史書。未邦訳〕とマルクスとジジェクの熱烈な読者だったが、三十代半ばにして労働者の世界から不労所得への夢／理想へと転向し、ギャップ投資〔不動産投資の手法の一つ。チョンセ価格と売買価格の差の少ない建物を選び、チョンセ入居者を決めてチョンセ金を受け取ってから購入すれば、自己資本が少なくて済み、将来価格が上がった際に投資額と利益とのギャップが大きくなる。チョンセについては６５ページ参照〕の手法でぼろぼろの中古集合住

＊1　「古代ローマにおいて、ある男子についてその『よさ』とされたものが何であったかは明らかである。〈Gut〉というわがドイツ語そのものも、〈der Göttliche〉を、すなわち『神性種族の人』を意味するのではなかろうか。そして〈Gothe〉〈ゴート人、もと名親・代親の意〉という民族名（元来は貴族名）と同一のものなのではなかろうか（「第一論文「善と悪」・「よいとわるい」『道徳の系譜』）

宅を買い入れた。その家は何もかもが古くて今にも壊れる寸前だったため、Yは修理を要求する入居者からの連絡を恐れていつも顔をしかめていた。一度など、二階に引っ越してきた若いカップルが、入居三か月で二十一年使ったボイラーを壊したといって怒り心頭に発していたことがあった。いったいボイラーで何をしたんだよ！　二十年以上ちゃんと稼働してたものを！　最上階から半地下まで壁の内側を伝って水が漏れたせいで、半地下で暮らしていた画家の絵三枚の代金を弁償したこともあったが、画家が絵の代金を要求するや、Yはその部屋を訪ねて絵をよく調べ、額縁さえ替えれば大丈夫だと判断し、自分で画材屋に行き、似たような額縁を買ってきて絵をはめ込んだ。Yの見立てでは、それでもう絵はまともになったのだが、画家が妥協しないため、結局、補償金を払うしかなかった。Yは、考えてみたらその金額が不動産仲介手数料と引っ越し代の合計とぴったり同じだったと言って「最近の賃貸生活者」に歯ぎしりした。Yがいちばん悔しがっていたのは、どうせ売れもしない絵を、という点である。Yは自分の怒りに私が共感し同意することを望むかのように私の方を見たが、私はただ、こんなことを思ってぼんやりとYを見ていた。ツールを手にした人間はツールの方式で……

やめよう。

もうちょっとしたらそろそろ、みんなを起こさなくてはならない。ソ・スギョンとキム・ソリとチョン・ジヌォン。今日はもう始まっており、午後にはめいめい用事がある。けれどもまだ、起こしたくない。食卓に本を広げておいて、頬杖をついたままリビングの窓を見る。あの窓は一重だから、暖房や冷房の効果をあまり高めてくれない。古い曇りガラス二枚が錆びた窓枠にはめ込んであるが、あのガラスは十年以上前にこの建物が建ったとき窓枠にはめ込まれて以来、枠からはずされたことはないだろう。窓枠は濃い紫色だ。建築的美観について私はほとんど知識がないが、あの紫色がどこから見てもこの建物に似合ってないことぐらいはわかる……誰があんな紫色を選んだのだろうか。窓の外に立っている二本の木のおかげであの窓からは向かいの家がよく見えず、その点はいい。私は人の家の窓ごしに見えるものを見たくないから。たいがいはベランダに置かれたものたちだが、その家に住む人たちがそこに置いて忘れてしまったものや、雑然としすぎているからという理由で生活空間からちょっと離れたところにかたづけられたもの、それらが窓から半透明に、または完全に透明に見えているのを目にすると、常識的な眺めというものについて考え込んでしまうことになり、そんなことを考えるのが私は嫌だ。あの窓からはそんなものの代わりに木が見える。まだ葉が出ていない細い枝の上をさっき、鳥が一羽飛んでいった。

今日はどのように記憶されるか。

チョン・ジヌォンは小さすぎて、今日のことを憶えてはいられないだろう。四歳だから、ひょっとしたら断片的な印象ぐらいは憶えているかもしれない。パンと卵焼きと、よく泣くママと、おばちゃんたちの沈黙……チョン・ジヌォンがすっかり大きくなった後も、ソ・スギョンと私は一緒にいるだろうか。私たちはどんな姿になっているだろう。私たちが私たちを説明することはできるか。今日を説明することができるか。つまり、今日が今日であったということを。

後日、私はこれらすべての物語の始まりはいつだったのかを考えるだろう。それはほんとに、いつだろう。私が生まれ、ソ・スギョンが生まれ、キム・ソリが生まれてチョン・ジヌォンが生まれて。始まりとはそういうものだろうか。私は夜に生まれた。私が夜に生まれたという話を私は父から聞いたのだが、彼の話は私にとって信ずるに値するだろうか。分娩室の外に梨の木があったと彼は言った。難産の末に生まれた赤ん坊を見て一息入れに外へ出てきた彼が病棟の入り口でふと見上げてみると、梨の花が満開で、夜空が爽やかに見えたそうだ。私はその夜の話を信じていないのだが、その夜の光景についてはときどき想像する。ソ・スギョンが生まれた朝にもその梨の花は残っていただろうか。梨の花たちが、九度の夜に耐えて、そのときにも。ソ・スギョンと私は同じ病院の同じ分娩室で、同じ年の陰暦三月に生まれた。私は八日に、ソ・スギョンは十七日に。始まりとは例えば、そんなことでもいいだろうか。

2

ソ・スギョンはソウル市江西区(カンソ)空港洞(コンハンドン)一帯からほとんど出ることなく幼年時代を過ごし、その一帯で飛行機を見ながら育った。低い丘があったとソ・スギョンは言っている。おとなしい遊びには関心がなく、駆けっこをして遊んでいたソ・スギョンは、目的があろうとなかろうといつも走っており、近所を走り回って疲れたらその丘に登った。一点の陰もない丘に寝て空を見ていると、ある瞬間、飛行機が高度をすごく下げて自分の上を通っていったとソ・スギョンは言った。ソ・スギョンは、丘一帯の空気も騒音も一掃するような勢いで飛んでいくその巨大な機械の裏側をすっかり見ることができた。飛行機たちはおおむね格納庫が開いて車輪が降りた状態で、格納庫の中のねじが見えるぐらい近くを飛んでいたと、あんまり近くて、その機械に自分の手で触る未来を想像せずにいられるはずがなかったとソ・スギョンは言った。

ソ・スギョンは高校を卒業すると大学の航空宇宙工学部に進学したが、それを思うたびに私は、幼いときに自分の未来を具体的に想像するということについて考えてみる。そういうことを想像する経験がソ・スギョンにはあり、私とキム・ソリにはなかったということについて。長いこと信用不良状態だった両親のもとで育った私とキム・ソリには、自分たちが貧しく、苦境に立っているという認識はあったけれども、だから何をすればいいのか、何ができるのか、私たちが何になれるのか具体的に考えてみたことはなかった。私たち姉妹は私たちの父母に倣ってときに無気力であり、習慣的に絶望しており、それでも未来は私たちに近づいてくるということ、それを迎えて私たちに何かができる可能性自体を想像したことがほぼなかった。私とは違ってキム・ソリは早いうちからアルバイトを始めたが、それはあくまで当面の必要を満たすためであり、未来に関する想像や、もっとましな未来への期待はなかったと、以前キム・ソリは私に言ったことがある。ソ・スギョンは私たち姉妹が自己憐憫や絶望状態に陥り、麻痺したようになり、身動きもできずにいるとき、現状を把握して次の段階を準備するという方法で現在から動けるように助けてくれた。ソ・スギョンの想像力がいつのまにか、そんなソ・スギョンを作り上げたのだろう。そして、そんなソ・スギョンがキム・ソリと私に霊感を与えてくれたんだ。私たち姉妹が霊感を必要としていた領域に、ほかでもないキム・ソリと私の日常にだ。

ソ・スギョンと私は同じ病院の同じ分娩室で生まれ、同じ区で育ったものの、違う小学校と中学校と高校に進学したためほとんど接点がなかったが、中学校に入学してからは毎年一回ずつ顔を合わせていた。全国少年体育大会の予選と全国体育大会高等部の予選で。ソウル市の代表戦への出場選手を選抜するその予選に、私たちはそれぞれの学校の代表として参加していた。

ソ・スギョンは短距離も長距離も走る選手だった。私はリレーと投擲競技だった。私がその種目の選手に選ばれた理由は選手が足りなかったからで、体育の先生が私にその種目を割り当てたからである。私たちが所属していた区では、陸上部があってちゃんと監督を揃えている学校は稀だった。短距離、長距離、リレーをはじめ幅跳び、円盤投げ、槍投げ等々に出場する選手のほとんどは、体育の授業の際においい、おまえ、これ（槍）ちょっと投げてみろ、あれ（円盤）ちょっと投げてみろ、（砂の上に線を引いて）ここまで跳んでみろ式で引き抜かれたのであり、ただそこへ行って走ればいいと言われて先生についてきただけの生徒たちだった。集まれーと言われてただ集まってきた、子どもたち。

引率者の先生たちの大部分は陸上の監督経験を持たない体育の先生だった。つまり、長距離競技を控えた選手に昼ごはんとしてジャージャー麺やチャンポンをおごるほどに未熟だった。そんなものを食べて走ったら、小麦粉の麺とスープでお腹が重くなり、まっ青になって引っくり返るに決まっている。ほとんどの先生にとって体育大会の予選とは、顔ぶれだけ揃えば結構という程度のイベントだったのだ。彼らは大会の間ずっと先生どうしで物陰に集まり、後ろ手を組んで雑談をしたり、または最初からどこかへ行ってしまっていて、焼酎の匂いをさせて現れたりするのだった。私たちは練習らしい練習もしないまま予選当日に会場のグラウンドへ行き、各学校の代表として走り、跳び、投げた。毎年会う子たちにそこでまた会い、お互いの成長や性徴を目撃した。

ソ・スギョンは優れた記録を出す選手だった。中学のときも高校のときも、陸上部もなくまともな指導体系もない学校の選手として出場したが、出た種目のほとんどで優勝した。ソ・スギョンが走ると先生や他種目の選手たちが見に集まってきた。いつだったか私は群衆の中で、ソ・スギョンの走る姿には何かがあると誰かが言うのを聞いたことがあるが、その姿には何かがあるというより、何かがないと言った方がより正確だった。走るときのソ・スギョンは、ただ走っていた。欲もなく心配もなく、すぐ隣のトラックでスタートした競争相手やゴールラインや記録への関心もなく、不要な動きや無駄な癖もなく、絶対に必要な動作だけでソ・スギョンは走り、その姿には、後に私がサン=テグジュペリの本で読んだ文章で語られているのと同様、柱や竜骨、飛行機の胴体の曲線を描写して彼が言ったのと同様、「付加すべき何ものもない」のではなく、「除去すべき何ものもなかった」(『人間の土地』)。

私がソ・スギョンを初めて見た瞬間にも、ソ・スギョンは走っていた。男子生徒の長距離競技が終わるのを待ちながら、間食用にもらったデルモンテジュースを飲んでいるときだった。冷蔵設備もなく、箱に入れておいただけなので、ぬるくて薄甘いだけでのどの渇きの解消には少しも役にも立たないオレンジジュースを飲むともなく飲んでいると、男子生徒の長距離グループが最後の一周を回ってゴールに向かっていき、その少し後を白いジャージの上下を着た選手が一人、軽やかに、しかし猛烈な勢いでトラックを走って私の前を通り過ぎた。

パパパパパッ。

あなたはこんなふうに走ってたと言うとソ・スギョンは嫌な顔をするけれども、そのとき、本当にそんな音とそんな感じで一人でトラックを回り、一瞬で遠ざかっていく彼を見た私は当時、さっきゴールを目指して走っていった男子生徒の長距離グループの最後のランナーだと思ったが、それがソ・スギョンだった。男子生徒グループのびりではなく、女子生徒グループの先頭。ソ・スギョンが半周以上先に通過したその後でやっと、女子選手団が砂埃を巻き上げてトラックを回ってきた。ソ・スギョンが速すぎて、出発後すぐに半周以上リードしてしまったのだ。私はそのときまだ幼く、陸上競技やスポーツのことをよく知らなかったが、自分が目撃したのは全国規模で有名になるべき才能の一時期だということはわかった。あの子は有名になるだろう。あのスピードとあの存在感で、とてつもないことになるだろう。

しかし私たちが十六歳になった年から、ソ・スギョンは予選に出てこなくなった。ソ・スギョンが高校で会った体育の先生は、無能と強欲という質(たち)の悪い組み合わせによってソ・スギョンの膝を台無しにした。彼は、常に成果を出すソ・スギョンの能力に勢いづいて、種目を選ばず様々な大会に出場させようと彼なりの練習をさせたのだが、それは練習というより軍隊式鍛錬または体罰に近く、そこには何の体系もなかった。ソ・スギョンは膝の手術を受けなくてはならず、その後はもう以前のようには走れなかった。スポーツには大して未練はなかったとソ・スギョンは言う。あれはいつも大会が終わった後に酢豚やチャーハンを食べさせてもらえたからで、自分が走っていた理由はそれだけだったというのだ。でも、あのときまともな指導を受けていたら別の人生があったかもしれないというニュアンスのことをふっと言うときがあり、すると私は四女一男の三女であるソ・スギョンの立志伝について考えたりもする。中学高校のスポーツ選手とはある意味、両親の支援とその経済力とで育て上げるものだが、その二つともソ・スギョンにはほとんど期待できなかったから。

ソ・スギョンは高校時代の残りは勉強に専念し、航空宇宙工学科に進学し、奨学金と絶え間ないアルバイトと学資ローンによって学士課程を終えた。航空宇宙工学。それはどういう学問なのだろうとじっくり考えた末に、航空と宇宙は異質の分野じゃないのかと私は尋ねた。航空と宇宙というのは、大気圏の内か外か、また重力の有無によって確実に区別される、全然性質の異なる分野ではないかと。ロッテリアでポテトをつまんで食べながら私がそう質問したとき、ソ・スギョンはプラスチックのストローをくわえたまま私を見て、地球から宇宙に出たり戻ったりすることは、いずれにせよ大気圏を貫通することであり、それはすなわち空気との摩擦と重力を経験することなのだと答えた。

だが、私がこんな話をソ・スギョンから聞いたのは後日、私たちが再会した後のことであり、当時ソ・スギョンの近況を知らなかった私は、彼はどこか別の地域で予選に出ているんだろうと思っていた。優れた選手たちは、まともな陸上部のある学校の先生に、自分の地域に転校してこいと声をかけられてスカウトされることもあったので、そうやってどこかへ行ったのだろう。絶対どこかで走っているはずだ。そう思っていたから、全国規模の大会があるたびに私は関心を持ってニュースを見たものだが、ソ・スギョンの消息はなかった。

ソ・スギョンと再び会ったのは、祖国統一汎民族青年学生連合と韓国大学総学生会連合（韓総連）の共同主催で第六次八・一五統一大祝典が開かれる予定だった、延世（ヨンセ）大学でのことだった。

3

私は浪人を経て一九九六年に入学し、ソ・スギョンは九五年入学組だった。私たちはそれぞれ、韓総連の傘下にあったソウル東部地区総学生会連合（東総連）と仁川富川地域総学生会連合（仁富総連）に所属して、一九九六年の八月の何日か［一九九六年八月に起きた「延世大学事件」と呼ばれる事件。訳者解説参照］を延世大学の総合館で過ごした。キャンパスを取り巻く包囲網を破って脱出しようとし、機動隊に追われて逃げ込んだ総合館で、自ら作ったバリケードの中で孤立してしまったのだ。何日かにすぎなかったが、その何日かの印象は私にとってそのまま一九九六年全体の印象となった。誰かが「九六年」と言うと、私はあのことを振り返る。その後も長い時間が流れ、少なくない事件があったが、一九九六年は飲み込みきれなかったかたまりのように、のどのどこかに残っている。五感のすべてが動員された物理的な記憶として。ペパーフォグと、霧雨のように空中に降り注いでいた催涙液の匂い、飢えと渇き、夜間の奇襲と逮捕への恐怖、暑さと湿気と化学薬品の副作用でただれていた同期生の背中、触らなくてもどんな状態か感じられた他人の皮膚、顔を洗いたい歯を磨きたいという耐えがたいまでの渇望、そして「マンコはどうやって洗ったんだよ汚ねえアマども[*2]」。

八月の暑さに加え、連日雨が降ったため湿気がひどく、蒸し暑かった。水も電気も途絶え、一日に何度もヘリコプターが総合館の上を行き来して催涙液を散布した。建物の外壁や窓に付着した催涙液のせいで窓を開けることができず、昼も夜も総合館の中は蒸し風呂だった。食べることも飲むこともできない生活が続いたのでそのころはもう汗もそんなに出ておらず、その一点だけは幸いだった。顔に汗が流れたのをうっかりこすって催涙液の成分が目に染み、涙が吹き出したことも何度かある。私たちは警察が最後に総合館の内部に進入した日に、警察と火災に追われて屋上まで上り、その日の正午前、前の人の肩に両手を載せた拘束姿勢で、いわば一人一人がこの世に生まれて以来最も空腹で、疲れた、無気力な状態で、コールタールのような灰とそれの混じった水が流れる階段を降りてきて、総合館の前のセメントの床にうずくまっていた。私がソ・スギョンを発見したのはそのときその場だった。この状況が終わったということにせめてひそかに安堵しながら、みんなと同じように膝に頭をつけて座っているとき、自分がぼんやりと眺めているのがある人の横向きの姿だという事実に気づき、やがてそれがソ・スギョンであることに気づいた。ソ・スギョンは黄緑色とアイボリーのストライプのTシャツに濃い色のコットンパンツをはいており、まっ黒に濡れたスニーカーを素足にはき、両腕で

*2 「延世大学を包囲した九日間、警察は学生たちに食料も、医薬品も、さらには女性用の衛生用品さえ搬入を認めなかった。……八月二十日、延世大内に進入した警察が学生たちを連行する過程で、あってはならないセクハラと暴力行為が行われた。……彼らは建物から女子大生たちを連行するとき、まるで汽車ごっこをさせるように、前の人の腰をつかんで身をかがめて移動せよと要求したという。そして、そのように女子大生が身をかがめると、その後ろから胸や尻を触ったという。……『不細工な女がデモをやるんだ。誰も遊んでくれないから、デモばっかりするんだろ。おい、そうだろ? 男に冷たくされたからだよな。おい、××（女性性器の表現）はどうやって洗ったんだよ? うわー、汚ねえアマども、十日も拭いてないんだろ? メスの匂いがするぜ。おい、どんだけさせてやったんだよ? 決死隊ごくろうさまって、あれしてやったんだろ? ×みたいなアマども』」（コ・サンマン「国会議員一年生チュ・ミエが〈国家監視場〉で下品な言葉を口にした理由」より。（『オーマイニュース』2016年8月29日）

膝を抱いたまま、頭だけ少し上げて前を見ていた。ソ・スギョンは唇にできたささくれを歯で噛みながら前を見ており、それからうつむいた。階段を降りてくるときに煤けた壁に手をついたのか、右のあごと首に指でこすったような煤の跡が小さくついていた。それがソ・スギョンだと気づいた私が最初にかけた言葉はこうだった。

私、あなた知ってる。

あなた知ってると声をかけ、名前を言い、私たちがいつどんな場所で一緒にいたのかを話してもソ・スギョンの表情には特に変化がなかった。そう、会えて嬉しい。それでおしまいで、薄いけれども丈夫な膜をかぶったように、その顔と目には特に表情がなく、口で言うほど喜んだり驚いたりしている様子もなかった。私は再会が嬉しかった。ほとんど一瞬のように感じられたあのとき私は、一緒に少年体育大会の予選で走ったことがあると話し、体育学科に行ったのかと質問し、違うという返事を聞き、航空宇宙工学科に進学したことをソ・スギョンが教えてくれた。ポケベル持ってるか、持ってる、番号教えて、これだよ、と当時も今も私にとってはすごいとしか言いようのない会話をすごい速度で交わした後で私たちは別れた。ソ・スギョンと私はそれぞれ割り当てられた場所の警察で取り調べを受け、単純参加者に分類され、訓戒の後に放免されてそれぞれの家に帰宅した。私はその年の夏が終わる前にソ・スギョンと電話で話した。私たちはその年の夏じゅうずっと長電話をして徹夜し、会えばなかなか別れられず、世の中のすべてのことについて話そうとして公園などで夜を過ごし、一緒に日の出を見たりした。私たちには何よりもまず一緒にいられる空間が必要だという考えに至るまでに、長い時間はかからなかった。ソ・スギョンと私は今年で二十年、一緒に暮らしている。

初めて電話したときも、またそれ以前も、私が持っていたソ・スギョンのイメージは、ちょっと不親切に思えるほど会話がそっけなかったり、万事に超越した態度を取ったりする人、というものだったが、ソ・スギョンは予想以上に誠実な受信者であり、返信者だった。

学部の学生会の事務長をやっていた関係であそこにいたのだと、ソ・スギョンは言った。一九九六年にソ・スギョンは、工学部の学生会で臨時の事務長を務めていた。もともと事務長だった学生が突然倦怠と虚無感に襲われて学校に出てこなくなり、通帳の管理をめぐって大いに混乱をきたしたことから、臨時という条件で当面引き受けてくれと学生会長がソ・スギョンに頼んだためだった。自分の学校には最強伝説みたいな言い伝えが残っていたとソ・スギョンは言い伝えた。この地域じゃ我々の大学が最高だったんだ、デモではうちが勝ち組だったんだという……しかしソ・スギョンが見、聞き、感じたところでは、単によくある話というだけのことだった。壁にかけてある絵の中の万年雪みたいな形で、どこの学校にも残存している話。ソ・スギョンが新入生として入学した一九九五年にはすでに、学内ムードはデモとはかけ離れていた。文民政府［一九九三年に金泳三（キム・ヨンサム）が大統領となり、朴正煕（パク・チョンヒ）以来三十二年間続いていた軍事政権に終止符が打たれた］の時代にデモをしなくちゃならないことなどあるもんかという雰囲気で、学生会が力を入れていたのも、スクールバスの乗車賃の凍結や食堂のメニュー改善など学内福祉の問題だったし、しかも自分はあくまで臨時職だったから、総学生会や韓総連などへの一体感も特になかったとソ・スギョンは言っていた。

一九九六年にソ・スギョンが延世大で開かれた汎民族大会と統一大祝典に学生会長団として参加した理由は、その年の三月にノ・スソク[*3]が死んだためだった。ノ・スソクが戦闘警察［デモ鎮圧のための武装警察部隊］に追われて死亡した場所はソウル乙支路（ウルチロ）一帯で、その付近はソ・スギョンが中学生だったころ、映画を見たりハンバーガーを食べたりして遊んでいた場所だった。ソ・スギョンは、自分がよく知っているつもりだった街で誰かが警察にぶち殺されることもあるという事実に衝撃を受け、彼が自分と同い年だという事実にも衝撃を受けた。一九九六年八月に「延世大学に我らは集まる」という公示を見たとき、ソ・スギョンが思い出したのはだから、延世大学の法学部学生としてデモに参加した同い年の人の死だった。ある種の負い目があったと、ソ・スギョンは言った。

だがそれだけのことであり、闘う意志といったものはなかった。汎民族も統一も、ソ・スギョンの関心事ではなかった。ソ・スギョンは九〇年代の後半ずっと、それらの事実を反芻し、後悔していた。そこに一緒に行ったソ・スギョンの後輩の中には、延世大学の正門や並木通りなどで白骨団［戦闘警察の中でも先頭に出て、デモ隊の重要人物をごぼう抜きにするなどの行為を担当する部隊。白いヘルメットをかぶっていることからこの名があるという］に向かって投石したという理由で拘留されて出てきた人もいたし、光州全南（クァンジュチョンナム）地域総学生会連合すなわち南総連の並々ならぬ勢いに圧倒され、全南大学出身の韓総連議長の剃髪式を見て感銘を受け、頭を剃って学生運動に入った末に、学業を終えられずに学校を離れた人もいた。彼らをあの場に連れていったという思いから逃れられなかったと、ソ・スギョンは言った。特に覚悟も苦悩もなく、ちょっとした集まりに行くぐらいの気分だったかもしれないのに、その程度だった彼らをあんな場所に連れていったという後悔から。

当時、機械工学科の九六年入学生であり、学生会の一員だったLの名前を挙げてソ・スギョンは、一九九六年八月以来何か月間か、Lが周期的に学校を休んだことがあったと言った。月に三日ぐらい……生理の周期だった。その規則正しい欠席は「何か変な生理症候群」と思われており、トラウマと認定されていなかった。トラウマ。ソ・スギョンはそう言ってしばらく沈黙した。私がそれをトラウマだと思ったのも、ずいぶん時間が経ってからだったんだ。当時はただ、こう思ってたんだよね、あの子けっこう敏感だから耐えられないんだなって。後になってから、あんなに敏感になるなんてちょっと変だとも思った。私たちはみんな一緒にあの空間であの事件を体験したわけだけど……どうしようもなかったじゃん、って。他にどうしよ

＊3　一九七六年十一月二十三日、光州生まれ。一九九五年延世大学法学部入学。一九九六年三月二十九日、「金泳三の大統領選挙資金公開と教育財政確保のためのソウル地域大学総学生会連合決起大会」における警察の兎狩り式鎮圧によって死亡。二〇〇三年九月九日、「民主化運動関連者名誉回復および補償審議委員会」で民主化運動関連者と認定。

うもない状況で生理の血が染みたズボンをはいたまま過ごすのはそんなに恥ずかしいことじゃないって、私は思ってたんだろうね。あの子、誰にも、あれがどういうことだったか言えなかったんだと思う。私たちそもそも、あそこでの経験についてあんまり話さなかったもん。辛い思い出だし、あえて言わなくても、全員が同じ経験をしたんだから、お互いよくわかってると思ってたから。

ソ・スギョンの臨時事務長職は、その年の学部学生会が任期を終えて解散するまで続き、ソ・スギョンはその後、学生会には一切足を向けず学業に専念した。自分の目の前の庭を掃こう。それがソ・スギョンの目標となったが、その庭にはＩＭＦ［一九九七年に韓国が通貨危機に見舞われ、国家破綻の危機に瀕して経済主権を国際金融機関ＩＭＦに委ねた事態。大規模なリストラが行われ国民に多大な犠牲を強いた］という竜巻が迫っていた。九七年を越すと、先行きも見えないまま休学したり、自主退学を選んで学校から消える先輩、後輩、同期生が増えていった。ソ・スギョンは教育ローンと労働と運を総動員して無事に学部を終えることができたが、卒業後どこにもまともな職場を見つけられなかった。ソ・スギョンは、教育ローンも返せて研究キャリアも積めるようにしてやるという提案を受けて、担当教授の研究室で修士課程に進学した。航空機と戦闘機のシミュレーションを研究開発するその研究室でソ・スギョンが任された仕事は、研究室で発生した支出の領収証管理と、産学協同事業に提出する事業計画書の草案作成、シミュレーター製作会社の経理部との連絡、そして学部生の試験の採点で、研究キャリアとは関係ない仕事だった。隣の席の男子学生が実験データを蓄積している間に、ソ・スギョンは教授の歯科診療の領収書を福利厚生の項目に入れようか、予備費として処理したものかと苦心しながら、食事代の領収証を紙に糊付けしていた。工学館1014号室。その研究室は二名の工学部教授が共同で使っていたが、パーティションの向こうの隣の研究室で領収証の管理を受け持っていたのもジヨンという名の修士課程の学生で、それが研究室で唯一の女性だったとソ・スギョンは回顧した。

ソ・スギョンが修士課程を中断して学校を離れることにした決定的なきっかけは、Cの論文だった。同じ研究室の先輩だったCは、ヘリコプターのシミュレーターと連動するシミュレーションプログラムを組んでいた。その実験はシミュレーターを製作する防衛産業体との契約により、政府の助成金をもらっている産学協同研究の一環だった。Cはその実験で修士論文を書いていたのだが、結果の値をあらかじめ任意の数値に設定しておき、途中経過をそれに合わせるという方法で実験を進めたので、論文のクオリティは見るまでもなかった。専攻の教授たちの前で卒業論文を発表する場で、彼のプログラムと連動したシミュレーターは端から作動しないか、誤作動をくり返し、彼は結果の値への教授たちの質問（君、どうやってこんな値が出たんだね）にまともに答えられず、うろたえた末に自分の実験結果の前で泣いてしまった。

だが、彼はその論文で修士学位を取ることができたとソ・スギョンは言った。担当教授が他の教授たちの研究室を何度か訪問してティータイムを持ち、Cが恋人の妊娠によって修士課程在学中に結婚し、一家の「家長」であることを説明した後、若干の改善を前提として学位を与えることで合意を見たのだ。Ｃが心も軽く爽やかな顔で、最初のページに自分でサインした論文をソ・スギョンにくれたとき、その顔から目が離せなかったとソ・スギョンは言った。Ｃの論文は誰の役にも立たず、後続研究者の研究に害をもたらすだけの間違いだらけのしろものだったのに、研究論文という資格で学校の図書館に収められる予定であり、どうにか体裁を整えた紺色のハードカバーにはコーティングが施されて光り輝いていた。あの、ぴかぴかの論文を受け取ったとき、複雑な思いはむしろさっぱりと消え、心と頭の中が同時に単純になった、きわめて明快に、ここにはもういられないと思ったのだと、ソ・スギョンは言った。

—

私は一九九六年に人文学部の語学文学学科に入学し、翌年に自主退学した。入学にも退学にも特に動機はなかった。私は単に、人文系の高校に進学して成績を上げてきたからという理由で大学入試を受けた。それ以外の動機はなく大学に入り、大学に残る動機を見出せなかったので大学を離れた。不可能性が私の動機だったとも言えるだろうか。最初の学期が始まるや否や私は、私自身、自分が卒業することを信じていないと知った。当時の私の同期生たちは、専攻する言語圏の国に留学または語学研修に行くことを当然だと考え、新入生のころから具体的な計画を立てていたが、入学金を準備するのもやっとだった私は、一学期とか二学期以上の未来は想像できなかった。そのうえ、専攻の授業は大学の学士課程というよりは語学学校の初歩クラスのレベルで、例えば主格、所有格、目的格、人称代名詞をくり返し大声で言わせる程度だったし、専攻の書籍の紙質は一様につるつるして固く、手を触れるとひどく違和感があった。

私は授業や学科とは距離を取り、学生会館周辺をうろうろしてサークル活動に力を入れた。授業をさぼり、太鼓(プク)と杖鼓(チャンゴ)を打ちまくっていた。私が属していた伝統音楽のサークルは学園財団の不正問題に関心を持っており、当時の与党に反対する政治的立場を取っていたが、それは私の関心事や私の立場ではなかった。私は楽器を演奏することが好きだったから、ただそのためだけにサークル室に出入りしていた。太鼓と杖鼓を打っているとき以外、私にとって大学生活は夏の朝の霧のように生ぬるい一方だった。実際、夏の霧の中で、サークルの同期生のJと並んでベンチに座っていた朝を私は憶えている。夜通しサークル室で酒を飲み、すっぱい空気とカビの匂いにもう耐えられなくなり、外に出て、爽やかな空気を吸いたくてそこに座っていたのだが、朝から気温は高く、風は全然なく、膝の高さまで霧が降りてきていた。私はその朝ベンチで、Jが私の肩にもたれて語る恋愛談義を聞いた。僕のせいで女がやたらと死ぬんだよ……二人の女性が自分のために争って命を絶ってしまったので自分は今、苦しんでおり、この先も一生苦しむ予定であるという話から、彼が最も敬愛するアーティストが三島由紀夫だという話まで。Jは、三島由紀夫が太宰治を醜男だと言い、公然と嫌ってはばからなかった点や、自分が書いた小説そのままに割腹という形式を選んで生を締めくくった点に大きな魅力を感じているらしかった。耽美の世界を追求していったら文学と人生が一致して死に至ってしまった彼の人生を美学的に高く評価するというJの話を聞きながら、私は内臓の匂いについて考えていた。

小さいとき、学校と家を行き来する道の途中に、絶対通らなければならない昔からの市場があり、その市場の最後のコースである細い路地に、滋養強壮を目的とした肉類を売る店が並んでいた。私はその道を通りながら、鶏と犬の匂いによって、雑食動物の内臓の匂いを知った。その匂いを……三島由紀夫が好きだったとは思えないが、私はそうとは言わずに、ただ、夏の霧のせいで……ただでさえ肌にべたべたはりついた服の上に奇妙な角度で載っている彼の頭を気にしていた。私より背が高く、上半身が長く、やせている彼がこんなふうに私の肩に頭を載せようとしたらすごく不自然な姿勢になってしんどいはずなのに、何でわざわざこんなことをしてるのか。私にデートを申し込みたいのか。それで、自分には女たちを死なせてしまうほどの魅力があると私に打ち明け、こんなふうにもたれかかってくるのだろうか。でも、デートを申し込まれたとしても断るんだけどな、だって彼が着ている古くさいジャケットと肩パッドがすごく気に障るから……やめよう。

一九九六年に私が延世大学にいた理由は、それと大差なかった。いわば、夏の朝の霧のように漂っていて、突拍子もないところへ転がっていった先がそこだったのだ。

一九九六年八月以後、韓総連は利敵団体〔国家保安法に基づき、「反国家団体への同調、称賛、鼓舞を行っている」と認定された団体〕と規定され、チョン・ミョンギ韓総連議長は指名手配され、拘束され、大学社会における学生運動への嫌悪、特に延世大学内での学生運動嫌悪は手の施しようがないほどになり、デモ・集会に対する社会全般の感情も悪化した。実感として、学生運動は終わっていた。八月の延世大学から抜け出してきた人々は、まさにあそこでの最後のスローガンだった「私たちは家に帰りたい」への羞恥心と無力感を抱えたままそれぞれの家に帰り、顔を洗い歯磨きをし、鏡に映った自分の顔がたった何日かの経験でめっきりやつれてしまったのをじっと見て寝床に入り、明日は自分の庭でも掃こうと思い、そのことを胸に秘めて学校に戻り、やがて押し寄せたＩＭＦ危機の巨大な波にさらわれて永遠に学校を離れたり……自分の庭の手入れに集中したりした。政府が国民を国家の敵と規定して残酷に鎮圧したことに闘いの理由を見出した人々もいたが、少数だったし、彼らの話に共感してやる者たちはさらに少数だった。

ソ・スギョンと私は一九九六年のあの孤立についてはほとんど話をしなかった。それぞれがあの中で何を見、感じたかについてだ。あの孤立の記憶は忘れられることなく、ただ埋もれていたが、二〇〇八年六月十日、光化門（クァンファムン）大路に「明博山城（ミョンバクサンソン）」〔李明博大統領政権下で、多数の警察コンテナをぴったりとつけて並べ、壁のようにしてデモ隊を封じた様子〕が登場したときと、二〇〇九年一月二十日、龍山（ヨンサン）で南日堂（ナミルダン）ビル〔二〇〇九年の「龍山事態」の舞台。ソウル龍山区で再開発をめ突、火災が起きて住民五人と警察一人が死亡」が燃えはじめたとき、具体的に呼び覚まされた。

二〇〇八年六月に光化門大路を封鎖したコンテナの壁には、デモ隊が這い上がれないように油が塗られており、「明博山城」という名前でただちに多くの人のからかいと嘲笑の的となったが、この壁が完成する過程を見守っていたソ・スギョンと私は、他の人たちのようには笑えなかった。明博山城はその後素早く発展し、ついに「車壁封鎖」という洗練された形で完成したが、これはおそらく……九六年の学生運動の孤立からヒントを得たのだというのが、ソ・スギョンの推測だった。九六年の事件が体制に霊感を与えたという思いをずっと振り払えなかった、とソ・スギョンは苦々しい顔で言った。管理者たちは、九〇年代の学生運動の没落によって学ぶところがあったのだろう。例えばデモ隊に対する大衆の嫌悪といった点で。一九九六年の延世大学の一件は、「暴力的な」デモ隊に向けられる大衆の嫌悪を国家勢力とデモ隊が同時に目撃した事件でもあったが、前者にとってはその様相が相当に興味深かったのだろうと、ソ・スギョンは言った。

一九九六年八月十五日に、延世大学のあの重厚な鉄の門がフォークリフトで取り壊されたとき、人々は大きなショックを受けたが、あれを破壊したのは政府の方だったのに、世間はデモ隊の暴力性を嘆いていたよね。ユーレカ。高位高官の誰かがこんなことを思わなかっただろうか？　物理的に孤立させてから、暴力という枠にはめ込めばいいんだと。それを手段として用いるというアイディアは、徹底した、完全な発見だっただろう。物理的封鎖と理念的封鎖の、そして運動と日常の隔離。つまり、日常的なことから政治的なことを……引っぺがすんだ。何にせよ車壁はそれを完成させるだろう。車壁っていうのはさ……壁としてデモ隊の管理に動員されたものだけど、デモ隊がそこに手を触れて揺さぶりはじめた瞬間、もはや壁ではなく財産になるんだよ。国家の財産に。デモ隊の動きは封鎖された道を開けさせる突破行為ではなく、財産損壊行為になる。管理者たちはハッピー。管理がしやすくなるから。もう動けないように通せんぼした後、デモ隊が通ってきた道に残ったものをテレビや写真で大衆に見せてやればいい。破損された車壁と道路に散乱したガラスの破片。破壊された資産、財産を。運動側ではなく管理者の方に大衆が共感し、感情移入するように。そのためには財産の損壊ほど効果的な光景はないはずだ、とソ・スギョンは言った。財産損壊の場面はときに、人命損失の場面よりも効果があるんだよ。だって、そっちの方がずっと感情移入しやすいから。なぜそうなのかは説明しづらいけど、今、ここではその方がより容易で、何かがより容易ならそっちの方に進んでいく。そうなりそうなものはいずれそうなるんだ　ここでは。

その通りだ。ツールを手にした人間はツールの方式で話し、考える。そしてどういうわけか、ツールを手にすることができない人間もまたツールの方式で……

4

一九九七年の夏に、私は京畿道金浦（キンポ）某所のぶどう畑から抜け出してそのまま学校をやめた。学生会が主催する夏の農村活動があって、私はサークルの一員としてそこに行っていた。「八・一五駆け足大会」という文字がプリントされた夏用のTシャツを着て、ウエストと裾にゴムの入ったただぶっとしたズボンをはき、麦わら帽子をかぶっていた。その日の朝、村の里長［里は地方行政区画の末端］の家を訪問し、じゃがいも畑、きゅうり畑、ぶどう畑のどれかに割り当てられるのを待って庭に立っているとき、私と同い年で、サークルでは先輩でもあるBが私の左肩の方へ頭を寄せて、ネックレスとピアスを取れとささやいたのだが、私はぶどう畑の畝に立ってそのことを思い返していた。Bは私にこう言ったんだ。お前、それ、すぐはずせない？　彼はその装身具が「貧しい」農民たちにどれほどよくない印象を与えるか、つまりいかに贅沢で虚飾に満ちて見えるかを私に問い、その格好は、去年の延世大学での事件によってすっかり悪くなった大学生の印象をさらに悪化させるだろうと警告した。彼の言葉によれば、私の耳と首についているそれのせいで、私たち全員が罵倒されるかもしれないというのだ。あの事件のせいで、援農先の交渉で学生会や先輩がどんなに苦労したか知ってるのか、大学生ときたらまったく、旗持って北朝鮮に行ったりして［一九八九年に韓国外語大学四年生だったイム・スギョンが北朝鮮を電撃訪問したのをはじめ、運動体が交流のために学生を北朝鮮へ送ることがあった］、みんなアカなんだろって、農民たちはものすごい抵抗感を持ってるんだぞ、だから俺ら本当にやっとのことで交渉して、ここ紹介してもらったのに、お前のせいで俺たちみんなが悪く見られたらどうすんだ。

その日私には小さなぶどう畑が割り当てられ、午前中と午後私はそこでずっと一人で働く予定だった。その畑ではぶどうの木に直接農薬を散布するのではなく、ぶどうに触れる面に農薬を塗った紙袋を一ふさ一ふさにかぶせる農法でぶどうを育てていた。私の仕事は平べったい袋に息を吹き込んでふくらませてからぶどうのふさにかぶせて固定することだったが、紙袋を口でふくらませるたびに農薬の成分が鼻と口から入ってきて、やがて若干酔ったような状態になった。のどが麻痺してこわばり、胸が詰まった。畝の溝にしゃがんで紙袋をふくらませ、一つのふさから次のふさへ移ることをくり返し、ちょうど立ち上がったところだった。めまいがして……薄いポケットの中で私のももをずっと突っついていたピアスとネックレスを取り出して手に載せ、見てみた。

私たち全員が罵倒されるかもしれないほど危険な、けしからん品物、それはサン＝テグジュペリの「星の王子さま」が彫られたペンダントトップがついた細いチェーンと、直径一センチもないリング形のピアス一対だった。それを握りしめて畝の溝に立っていた私は、ぶどう畑の向こうから埃を巻き上げて走ってくるバスを見た。バスが近づき、停留所に止まり、誰も乗せないまま出発していった。私はぎざぎざのある刃のような形に伸びたシャゼンソウの葉っぱを足でかき分けながら畝の間を歩いていき、ぶどう畑を出て、表示板もカーテンもない停留所に立って待ち、次のバスに乗ってソウルへ帰った。

その後、学校の人たちとの連絡は途絶え、今、私は彼らの安否が気になっている。メモ用紙を食卓に置き、彼らの名前を思い出す順に書いてみる。BとTとRとNと……彼らはそれぞれ、どんなふうに過ごしているのか。どんな顔をしてどんな人生を生きているのか。この何か月かの間、街のどこかで私が彼らの誰かとすれ違ったこともあっただろうか。同い年だった私の先輩Bは、いつも農楽隊［農村で伝統的に演じられてきた舞楽である農楽を演奏する楽隊］の先頭で号令をかける役で、そのせいか後輩たちと歩くときにも、先頭の鼓手の後ろに他の演奏者が続く農楽隊方式を好み、後輩の誰かが自分より何歩かでも先を歩くことを許さなかったが、みんなが一様に貧乏学生の身分だったそのころ、本当にお金がなくて、トッポッキ一皿とか鍋物一つが唯一のつまみという飲み会で、彼は韓総連、東総連、ウリ（われわれ）という存在の意義、民族、民主主義について語りつつ、つまみがないんだから酒を飲めないやつはつまみを食うんじゃねえ、と怒鳴ったりしてたよね。それと、別の先輩のTはあだ名が「五代独子（オデドクチャ）・三代長孫（サムデジャンソン）」［自分も父も祖父も五代にわたって一人息子であり、また三代にわたって初孫であるという意味］で、何でかというと、そもそもそれが本人の口癖であり、自分で自分につけたあだ名だったというわけ。自分自身が五代独子・三代長孫だから、自分の息子を産む女は自動的に一億ウォン相続することになるんだぞと言っては、食事のときなんかに隣に座った女子学生に襲いかかって押し倒したりする癖があって、キャンパスのあちこちで突然、あー、セックスしたいって叫んだりすることもあって、あいつ、いっちゃってるよなとみんな言ってはいたけど、真剣に彼を諫(いさ)める先輩はいなくて、彼の同期も後輩たちも、集まりの席や飲み会で彼の名前を呼ぶときには女子も男子もみんなで……一緒に拍手してリズムを合わせ、五代独子、長孫、長孫って連呼していた。

(ハイ) 五代独子!

(ハイ) 三代長孫!

こんなことをしてた当時の私は、すごく嫌な気分というわけでもなく、一緒にリズムを合わせてたんだ。それに笑ってたと思う。冗談みたいに。みんなで一緒に面白いことをやってるみたいに。だけど私はいつもTが嫌いで、サイテーと思ってて、二人きりになりたくなかったし、この人はいつかセックス関連の問題で大失敗するだろうと思ってた。でも、特に何事もなくうまくやっているらしい。Tは何年か前、鍾路(チョンノ)の某所で、顔の悪い女はサービスがいいと言った李明博大統領の言葉[*4]に大憤慨し、ありゃ何のことだ、顔のいい子はセックスもうまいもんだと言って騒ぐ会社員として、私に目撃された。

一九九七年の夏に私は、ぶどう畑から抜け出してそこを離れた。

三、四年前に私は、このように始まる小説を書こうとしたが、それはとうとう完成しなかった。それを始まりの一文として、不毛な世界から脱出する人の物語を書きたかったのだが、後が続かなかった。何を想像してどう書いても、嘘だ、欺瞞だという思いを振り払うことができず、自分の想像を自分で信じられなかった。脱出の経験が私にないからか？　私がそのことで悩んでいるときソ・スギョンは、あなた一九九七年に金浦のぶどう畑から抜け出したよね、あれは脱出じゃなかったのかと私に尋ねたが、あれが脱出だったのかな？　私は長い間、あれは逃亡だと思っていた。一九九七年の夏に私は京畿道の金浦某所のぶどう畑から逃亡した、と。

私はぶどう畑から脱出したのか、逃亡したのか。

その二つは区別できるのか。

いずれにせよ今日は行き、明日は来る。人々の名前の横にそう書いてみる。最初の単語「いずれにせよ」に線を何回も引いて消し、残りはそのままに。今日は行き、明日は来る。今日はどのように記憶されるか。私は今日を記憶しておくために有給休暇を使い、明日は、今日の記憶を大切に胸にとどめたまま自分のデスクの前に出勤するだろう。中低価ブランドのデザインをコピーして安価な婦人靴を製造販売する製靴会社のオフィスの管理部に私の席がある。全国の売り場に散っている在庫を文書で管理するのが私の仕事だ。業務でやりとりするうちに親しくなった製靴工たちの親切によって、ときどき、私の足にぴったりの靴を作ってはくことができるという点はいいが、あとどれだけこの職場に勤めるかはわからない。明日出勤することを考えると、頭痛のようにKのことが頭に浮かぶ。私が有休を取るとどこで聞いたのか、Kは昨日、私に書類を渡しながらあざ笑うような表情で、キム・ソヨン主任、明日休むんだって？　何でわざわざ？　何か見に行くんですか？　それで何をどうしようっていうの？　と皮肉を言った。三か月ぐらい前に私が彼に、私はあなたと恋人になってデートをする気はないと言って以来ずっと彼はこんなふうに振る舞っているが、私の見立てでは、こうした不快さや屈辱が積もりに積もった末に私が自主的に辞めることを望んでいるらしい。またはただ単に、俺はお

＊4　「李明博ハンナラ党大統領候補が去る八月二十八日、ソウル市内のある中国料理店で、主要中央日刊紙の編集局長十名程度と夕食を共にした際に、女性に関する不適切な比喩を用いたとされ……ハンナラ党の候補者選勝利の一週間後に行われたこの日の晩餐会で李明博候補は、〈人生の知恵〉として、男性が〈特殊サービス業〉に従事する女性を選ぶ際の方法に言及したことが明らかになった。……当時現場にいたある新聞社のA編集局長は『李候補が軍隊に行かなかった話、現代の会社員生活の話などしているうちに、人生の知恵に関する話となり、問題の発言があった』と語った。A局長は、『李候補が現代建設に在職中に海外勤務をしたときの話をした際に『現地で最も長く勤めていた先輩は、マッサージガールのいる場所へ行ったら顔がきれいじゃない女を選ぶっていうんだ。なぜなのか考えてみたが、顔がきれいな女はすでに大勢の男の……（編集者により一部省略）しかし顔がきれいじゃない女はサービスもよく……』（編集者により一部省略）といったことを語った。二週間前のことであり、私の覚えている言葉が百パーセント正確とはいえないが、それに近い話をしたと記憶している』と語った」。「李明博候補、編集局長らに不適切比喩、「顔のきれいな女」より「醜い女」を選べ？」（『オーマイニュース』2007年9月12日）

前に侮辱を受けつづけなきゃならないような人間ではないと私に教えたいとか。つまり彼はこう言いたいらしい。お前がどんなに取るに足りない、無力な、くだらない存在か思い知れ。

Kの雑用女。私は自分が社内でいつからそう定義されていたのか知らない。会食の席でKがいつも私の隣か向かいに座ったりするのに気づいたころから、私はもうそれであり、そのころにはもう「二人の仲」に関してからかわれたり、していたのだ。違う、恋人がいると言っているのに、本当か、じゃあ見せてくれよと言われ、嫌だ、何で私が自分の恋人を会わせてあげなきゃいけないんだと言うと、それ見ろ、いないからそんなこと言うんだろ、そんな、いるようでいない、いないようでいる彼氏なんかじゃなくて、すぐそばにいる本物の男と一度つきあってみなさいよ、二人がうまくいったらみんなでお祝いしようとみんながからかうたび、Kは一言も言わずに満足げに笑いながら座っていたが、ある日私が会社を出ると私のそばにくっついてきて自分の車に乗れと要求するようになった。乗りなさい。送ってやるから。

会社から家まではバスでせいぜい六停留所ぐらいの距離で、歩いても帰れるからいいですと断ったが、翌日もその次の日も彼は私が歩いている歩道の側に車をぴったり寄せて、乗れと言った。何度も嫌だと断っているのに、補助席の窓を開けたままゆっくりとついてきて、心配するな、自分は悪い人間じゃないよ、と。私が早めに会社を出たら駐車場で彼が待っていたのを目撃して以来、私はできるだけ彼と二人きりで残ることがないように警戒し、業務上やむをえず会話するときも、一言で答えるように注意していた。

ある日お昼を食べた後、会社の入り口でテイクアウトのコーヒーを飲みながら営業部の課長と話をしていると、Kが急に課長に声をかけるふりをして自分の体を課長と私の間に割り込ませてきた。彼はそのようにして課長から私の体を隔離しようとしたらしく、私をそっと横へ押し出し、その途中で私の腰に腕を回してから下げた。そのときはこの接触にびっくりしすぎた上、彼らの会話が重要な取引の件に流れていったために会話に割って入ることもできず、そのまま席に戻ったが、一晩そのことを考えた末、私は翌日、Kを階段に呼び出した。私はあなたの車に乗りたいと思ったことはなく、これからもないだろう、みんなが言ってるのとは違って私はあなたと恋人関係だったことはないし、そうなりたかったこともなく、これからもそうだろう。だから私の体に触れないでください……ということを最大限婉曲に伝えると、Kは私から一歩後ずさりしながら、昨日背中に触れたことは申し訳ない、だけど触るとかそんな意図ではなかったと言った後、ひどく顔を赤らめ急いで階段を上っていった。階段の上の方に誰かいたのか、おい、いったいどうしたんだとKに尋ねているのが聞こえ、Kはそれに答えて、ああ、キム主任が何か誤解してたみたいなんだと言っていた。

その後、Kの怒りが私に降りかかってきた。私的な接近は止んだが、今では公然と私に暴言を浴びせ、高圧的な態度で業務を指示し、私が必要な書類を頼むと最大限ずるずる引き延ばし、私のミスを発見でもしようものなら即刻私の席にやってきて顔の前にそれを突きつけて怒鳴り、それでもまだ悔しくてたまらないみたいにしばらく私に背を向けたまま息を荒らげて立ちつくし、それから行ってしまうのだった。私に対する彼の態度にはあまりに明らかな悪意があったので、管理部の部長が何でそんなことをするのか、やめなさいと彼を諫めると、彼は、自分が何をしたっていうのかと聞き返し、どうしてです、私のせいでまた一人辞めるとでも？と答えた。私はその会話によって、Ｋには行動パターンがあり、この会社にはすでに前例があったことを知った。最近に、ってことだよ。そんな前例を知りながら私にＫを押しつけた会社の人たちは今もときどき私のところに来て、Ｋが昨日食事会で酒をうんと飲んで何を言ったとかどうだったとか様子を伝えては、私に聞く。ところで、本当に彼に気がなかったのかと。

ああもう、この、夜叉みたいな人間どもめ。

在庫管理画面の向こうに顔を突き出してこう叫びたくなるたびに私は、無意味だということ以外にはほとんど意味のない品物を一個ずつ買ってはデスクに飾ってきた。私のデスクの空きスペースはもうすっかり狭くなってしまった。それらの品をごっそり残したままで退職する光景を私は想像する。私が言いたいことを飲み込む代わりにうさぎのフンみたいに残していったものたちは、あの人たちが処分しなくてはならないだろう。私の手のひらサボテンは誰のものになるだろうか。みんな、小宇宙が爆発したみたいな私のデスクの光景を変に思うのと同程度には、私の手のひらサボテンのことも変に思っているだろう。だけども実は誰かが、私のサボテンを好きだったり、しないだろうか。

私のサボテンは、最初は丸くて平べったい多肉質の葉っぱから五本の短い指みたいな葉が突き出していて、本当に手のひらの形だったのだが、いつの日からか五本の中のちょうどまん中の葉が残りの葉の生長スピードを追い抜いて育ちはじめ、今ではその一本の長さだけでも三十センチを越えており、私は毎朝出勤するたび、誰かの意地悪で中指が切られたり折れたりしたサボテンを目撃する可能性を頭に置いて自分のデスクに向かう。小さい付箋に「なかゆび」と名前を書いて貼った私のサボテンは、その格別の生長ぶりのおかげで、初めのうちはオフィスのみんなが面白がる見ものであり、ジョークのタネだったのだが、今は誰もそのサボテンの生長や健康を口にしない。私はそのテーマに対する彼らの沈黙から、ある種の緊張を感じる……みんなは毎日、私がそこから何を想像するかを想像しているんだ……

違うよお姉ちゃん。

みんなそんな想像するほど、他人のこと一生けんめい考えたりしないんだよ。

それはキム・ソリの意見であり、キム・ソリは私に、だからお姉ちゃんが経験したことを会社の人たちに言わなくてはいけない、あの女は頭がおかしいと思われても、何を感じているか言う必要があるんだよ、Kが近づいてきて皮肉ったり、高圧的な態度で業務を指示したり、退勤途中に彼の青い車が速すぎるスピードで近すぎるところをすり抜けるときに私が感じる、心理的でもあり身体的でもある脅威や不安、それをみんなに十分に話さなくてはいけないと言うのだが、私はすでにそれを、話をするという経験を、したことがある。

二〇〇二年十二月、第十六代大統領選挙を控えた時期に私は学習雑誌の製作会社で働いており、そこは私の最初の職場だった。当時、オーナーの提案で、新千年民主党の盧武鉉(ノムヒョン)候補とハンナラ党の李会昌(イフェチャン)候補、民主労働党の権永吉(クォンヨンギル)候補のうち、それぞれが支持する候補の応援をするというミニ模擬演説会のようなものが会社で開かれたのだが、当時の大統領選挙にはそんな雰囲気があった。大勢の人々が広場の力、集団の力というものを強烈に経験したその年のサッカーW杯の余韻といったものも、このような演説会が開かれる上でおそらく一役買っていたのだろう。私の番になり、私が支持する候補の長所をいくつか言ったとき、当時営業部の所属だったHという人が、ウーウーウーと声を上げて私をからかい、それでは十分でないと思ったのか、左手の人差し指と中指の間に親指をはさみ、右手の親指で左手の親指のまわりをたたきながらチュッ、チュッ、チュッ、と口で音を立てた。当時私はそれが何なのかわからず、ただもうめんくらい、何か不快ではあったのだが、では、あれは何だったのかと考えてみると、マンコ舐めということなんだよね、マンコ舐め……

彼は、私が女性だから、あんな方法で皮肉ったのか？

ソ・スギョンは、あんたが男でもその人はそんな動作で皮肉っただろうと言ったし、私の考えも同じだ。彼は発言者を侮辱し、その発言内容を揶揄しようとして、お前の言ってることはあそこを舐める音みたいなもんだと言いたくてあんな行動をしたのだろうが、なぜその動作が揶揄や侮辱を意味するのか？

彼はそれをどこで覚えたのか？

何日も考えたあげく私がそのことを問題提起したとき、みんなは、その行為をした人に説明を要求するのではなく、私を厄介者扱いしたんだよね。マンコ舐めだなんて……どうしてそんなことを考えたり、公の場で口にしたりできるんだと……あの人たちは私に驚愕していたな。

5

美しいものについて考える必要があるたびに、私は星と本のことを考える。

私が読んだ星の話の中でいちばん美しいのは、アントワーヌ・サン＝テグジュペリの高原着陸記だった。サハラ砂漠を横断してフランスの航空路線を開拓していた時期の彼とその郵便機は、ジュビ岬とシスネロスの間の平らな高原に着陸したことがあった。何百万年もの間、人の手が入ることなく経過した隆起した海底の断面で、サン＝テグジュペリは隕石の残骸を拾い、それを物語として記録し、残した。「りんごの木の下に広げられたテーブルクロスの上には、りんごだけしか落ちてこない。星の下に広げられたテーブルクロスの上には、星の粉しか落ちてこないわけだ」（『人間の土地』）。サン＝テグジュペリはその平らな高原を、空の下に広げられたテーブルクロスと称したが、そういえばあれはもう一つのテーブルクロス、に関する話なんだな。オラフ・ハウゲのテーブルクロスと違いながらもさほど違わないテーブルクロス。『星の王子さま』を書き、第二次大戦中に偵察機に乗って出撃して失踪したという事実以外に、サン＝テグジュペリが一人の人間としてどのような人生を生きたのか私はよく知らないが、彼が高さ三百メートルの高原に着陸して、隕石のかけらを拾い、「僕はこうして、この星の雨量計の上に立って、千万年を一瞬に圧縮して、この悠々たる火の大雨を眺めたものだ」（『人間の土地』）と記録したおかげで、彼が目撃したという突然のにわか雨を、私も目撃することができた。何百万年もの夜空と星とを。そしてその星のかけらを無心にのせたまま、何百万年もの時間、静かに回転してきたこの星の高く、寒く、寂しい断面を。

つまり永遠を。

何百万年といったらどれほど長い時間だろうか。現在までに発見された人間の叙事詩の中で最も古いのが四千年前の「ギルガメシュ叙事詩」であり、記録に残っている散文の中で最も古いのが一千年前の「源氏物語」である点を考えてみると、何百万年、それは人間にとってもはや、永遠の領域だ。だが、その永遠の瞬間もまた、サン＝テグジュペリのテーブルクロス、その一枚によって目撃することができるのだ。私が、何か美しいものを手に取り、触る必要があると感じるたびに本棚から一束の紙を……なぜかいつも若干のぬくみが感じられる本を一冊取り出して広げるのには、そんな理由がある。私には私の空間を本で満たすべき理由があるのだ。女性／人間が、何かを／フィクションを書くためにはお金と自分だけの部屋が必要だというヴァージニア・ウルフの言葉は正しい。人間には、お金と自分だけの部屋が必要だ。そしてその部屋には、本の場所がなくてはいけない。

今、この家には約三千冊の本がある。ソ・スギョンと私はその数があまりに度を超えないように、周期的に本を間引きする。毎年一月、埃よけのマスクをして両手に軍手をはめ、本にたまった埃を払い、配列をやり直しながら、その中から追い出す本を選り分ける。最初の章を読んでいる間、何も魅力を見出せなかったので本棚に立てたままずっと放ってある本、興味深い展開ではあるのだが二度三度と読みたくなる文章がない本、著者の語り口がさほど魅力的ではない人文社会学書籍、そういった本はこの部屋の外へ押し出され、玄関に置かれた後で消える。何か月か前にも私たちは選別作業をし、いつにも増してたくさんの本が私の本棚から消えた。

どんな本を残し、どんな本を捨てるのか。基準は一つだ。二度読みたいか？　簡単な質問だが、答えに至る過程はそれほど簡単ではない。サラ・ウォーターズの『荊の城』とマーガレット・アトウッドの『またの名をグレイス』は、どちらも私に豊かな読書経験をもたらしてくれたが、前者は一回で十分で、後者は二回でも足りない。この差はどこから来るのか？　実は私自身も想像がつかないこの漠然とした過程を経て、ある年は生き残った本が翌年には未練なく捨てられることも、毎年ある。川端康成はほとんど毎回残ってきたが去年全部退場したし、ジョン・ウィリアムズの『ストーナー』は、去年はかろうじて残ったが今年はもたなかった。坂口安吾は来年どうなるか？　紙が薄くて裏のページとその次のページの文章まで見えるので読みたいけど読めない本や、絶対読みたくない序文とか推薦の辞が裏表紙に入っている本は、私にとって毎年、頭痛の種だ。後者の場合は裏表紙をはがすしかないが、そうなったらぎょっとするほど醜い本になり、悲しくなって、結局はその本を持っていることをあきらめるしかなさそうで、それでも本文を何度も何度も読みたいとしたら……やめよう。とにかく、本は私にとって必要で、その数が多いといいが、少なくてもよく、実は少ないほどいいと思いながら、本が私の部屋からあふれないように調節している。本を一冊買いたければ、すでに持っているもののうち一冊か二冊を読み終わるまでがまんする。だが、本があまりに早く絶版になるので、どの読書にも次の本へ向かう焦りが相当量含まれる。これを読み終わる前にあの本が消えたらどうしよう？　スタニスワフ・レムの『ソラリス』をそうやって手に入れ損ねたことのある私としては、読書をのんびりした行為とばかり考えることはできない。

いつか私が私の本立てに立てる物語を一つ、完成させることができるだろうか。

キム・ソリと私が幼年期と成長期を過ごした家には、暗い栗色の板敷きの気持ちのいいリビングがあった。リビングの北側の壁にはガラス戸のついた本棚があり、その棚には私たち姉妹がいとこたちからもらった本が並んでいた。私たちより先に幼年時代を送ったいとこたちが持っていた本。その中でいちばん特別だった本は、啓蒙社から出ていた『少年少女世界文学全集』だった。一九七六年の版で、全五十巻で、読まれた形跡がほとんどなく、荒削りだが美しい挿画の入った本たちだった。一冊ずつ赤いボール紙の箱に入っており、本のカバーはやはり固いボール紙で、中の紙質はとてもざらざらしており、広げるとページの間から、はったい粉やとうもろこしパンの匂いがした。私はそれらの本を何度もくり返し読み、本の物性への愛着を養った。活字が捺されたところの毛羽立ちを観察しながら、親指と人差し指で紙をこすりながら読むのが好きだったため、私が特に好む本はぼろぼろになり、朽ちたように上の角が丸っこくすり減っていた。

私はそれらの本を、最初の何ページかの内容と印刷状態で興味深い本と興味深くない本に分けた後、後者をキム・ソリにやった。そうして『ギリシャ神話』と『ホメロス物語』と『聖書物語』がキム・ソリに行き、『ニルスの不思議な冒険』と『星の王子さま』と『北欧童話集』

と『フランス童話集』などが私の手元に残った。キム・ソリは自分の分け前となった本に手をつけず、私が私のものだと主張する本にも手をつけなかった。私のことを欲張りで自分勝手だと言いたくなるたびキム・ソリはこの本の一件を持ち出して、お姉ちゃんが私の情緒の発達に及ぼした影響を考えてみろと言う。私はそのつど、あれはものすごく昔のことだし、今の私はあのときとは違うし、とにかくそのおかげで、あんたの幼児期はアンデルセンから安全に護られたじゃないかと言ってみる……きれいな赤い靴をちょっと欲しがったからという理由で大人からつまはじきにされ、神様にも見捨てられ、両足を切られ、怯えた奴隷として一生牧師館で暮らし、死後に天国への入城を許されたというかわいそうな女の子の話をでっちあげた、あの陰険な作家の世界から。

アンデルセンはバイセクシュアルだったという説があるが、それが事実だとすれば、タブーに左右されざるをえない人生だったにもかかわらず、どうしてあんな、タブーを犯せば罰せられる式のぞっとするようなお話を書いてしまったのだろう。彼はなぜ、あんなお話によって童話の父となったのか。とにかく、母親が母性を語り、父親がタブーを語るようなお話は嫌いだ。そんなお話に陶酔して子どもたちに読み聞かせをする大人も嫌いだ。チョン・ジヌォンはあれよりはいいお話を読みながら育ってくれるといいのだが。なぜなら読書の経験とは、私たちより前にいた人々の生に関する文章、すなわち先立つ世代の生の形を両手に受け取る経験でもあるからだ。この考えと似た文章を私は最近ある本で見たが、その本の著者はたぶんロラン・バルトだったと思う。「生きることは（……）私たちより前に存在していた文章から生の形を受け取ること」……（『小説の準備』）［邦題『ロラン・バルト講義集成Ⅲ 小説の準備』石井洋二郎訳、筑摩書房］。

私たち家族の経済状態が大きく悪化したとき、キム・ソリは小学校卒業を控えており、私は高校生だった。私たちが真底落ちぶれ、貧乏になったという事実をキム・ソリと私が本当に知ったのは、『少年少女世界文学全集』をはじめ、私たちが持っていた本を全部取り上げられたときだった。ある日、靴をはいた男たちが家の中に入ってきて、彼らは本棚をはじめすべての収納棚の扉を閉めた後、その扉に差し押さえの札を貼った。中に入ったものを取り出そうとして扉を開けたら札が破れて、証拠が残るように。

母は朝早くから外出中で、父は直前に出勤したところで、キム・ソリと私が家に残っていた。執達吏たちが敷居に靴の跡をつけながら札を貼り終わって出ていった後になって、家に電話が一本かかってきた。帰ったか？ 父だった。出勤しようと家を出た彼は、うちの方に向かっていく一群の男性とすれ違い、彼らが執達吏であり競売執行官であることを直感したと言った。私はこの電話に出てやっと、キム・ソリと私が執行官の訪問に見舞われてあんなことを経験している間お父さんはうちのすぐ外にいたという事実を知った。私がそれに怒ってお父さん、と叫ぶと、彼は、あの状況では自分がいない方がいいと判断したのであり、その判断のもとに、彼らが仕事を終えて帰るのを待っていたのだと言った。自分が持っている「力」のために、さらに大きな悲劇が起きることもありえたと彼は言い、当時、私とキム・ソリは、彼のしたことは何らかの判断であると思っていたが、今はそうは思わない。そういうことが起きたときにパパが――男がいたら面倒なことになるというのは本当だろうか？　自分自身への過剰な信頼か、大げさな不信ではないだろうか。

何にせよ、父はあれを自分の経験と信じている。一九四六年に生まれ、五女二男の長男である彼は、十代のときから小さな事業を何度となく試みてきたが、商売や経営にあまり向いておらず腕もないので毎回決まって失敗し、そのたびにミシン工の下働きをしていた姉や妹たちのお金で埋め合わせしてもらってきた。戦争のさなかに夫を失い、市場で商売をして子どもたちを育てた祖母にとって、彼の失敗は無能力ではなく不運のせいであり、天性の資質がもたらした結果にすぎなかった。長い間、私たち姉妹のおばさんたちにとってもそうだったように。人をだましたりいじめたりできない優しい弟、非情で不人情な商売の世界で小賢しく立ち回れず、損をしてつまずいてばかりいるかわいそうなお兄さん、優しく哀れな息子として生きてきた彼は、自分を善良で気の毒だと思うことに慣れており、他人に自分を哀れっぽく見せることにたけている。

一九九二年にキム・ソリと私の精神世界を大きく揺るがした差し押さえ事件を、彼はことあるごとに自分の経験として語る。一九九二年にだな、執達吏がうちに押し寄せてきたとき俺がどんなことを経験したと思う、家がすぐ見える公衆電話ボックスの中で俺はずーっと、タバコを吸っていたんだ、と。そのとき自分がどんなに辛かったか話すために。そうね、そうだったんだろうね。お父さんどんなに辛かっただろう。キム・ソリと私が大人になるまで、また、わずか数年か前ですら彼がかわいそうでたまらなかったという点について私は考えてみる。その気持ちはいったいどうなっただろう？　彼もそれが気になるのだろう。俺の娘たちはなぜこうなったんだ？　あの子たちはどうしてこんなにつんけんしてるんだ？

　父は鍾路区の長沙洞（チャンサドン）に位置する世運商街（セウンサンガ）の一階で、小型ヒーターや小型エアコンを販売している。ヒーターとエアコンだけでは収益が足りないので、加湿器、トースター、電気ポットといった小型家電も売っている。実質売り上げは三十年前や四十年前より落ちているが、何はともあれ賃料を支払い、父母の二人が暮らしていけるぐらいの生活費は稼いでいるらしい。三十年前と四十年前。父の店がある一帯の風景は、当時も今も大きく違いはないようだ。売り台に並べた電子製品の商標やデザインが違う程度だろうか、十年前と二十年前と三十年前にそこで私が見た風景はそんなに違わない。父は、キム氏一家の長女である上の伯母が、韓国での生活に嫌気がさし、アメリカのビザを手に入れて渡米する前に最後に出してくれた資金によって世運商街一帯で商売を始め、一度不渡りを出したことはあるが、どうにかこうにかそこで四十年間商売を続けてきた。彼の店は三階に張り出したテラスにおおわれて日光が入らない駐車場に向かい合っており、その付近ではいつもタバコと排気ガスと唾とおしっこの匂いがする。

一九八七年にも彼はそこで商売をしており、毎日バスに乗って光化門を通って鍾路3街に出勤していた。その年の六月の何日だったか、珍しく母が父を迎えに行くと言って出ていき、二人で唐辛子の匂いをさせながら帰ってきた夜があった。ドアを開けるや否やなだれ込むようにして家に入ってきた二人の体からは、キム・ソリと私がそれまで一度もかいだことのない強烈な匂いがした。彼らの帰宅とともに家じゅうに充満したその匂いのために、キム・ソリと私は息をすることも困難だった。涙をため、鼻水を流し、目といわず頬といわずこすりまくってまっ赤に腫れた彼らの顔を見たキム・ソリと私は、お母さんとお父さんがどこかでひどい目にあってすごく泣いたんだと思って怯えたが、実際には二人は楽しそうに見えた。あいつら、あいつら、と言いながら彼らは腹を抱えて笑い、お互いを見て笑い、とまどう私たち姉妹を見ても笑い、顔が熱いと言って笑い、あんまり必死で走ったからふくらはぎが痛いと言ってまた笑った。

　二人のあんなに仲むつまじく楽しげな姿を、キム・ソリと私はそれ以前にも以後にも見たことがない。母と父は匂いが染みついた服を脱ぎ、洗濯物をまとめて洗濯機に放り込み、いたずらっ子のようにくすくす笑いながら、二人一緒に浴室に入って体を洗った。彼らの髪の毛に染みついた匂いはシャワーを浴びた後も完全に消えず、そんな夜は一度で済まず、その匂いは枕や布団にも染みついて、おかげで部屋やたんすの中に何日も匂いが残っていた。催涙弾という物質を、キム・ソリと私はこうしてその年、初めて体験した。

一九九六年に私が延世大学から家に帰ってきたとき、父は私の帰宅を優しく迎え、自分にも公権力に向かって石を投げた歴史があると言い、一九八七年六月の鍾路と光化門について語った。帰宅途中で彼は、護憲撤廃、独裁打倒を叫ぶ人たちに向かって警察が催涙弾を放つ光景を目撃し、あまりに頭に血が上って大声で叫んだ、警察は人を殴るな、催涙弾を打つなと叫ぶうちに、俺も鍾路3街の大通りで人々と一緒に石を投げて行進していたんだ、大統領直選制と憲法裁判所を勝ち取り、大統領の力を弱め（国会解散権廃止）、国会の力を強化し（国会に戒厳解除権と国政監査権付与）、憲法を改正するまでに至らせた民主化の隊列の中に、そのようにして自分もいたのだと語りつつ、今はそんな時代じゃないとつけ加えた。お前たちの時代。半ズボンにランニングシャツ姿であぐらをかいた彼の前には、タバコ一箱と百ウォンのプラスチック製のライターが置かれていた。座るや否やタバコを吸ういつもの癖とは異なり、父は話している間、タバコにもライターにも手を触れなかった。お前たちにデモをしなきゃならんことが何かあるのかと、彼は言いづらそうにそう言った。今は独裁じゃない。全斗煥（チョンドゥファン）も監獄に行く時代だ。名分がないよ。旗を掲げるな。デモについていくな。北朝鮮に行ってきたと騒いでるのを見てみろ。アカのやることだ。

一九八七年六月の民主化抗争にお母さんとお父さんも一役買っていたんだという話は、その前にも何度か彼らから直接聞いたことがあった。お前たちのお母さんとお父さんはあのとき光化門で、人があんなに大勢集まったのを初めて見たんだよ、そこに警察が催涙弾をバババッて……そしたらその大勢の人たちが、わあーっと散っていったんだ。

やがて彼らが目撃したものが金大中（キムデジュン）（得票率二七パーセント）と金泳三（キムヨンサム）（得票率二八パーセント）の分裂であり、盧泰愚（ノテウ）（得票率三六・六パーセント）の当選（一九八七年一二月十六日、第十三代大統領選挙）だったという点を思うと少し胸が痛む。同い年の夫婦である彼らは一九八七年に四十歳であり、今の私と同い年だったという点を思えばなおさらだ。母と父は十二月に盧泰愚が当選したとき、何を思い、感じたか。失敗だと思っただろうか。デモなんかしてみたところで、と思っただろうか、よくあることさと。その経験が彼らに影響を与えたのでもあっただろうか。

—

ハンナ・アレントは一九六一年にエルサレムで行われた戦犯アイヒマンの裁判過程を傍聴して書いた文章で、「アイヒマンにおいて、相互に緊密に関連する三つの無能さに言及」している。「語りの無能さ、考えの無能さ、そして他者の立場に立って考えることの無能さがそれだ」（『エルサレムのアイヒマン』〈韓国語版〉訳者序文）。『エルサレムのアイヒマン』で「平凡さ」と翻訳されたbanalityは、歴史学者のキム・ハギ先生が指摘したように「平凡さ」よりは「常套さ」

に近い言葉のようだ。[*5]

ハンナ・アレントがアイヒマンに見出した悪のある側面は、平凡さというより常套さにその起源があるのだろう。

従北［北朝鮮に従属しているような行為や考え方を指す言葉］とアカ。

何十年もの間購読してきた新聞の語彙と論調にそっくりな父の話し方に、私はアレントが描写したアイヒマン式の常套さを見る。すなわち、語りの、考えの、共感の無能さを。

父は今や七十代にさしかかり、誰かが食事を作ってくれなければ苦境に陥り、どの引き出しに自分の靴下だのズボンだのが入っているのかよく知らず、ちゃんと入浴せず、体調が悪くても自分で管理できないので母に気を揉ませ、自分を放ったらかしておくと言って娘たちを恨み、誰かや何かを嫌うことに以前よりも長い時間を費している。老いも若さも嫌いな彼が最も嫌悪しているのは労働組合活動と内部告発と盧武鉉だが、ストライキはアカの活動で、サムスンの何十億ウォンもの裏金を内部告発したキム・ヨンチョル弁護士［サムスンの法務担当だった弁護士で、二〇〇七年に巨額の裏金の存在を内部

＊5　韓国の学者の大部分は「banality」という単語を「平凡さ」と翻訳するが、これはあまり適切とは思えない……アレントは一九六五年の増補版のあとがきで、その概念を「無思惟」と分析した。ここでいう無思惟とは、常套的な言葉のみを使用するために真の疎通をはかることができず、薄っぺらな状態を指す。よってそれは見え透いたものである。（ラウル・ヒルバーグ『ホロコースト　ヨーロッパユダヤ人の破壊』一巻、〈韓国語版〉訳者序文）

告発した］は卑劣な裏切り者で、故盧武鉉前大統領はふさわしからぬ地位にまで上り詰めた凡人だ。肉体労働で俺よりずっとたくさん稼いでる連中が何をまた労組だの、ストライキだの言ってるんだという彼の不快さには労働嫌悪と労働者嫌悪が同時に存在し、それよりもっと根本的には、弱さを嫌悪する気持ちがあるらしく、特に盧武鉉前大統領に向けられた憤怒と嫌悪に往々にして登場する言葉が「権威も何もない」である点を考えてみるとき、労働者、キム・ヨンチョル、盧武鉉に向けられた彼の嫌悪は同じ流れなのではないかとキム・ソリと私は話したことがある。彼は権威のなさを嫌悪する。彼は力のなさを嫌悪する。彼は弱さを嫌悪する。

父にとって力とは何で、権威とは何か。それを考えるたびに私は、一九八〇年代に私たち家族が使っていたブリキのお膳を思い出す。花と葉っぱとくじゃくのカラフルな絵がプリントされた丸い銀色のお膳。一九八六年のアジア大会の体操でソ・ソネン［一九八六年アジア大会の金メダリスト。以後、負傷によって八八年のソウルオリンピックに出場できず引退］選手が金メダルをとった日にも、私たちはそのお膳を使って夕ごはんを食べていた。ソ・ソネン選手の平均台競技を報道するその日のニュースのおしまいのあたりで、全斗煥と国務総理のノ・シニョン［十八代国務総理。一九八七年のパク・チョンチョル拷問致死事件により辞任］の姿が映った。その場面を見て私が、もの知りなことを見せようとして、お父さん、大統領が死んだら国務総理のおじいさんが大統領になるんでしょ？　と聞いたとき、父はブリキのお膳が跳ね上がるくらいあわてて体を傾け、私の口を手でふさいだ。私はただ自分の知識を自慢しようとしただけなのに、彼は、そんなことを言ってはいけない、お前がそんなことを言って歩いたらお父さんが兵隊に捕まるよと言った。父は怯えていた。
　このように仮定してみようか。父の言う権威とはすなわち力であり、力とはすなわち、誰かを恐怖に縮み上がらせることができるものだと。私的な空間で、誰かに聞かれることを恐れてあわてて子どもの口をふさがせる力、彼はそのような力を経験し、それが力だということを知っており、力が父にただちにそんな行動をとらせた。それがないことを、彼は嫌悪する。「権威のなさ」を嫌悪する。誰も「権威なき者」を恐れはしないので、彼は自分が「権威のない」状態であることを恐れる。彼が誰かの「権威のなさ」を非難するとき、彼にはそれを行う「権威」があるのであり、彼は力のなさを力いっぱい嫌悪する……

　父は政治的見解が異なるせいで娘たちとうまくいってないと判断しているようだが、彼がそう判断しているなら、私はその判断に同意する。キム・ソリと私は、その葛藤の目に見える起源は、まずはキム・ソリの結婚前の顔合わせの食事会にあったと考えている。キム・ソリは五年前にチョンという名字を持つ生地卸売業者と結婚した。彼を好ましく思っていなかった父が先方の両親との顔合わせの席で何か嫌なことをやらかすかもしれないと、母とキム・ソリと私は心配していたのだが、その日の父は終始一貫、私たちがそれまで見たことがないほど穏やかな品のある態度で顔合わせに臨んだ。疲れる行事を終え、家族だけで帰ってくる車の中で父は、いずれ鍾路近くまで会いに行くから二人で一杯やろうと提案した先方のお父さんとのやりとりを持ち出して憤慨した。俺がどうしてあんたに会わにゃならんのだ、会いに行けばいつでも会ってくれる人間と思っているのか、その余裕はいったい何だ、息子を持ったのがそんなに偉いのかと、言うのだった。あの余裕しゃくしゃくの顔！　先方のお父さんの微笑を彼は、こう呼んだ。

勝者の微笑。

その言葉を聞いてキム・ソリが運転席で、私が助手席でどれほど凍りついたか、言葉にできるだろうか。彼はその瞬間、ほんのいくつかの言葉だけで、何十年もの時を経た劣等感と自虐の念を暴露して娘たちにその思いを知らしめたのだが、キム・ソリと私がこの年齢になるまで彼のそんな思い、気分、感情を感じたこともなければ想像したこともなかった点はむしろ、彼がそれほど長期にわたってまあまあ立派だったという証拠ではないだろうか。ソ・スギョンとキム・ソリと私は後にそう話し合ったりもしたけれど、「勝者の微笑」以後、キム・ソリも私も、父との関係を以前と同じようには考えられなかった。私たちはもう知っており、知らない状態には戻れなかったんだ。だって、そうじゃん？　あの人が「かわいそう」な理由が私たちの存在にあったなんてさ。違うよ、正確に言わなきゃだめだよ、私たちの存在にじゃなくて、私たちのマンコにって。

娘たちとの関係で最近、父が最も腹に据えかねているのは、娘たちが自分をもはやかわいそうだと思っていないという点かもしれない。彼は、キム・ソリと私が社会的な事件に関心を持っていることを知っており、それが気にくわず、親不孝だとか裏切りだとか言う。二〇一四年四月十六日、珍島（チンド）の彭木（ペンモク）港沖で沈没したセウォル号搭乗者とその遺族、遺体未収拾者の家族にキム・ソリと私が心を寄せているのを見て、私たちが彼らを哀れんでいるのだと父は思うらしく、このように言う。赤の他人のあの人たちにはそんなに気を遣うのにどうして自分の父母の世話はしないんだ。それは道徳的に問題だ、二律背反、裏切りじゃないか。お前らの目の前の庭を掃け。

　彼の言う目の前の庭が他の誰でもなくあなたの庭であることに私たちは気づいていると、彼に言うべきだろうか？　父は、自分の冗談にいちいち真顔になり、パパはかわいそうだろという問いにもう答えず、優しくしてくれず、すぐに腹を立てたりする娘たちに今では腹を立てており、母を通してその怒りを周期的に通知してくる。お前たちがずっとそんなふうに対応するなら容赦しないと彼が言ったというのだが、それに何の価値があるというんだろ、彼の容赦に……私たちに彼の容赦はもう必要ない。彼がそれを知らないことと、知っていても認めないことを考えると心が痛い。そうだよ、こうして座って母と父のことを思うとき、キム・ソリと私は腹が立つというよりときどき、悲しくなる。

　母はどうにかしてこのいざこざを収めようとして、キム・ソリと私に電話してくる。お前たちのお父さんがいらいらして意地悪になって自分をいじめると。外出する用事があり、スープも作っておかずも冷蔵庫にあるから出して食べさえすればいいと伝えて出かけたのに、帰ってみるとキムチとごはんしか食べてなくて、自分の食べた後の容器をこれ見よがしにふたを開けっぱなしで食卓に放っておくんだから、近ごろはそんなのばっかり見せられてほんとに嫌だと訴えた後、あんたらのお父さんをちょっとなだめてやってよ、お父さんに優しくしてみてよと訴え、最後には必ずこう尋ねるのだ。

お母さんがかわいそうだと思わないの。

社会教育学者のチョン・ジンソン先生は『想像のアテネ、ベルリン・東京・ソウル』で、一八九〇年の大日本帝国憲法で法制化された「国体」概念を説明し、国体の頂点である天皇に言及する中で、西田幾太郎の「絶対無」という概念を引用しているが、彼の絶対無概念は「主体と客体がもはや理性によって妨害されず、一つになるという宗教的境地を言うもの」であるとし、「これは日本という主体が帝国という客体に溶解するという論理として読まれるだけの余地があった。ここで主体と客体を超越した〈絶対無〉に該当するものは、もちろん天皇である」と言い添える。私はこの箇所を読んで、アニメ『新世紀エヴァンゲリオン』の劇場版『エンド・オブ・エヴァンゲリオン』［邦題『Air／まごころを、君に』］を思い出した。戦闘兵器製作集団／武装集団であるネルフの最高司令官にしてイカリ・シンジの父であり、テレビシリーズでは常に意味深長な無表情と沈黙で一貫していたイカリ・ゲンドウは、『エンド・オブ・エヴァンゲリオン』

で自分の秘めた熱望をさらけ出す。ゲンドウは、エヴァンゲリオン初号機に取り込まれてしまった妻のイカリ・ユイに会うために、人類を絶滅に至らしめるサード・インパクトを敢行し、その純情の代価として彼を含む人類は液状化し、単一の全体になってしまう。人間が消えた世界には、エヴァ初号機パイロットであるイカリ・シンジと二号機パイロットの惣流・アスカ・ラングレーが最後の人類として残る。『エンド・オブ・エヴァンゲリオン』のエンディングは、アスカの独白だ。父親の愛情によって、すべての人間がその愛の中に融解した朱色の世界でシンジは泣き、アスカは言う。

キモチワルイ。

6

チョン・ジヌォンは私たちをどう記憶するか。

キム・ソリとソ・スギョンと私を。今この家に集まっている、自分のまわりの大人たちを。

大人。

私たちはいつ、大人になったのか。

チョン・ジヌォンが生まれたとき、私は病院と産後ケア施設に何度も赤ん坊を見に行った。私にとって初めてとなるきょうだいの子どもが特別にかわいかったからではなく、世の中に出てきて一か月にもならないその小さな顔が、誰とも似ていなかったからだ。誰とも似ないその顔になぜ、こんなに見覚えがあるのか。それが気になって、不思議で、怖かったから、しょっちゅう赤ん坊に会いに行った。赤ん坊はだいたいいつもかいこのように毛布にくるまれて、透明なゆりかごに入っていた。眠っていたり、目を覚ましていたり、むずかっていたり、むくんだ口をすぼめたりしながら。私はその顔がまだ私の人生に到来する前の日々、その顔を予想も予測もできなかった日々について考えた。キム・ソリと私が小さかったとき、ソ・スギョンと私がもっと若かったとき、そんなあるときに私はもうあの顔に出会ったことがあるみたいだったんだ。それで昨日も見たのに今日も見たくなったりしたのだ。ついさっき殻を抜け出した蝶々の羽がゆっくりと広がるように、あの子の顔も少しずつはっきりしていったから、そのうちにある瞬間、あの顔をいったいどこで、どのようにして目撃したかもわかるのではないかと。

チョン・ジヌォンはもう四歳で、主語と動詞をちゃんと備えて話すことができる。

かわいい。

話しはじめたころ、チョン・ジヌォンはこの言葉によって毎日、少しずつ自分の言葉を増やしていった。おさかなかわいい。ちょうちょかわいい。ママかわいい。ママ今日かわいい。おばちゃん今日お目々まっくろでかわいい……休みの日や平日の夜、あの子が私に預けられて、子どもと二人だけでいなくてはならないときがあるが、そんなとき私は困ってしまう。二人で何をしたらいいのかわかんないよ。遊びは難しくて、特に話をするのが難しい。子どもとどうやって話せばいいのか、子どもの質問にどう答えたらいいのかわからなくて困り果てたりする。私は自分の答え方や考え方が子どもに及ぼす影響が怖い。あるとき二人で路地を歩いていて、バサバサに乾いてしまった花を生き返らせようとしたのか、すっかり枯れさせようとしてなのか、プランターごと外に出してある家の前を通り、そのときチョン・ジヌォンが私に、おばちゃんあの木、死んでるのと聞いたことがあった。生きてるよ、まだ……と、生より死の方に近い答え方をしておいて、どきっとして子どもを見おろした。チョン・ジヌォンはただ日差しがまぶしいように眉間をしかめたまま歩いていた。何かまじめに考えている顔のようでもあった。私はこの子がちょっと前の会話からいかなる印象も受けなかったことを、会話自体をもう忘れていることを願った。

おととし、ジョン・クラッセンの絵本『ぼくの帽子じゃないよ』［邦題『ちがうねん』長谷川義史訳、クレヨンハウス］を一緒に読んだときもそうだったな。偶然、小さな帽子を盗んだ魚が、帽子を隠そうとして水の中を逃げていき、帽子について夢想し、帽子の本来の持ち主である大きい魚が後ろからついてくるのを知らずに水草の森の中に無邪気に消えていくあのお話をね。小さい魚は、誰も自分を見つけられないだろうと自信を持って水草の中に入っていったが、大きい魚がその後について入っていき、やがて帽子を取り返した大きい魚が水草の森から悠々と遠ざかった後、最後のページには水草の森が残っている。この最後のページまで来るとチョン・ジヌォンはひどくめんくらい、絵本を自分の前に引っ張ってきてページをめくりはじめた。裏表紙に接着された最終ページを指で引っかいてはがそうとし、この中にもう一枚あるだろうと信じてるみたいに、隠されたお話を探し出そうと苦労したあげく、おさかなはどこ行ったのと私に尋ねた。私は答えられなかった。私もひどく驚いていたものだから。水草が茂った最後のページはとても静かそうに見え、それが私に意味するところはつまり、そのお話を語ってきた語り手の死だった。小さい魚の死。ジョン・クラッセンはそのページに黒、茶色、赤紫の水草だけを描いていたが、私は作家がその中に小さい魚の死体を隠したのだと思った。ここには小さい魚の死体が隠されている。二回見ても三回見ても私にはそう見えた。涙ぐんだ目で私を見ながら魚の行方を尋ねる子どもの隣で私は当惑し、無能だった。私には、死んだ、とか、食べられた、以外の答えがなかったから。

その日帰ってきたソ・スギョンにチョン・ジヌォンと私がその本を広げて見せ、悲しい気持ちを訴えると、ソ・スギョンは笑った。

小さいお魚は今、隠れてるんだよ。

どして？

恥ずかしくて。ちょっとしたら、出てくるよ。

いつ？

あんたが見てないとき。誰も見てないときによ。

—

大人になることは、恥ずかしさの後に来るんだよとキム・ソリは言ったよね。

三、四か月前にキム・ソリが私の会社の近所にお昼を食べに来たときのことだ。

小さいころのことを振り返り、私が、うちの玄関に染みついていた一九八七年六月の催涙弾の匂いのことを話すとキム・ソリは首をかしげ、自分はそれをはっきり憶えてないと言い、それよりは一九九六年、と言った。一九九六年の夏にキム・ソリは商業高校の商業科の生徒で、弘益（ホンイク）大学近くのファストフード店でアルバイトをしていた。ある日仕事を終えて合井（ハプチョン）駅の近くでバスに乗ったら、先に乗っていた大学生たちが、乗り込んできたばかりのキム・ソリに降りろ降りろと騒がしく手振りをしてみせたことがあるとキム・ソリは言った。キム・ソリは彼らがなぜそんなことをするのか理解できなかった。頭や胸に文字を入れたたすきを結び、顔は埃と汗でどろどろで、袖が取れてしまったシャツを着ていたりして身なりもめちゃくちゃだったので、何かのコスプレでもやってきたところなのかとキム・ソリは思ったが、やがて、新村一帯でデモをしてきてどこかへ移動する人たちだということがわかった。彼らは自分たちの体に染みついた催涙弾の匂いのせいでまだ幼い高校生が辛いだろうと思って、このバスから降りろとキム・ソリに言っていたのだ。私、うちに帰らなきゃいけないんだけど？　このバス以外どれに乗れっていうの？　もうバス代も払ったのに？　キム・ソリは最初はめんくらったが、やがていらいらしてきて、その人たちが親切に「お前に」配慮してやったというような表情をしているのが嫌だったし、彼らが体に巻いたたすきに書かれた民族とか民主といった文字が「お前とは関係ないから」あっちに行けと言ってるみたいだった、と言った。何様のつもりなのさ、他人にむかって乗れとか、乗るなとか。キム・ソリは意地になってすぐに空席に座り、バスが楊花（ヤンファ）大橋を渡っていく間ずっと、大学生の頭や服のえりに染みついた催涙弾の匂いのせいで涙を流していた。ほんとにひどい匂いだったと、キム・ソリは回顧した。

乗らなきゃよかったって後悔したけど、それを気づかれたくなくて、まっすぐ座ってずっと泣いてたの。私、あの人たちは大人のふりをしてるんだと思った。私よりせいぜい三、四歳上なだけなのに、チャンスがあったって理由で大学生になっただけなのに、何を大人のふりしてんのさ、むかつく、って。私あのとき、お姉ちゃんが延世大学にいたことも知らなかったじゃん。後で、幽霊みたいなかっこして帰ってきたお姉ちゃんを見たときも涙が出たよ。それで、次の年にお姉ちゃん、大学やめたでしょ。お姉ちゃんには大学をやめることができたんだよね。別に未練もなさそうだったし。ほんと最低だった。

キム・ソリにとって大学生は大人ではなかった。姉も母も父も大人ではなかった。十代のとき、自分にとっての大人はペ・ジヘ一人だったとキム・ソリは言った。キム・ソリが「ジヘ姉さん」と呼んでいたペ・ジヘ。彼は、キム・ソリが高校を出るとすぐに就職した倉庫型ディスカウントストアの従業員だった。ペ・ジヘは相手の性別、地位に関係なくストレートにものを言い、対応がうまく、判断が早かった。キム・ソリは彼に仕事を習い、彼からじかに仕事ができるとほめられ、これからはもっとうまくやれるだろうと激励もされた。強い女、やり手の女と言われていたペ・ジヘにくっついて回り、仕事を、より正確に言うなら仕事をする態度を学んだので、「ジヘの子分」とか「小ジヘ」とか言われたこともあったが、そう言われるとかえっていい気分だったとキム・ソリは言った。キム・ソリにとってペ・ジヘは、自分の仕事をちゃんとやる人、自分の分野で決して軽んじられることのない大人であり、彼に似ていくということは、そんな大人になれるという意味だったのだから。

ある日、十歳ぐらいの子が一人で売り場を歩き回って何かを万引きし、ペ・ジヘがその現場を押さえたことがあったとキム・ソリは言った。何で取ったの。ペ・ジヘがサービスカウンターの前にその子を連れて行ってそう尋ねると、「家にママがいて、ママは病気で、これがママに必要だから取るしかなかった」と子どもは答えた。盗んだのがプラモデルの付属品であることを指摘し、それが「病気のママ」に必要なわけはないじゃないかと聞くと、子どもは、本当だ、ママがあれを絶対必要だと言うので、自分が持ってってあげようとしたんだと訴えた。ペ・ジヘは呆れたという表情で子どもを見つめていたが、ああもう、いいよ、さっさと消えなと言った後、子どもを置いて行ってしまった。キム・ソリはその様子を最初から見ており、子どもがぼんやりとその場に残っているのを見、本当に帰ってもいいのかどうかわからず途方に暮れた様子できょろきょろしながら立ちつくし、やがてどこかへ行くところまで見届けた。一九九九年のことで、当時キム・ソリは十九歳だった。

　キム・ソリはその倉庫型ディスカウントストアにあと三年あまり勤め、ディスカウントストアの従業員から下請け会社の従業員へと一度所属が変わり、契約期間を二度延長した後、その仕事を辞めて他の職場を見つけた。ペ・ジヘとは連絡が途絶えたが、キム・ソリの働き方には相変わらずペ・ジヘ方式が存在し、それに従っていれば有能な人間でいられたと、キム・ソリは言った。ジヘ姉さんならこんなときどうするか。それがキム・ソリの社会人としての物差しだった。だから二〇〇九年、ソウル市陽川（ヤンチョン）区木洞（モクトン）に位置する書店で、十歳ぐらいの子ども二人がマンガ本を包んだビニールをカッターで切り裂いている現場を押さえたとき、ジヘ姉さんならどうするだろうと考える必要すらなかったと、キム・ソリは言った。

その子たちがカッターでめちゃくちゃに包装を破ったせいで表紙までスパッと切れちゃった五冊のマンガ本が床に散らばってたんだ。その子たちが使ったカッターには、うちの値段表がくっついててさ。文具コーナーで売ってたカッターを持ってきて、それで本の包装を破ってたんだよ。何をしてるのか、どうしてこんなことするのかって聞いたら、すごく読みたいけどお金がないからだって。その子たちが泣きながら、ママに連絡しないでくれって頼むんだ。あんまり腹が立って呆れちゃって、頭も目の奥の方もすっかり冷たくなっちゃってさ。それで私、言ったの。ああもう、いいよ、いいよ。

さっさと消えな。

それから私はカウンターに戻ったの。子どもたちはもじもじしてたけど、泣きやんで出てったよ。私はカウンターにいたスタッフと、破れたマンガ本をどう処理するかについて話してたの。出版社に返品しても受けつけてくれないし、これ、どうしようって。そのとき男の人が一人カウンターに近づいてきたんだ。一九六二年生まれで、この書店の会員で、夏に雑誌を何冊か注文したとき、自分は数学教師だと言ってたことがあったっけ。その人が私に言ったの。ずっと様子を見ていたが、同じ大人の立場として赤面してしまったよって。大人として恥ずべき行動をしたことを憶えておけって言うんだよ私に。その人の顔がどんなだったか思い出せない。私、その人の顔、見てたのに。色白で、黒くて丸い目、鼻、口。私を下から上へじろじろ見てるみたいでもあったし、笑ったようでもあったし。私、言葉に詰まって何も言えなかったんだけど、隣の同僚が私の味方をしてくれてね。こんなことは一回二回じゃないんだし、本を盗む子もいるんだし、こんな恥知らずな本を破るような子もいて、一人二人じゃないんだから、こうやって恥をかかせでもしなければ好き放題やるんだからって説明したけど、私はただもう侮辱されたと感じてた。同僚がそうやって私の味方をしてくれればくれるほどなおさら、私はこのおじさんに早くどっか行ってほしいと思ったの。早くどっか行ってほしい。隣で説明してる同僚にも、もう黙ってほしいって。それが、私が二十八歳で経験したことだよ。私、このこと、誰にも話したことないのよお姉ちゃん。あのとき隣にいた同僚ともその後、この話をしたことはないの。私はあのことを記憶に残したくもなかったの。でも、ずっと思い出してたんだよね。夜に。じっとしてるときに。

私、何でああ言ったのかな？

どうして私が恥じなきゃいけないの？

大人の立場。

それはどうやって作られたんだろう　人は大きくなったら　ある瞬間にただ大人になるのか？

私が大人なのか？

誰が私にそんなチャンスをくれたのか？

そんなことをずーっと考えてて、私は悔しかったんだと思う。思い出すのも嫌で人にも言えない、あのことが忘れられなくてさ、長いこと。でもねお姉ちゃん、一九九九年にペ・ジヘ姉さんは二十歳だったんだよ。私より二歳上だったから。年の差はそんなになかったし、実はあの人も大したことなかったねって話じゃないんだ。私が学校を出たてのときに売り場で見たジヘ姉さんはもう大人だったもん。だけど、私の二十八歳のときは？　三十三歳は？　こう考えてみて変な気持ちになったんだ。十八歳のときに大人っぽいと思った二十歳の行動を、二十八歳の私がやってみたわけでしょ。こう考えてみて初めて私、私に「さっさと消えな」って言われた子どもたちが見えてきたの。あのおじさんと私の二人が立ち会った事件のことを考えるときに、あの子たちが。前は、あれは私が侮辱「された」ことで、自分があの子たちに何かを「した」とは思ってなかったんだけど。今まで生きてきて、恥ずかしかったことを数え上げてみろって言われたら、今ならまっ先にあのことを思い出すよ。私、お姉ちゃんのお金を踏み倒したって別に恥ずかしくないけどさ、でも、私が自分の口からあの子たちに「さっさと消えな」って言った瞬間のことは、恥ずかしいよ。それでねお姉ちゃん、今は私、大人だと思う。自分がもう大人だってことが自分でわかる。

—

キム・ソリの話を聞いて、昼休みが終わるころに会社に戻ってきた私は、二〇〇〇年代初めにソウル市陽川区木洞付近の書店に寄って数学の先生だと自己紹介したという一九六二年生まれの顧客、その人が許せず、その日の午後、靴工場へ送らなくてはならない発注書の内容さえろくに読むことができなかった。

なぜ私はあんなことを？

キム・ソリは何年もそう自問するしかなかったが、彼はどうだったのか？　彼もそうしただろうか？　彼も同じことを自問しただろうか？　正しく望ましい行動をしたと思って、そんな問いすら思いつかなかったのでは？　彼はキム・ソリに恥を知れと言ったが、キム・ソリが当時感じたのは侮辱され、軽蔑されたという思いだったんだ。彼はキム・ソリに大人であれと要求したが、彼自身もキム・ソリに対しては大人なのに、彼はキム・ソリに対して何も、キム・ソリが大人になることについて何も、何らの責任も負わず、非難するだけして行っちゃったんだ。彼の大人らしさはキム・ソリを観察し、判断を下し、ことが終わった後に寄っていって非難するときだけ有効に働いたが、大人らしさがそんなものならあまりに御都合主義で下品じゃないか。そんなことを思って私はその夜眠れず、結局は起き出してソ・スギョンの部屋に行き、ソ・スギョンに、その人下品だよと、下品でがまんできないと、言った。

そだね、その人、ちょっと下品だ。

話を聞いたソ・スギョンはキム・ソリの感じた侮辱感と私の怒りに共感しながらも、キム・ソリは侮辱された悔しさから恥じ入る気持ちへと移行して大人になることを経験したわけで、ソリ自身もその経験を重要だと思っているなら、その経験のきっかけとなったのはその数学の先生の言葉だったのだから、彼もまた重要な人なんじゃないのかと私に問いかけた。その人はただその場に偶然いて、その状況で自分ができることをしたんじゃないの？　それが彼にできる最善のことだったんじゃないのかな？

その夜、ソ・スギョンの問いかけまで抱えてベッドに戻り、しばらく眠れなかった。先生という人がキム・ソリに与えたらしき「きっかけ」は、やりきれないものだと、私は思った。彼がキム・ソリにとって大人になるきっかけになったように、キム・ソリも、表紙を切り刻んだ子どもらにとって、大人になるきっかけになったのか。その子たちがキム・ソリからもらったものと、キム・ソリがあの数学の先生にもらったものは何も違わないと、私は思った。羞恥心。侮辱。自分に向けられた他者からの軽蔑。大人の材料って……そんなものなんだろう。でも、「私を目撃しているこの人に早く私の目の前から消えてほしい」、そんな感情と偶然の経験が組み合わさって大人になるきっかけが訪れるとき、そこに現れる大人とはどんな人間だろう……などと考えて私は眠れず、いや、実は、よりによってそんな経験で大人になってしまった人間がキム・ソリという私のきょうだいだったということがしゃくにさわって、私はその先生が絶対に、絶対に許せなくて。

7

「生きることは、話すことです。……生きることは……私たちより前に存在していた文章から生の形を受け取ることです」。私はこの文章をロラン・バルトの『小説の準備』で発見し、その美しい文章を発見した後、読むスピードを落としに落とし、一年ずっと同じ本を読んでいる。『表徴の帝国』で日本文化の解釈を試みたロラン・バルトは、『小説の準備』でも俳句の解釈を通して日本文化への趣向を明らかにしている。『想像のアテネ、ベルリン・東京・ソウル』でチョン・ジンソン先生が「あまりに創造的な誤読」と評したバルトの日本文化解釈は、私には日本解釈というより、そしてバルト本人が語った「東洋に関する巨大な知的労働」（『表徴の帝国』）というよりまずは、バルト自身の趣向／審美眼への解釈のように見える面があり、まさにその部分で私は、ロラン・バルトへの親しみを感じた。私がすべての紙と本に感じる驚きと似た種の驚きを経験しているマニアの……おたくの表情を、彼の文章に見たのだ。『小説の準備』の表紙にはその人、ロラン・バルトの顔が印刷されている。シガーを吸っているバルトの写真で、その写真が印刷されたモノトーンのカバーを外すと思いがけず、薄紫色のハードカバーが現れる。カバーは外して本棚に立て、中身だけを置いたり持ち歩いたりしていたので、この本は私にとって白黒ではなく薄紫だ。私が持っている中でいちばん薄紫色の本。ロラン・バルトは、自分の最後の「言葉」が韓国において、薄い「ムラサキ」色のカバーで包まれたことをどう思うだろう。私は彼が、ムラサキシキブの『ゲンジモノガタリ』を読んだだろうと思うし、「ムラサキ」が紫や赤紫を意味する文字だということも彼は知っていただろうと思う。あの薄紫色を初めて確認したとき、本を引っくり返して見ながら、ロラン・バルトがゲイだったという点がその講義録の表紙が紫色に決まる上で影響を及ぼしたかどうか知りたいと思ったが、それはどういう理由だったのか。

私がこの話をするとソ・スギョンは、自分もそうだった、紫色は少なくとも韓国で性少数者のシンボルではないのに、自分もまた紫色を性少数者の色と「感じ」ていたと言い、私たちは一緒にその感じが何に根ざしているのかを探り、それは一九九八年に韓国公営放送で放映された『テレタビーズ』のキャラクター、紫色のティンキーウィンキーだという結論に達した。世界じゅうの小さな視聴者と大人の視聴者の間で密かに熱狂的な人気を獲得したこのテレビシリーズは、理屈とか因果というものが存在しないテレタビーの丘の静かで変てこな毎日と、一度見たら目が離せず、ずっと見るしかなくなる中毒性のためにいくつかの陰謀論に巻き込まれたのだが、その中に、ティンキーウィンキーがゲイだという説があった。くにゃくにゃした身動き（実はどのテレタビーの動き方もそうだったのだが）と、男性を象徴する青と女性を象徴する赤を混ぜた色である紫色のキャラクターである点を根拠としてその説は広まっていた。それはティンキーウィンキーにゲイキャラクターを仕込んでチラ見せし、大衆にゲイへの親しみを持たせ、慣れさせるという陰謀であり、その陰謀を企てた人たちは、子どものための人形劇を通して「ゲイはかわいくて無害なんだ」という洗脳メッセージを発信しているというものだった。私たちは早々に、その陰謀論から何らかの印象を受けてでもいたのだろうか？

　ともあれ、私の薄紫色の本には常にペアをなす一冊のピンク色の本が存在するのだが、私が持っている中でいちばん厚くて大型でピンク色の『私たちの本性の中の善き天使』［邦題『暴力の人類史』スティーブン・ピンカー、幾島幸子・塩原通緒訳、青土社］がその本で、その本は今、私の食卓の上、ロラン・バルトの『小説の準備』の後ろに置いてある。

『私たちの本性の中の善き天使』の韓国語版の表紙がピンク色なのは、著者の名字がピンカーだからだろうと思うと私は楽しい。二〇一一年に刊行されたハードカバーの原書や、それより後に出たペーパーバックの英語版の表紙にはそのようなピンク色は見られず、しかもペーパーバックの表紙には錆びて使いにくそうな、それで切ったらたちまち破傷風になりそうに見える汚い髭剃りカッターが印刷されている。韓国語版の表紙に登場する八人の赤ちゃんの天使も、英語版には登場しない。赤ちゃんの天使は、better angel なのだろうか。スティーブン・ピンカーは『私たちの本性の中の善き天使』で、ヘブライ語の聖書を土台としたキリスト教文化圏に蔓延していた野蛮な暴力について語っているのに、どういうわけで韓国語版の表紙にはキリスト教バージョンの赤ちゃん天使が登場することになったのか。ごく短い間だが、私は小さいときに両親に手を引かれてプロテスタントの教会に通ったため、小さいころずっと偶像崇拝に対して漠然とした怖さを感じていたくらいにはキリスト教的な部分があり、そのせいか、初めてあの表紙を見たとき、「善きもの」と「天使」と「赤ちゃん」が何の無理もなくすっとつながった。これからあれを連想するとき、みんなどうやっているのだろう。思いもよらないときに私たちに起こる連想というものは、どのようにして構成され、そこで「常識」は何をするのだろう。善きものと天使と赤ちゃんは、「ピンク」の中で、どのように相互作用しているのか。

誰が何と言おうと人類の歴史はより暴力的でない方向へ、善き方向へと発展してきたのであり、「今、私たちは種の歴史上、最も平和な時代に生きているのかもしれない」という主張を裏づける証拠を見出すべく奮闘するスティーブン・ピンカーの努力は私にとってても驚異的だが、彼のピンク色はいつも私にピンク・トライアングルを想起させる（ティンキーウィンキーの頭についているアンテナの形が逆三角形である点は、ピンク・トライアングルと関係があるのだろうか?)。

ベルリンのホロコースト記念碑で、エーベルト通りという通りを渡ったところに位置する公園の端っこには、空中に放り出されて地面に斜めに刺さったような形のコンクリートの塊がある。ナチスの犠牲になった同性愛者の追悼記念碑であるその施設の外壁には、追悼客が顔をぴったりくっつけてようやく薄暗い内部をのぞき見ることができる小さな窓がついている。ソ・スギョンと私は二〇一三年の秋にその公園に偶然に足を踏み入れ、その窓から、ナチスの犠牲になった同性愛者たちを記録した映像を見た。彼らのコートの襟や袖につけた三角形はユダヤの星とは形が違い、頂点を下向きにした逆三角形であり、映像の中では、セピア色かモノトーンだったので、そのときは黒っぽい色に見えた。それが、同性愛者の性自認を持つ人々にナチスが捺した烙印「トライアングル」だということを私たちは少し時間が経った後で知り、それよりさらに時が流れてやっと、男性同性愛者と女性同性愛者がピンクとブラックで区別されていたと知った。

ピンク・トライアングルを韓国のインターネット検索エンジンで検索すると、ナチスとか同性愛弾圧とか人権運動、人類史に関する画像はなかなか出てこなくて、女性用のピンクのパンツ/ブリーフや、ピンクの柄のテキスタイルなどがヒットする。ソ・スギョンと私はそれらをさーっと一瞥していって、ピンク・トライアングルとブラック・トライアングルを順に見つけた。ナチスはゲイにピンク・トライアングルのバッジをつけて歩くことを強要し、烙印を捺したが、レズビアンの場合には彼らだけを示す烙印はなく、非社交的／反社会的人物か、不正な性的関係すなわち「ユダヤ人とセックスした」アーリア人の烙印であるブラック・トライアングルが支給されたという点は、私たちをずいぶん考え込ませたんだよね。レズビアンの烙印／象徴が別個に存在しなかったということは何を意味するのか。男性同性愛者より少なかったということか？　または、少なく見えたという意味か？

ホロコースト記念碑に設置された二千七百十一基の追悼碑は、コンクリートの棺のような形で、少しずつ高さを違（たが）えてずらりと並んでいたが、「ナチの犠牲となった同性愛者の追悼記念碑」は、その列から放り出された一個の塊として、逼迫と抹殺を目的として分離されたその全体からさらに切り離された断片として、少々唐突に公園の端に投げ出されており、その存在の仕方は私にとって隔離と排除の再現のように見えたが、ソ・スギョンには独自性／可視性と映った。

こうしてあるから、見えるんだよ。

ソ・スギコンは言った。

その施設が広場をぎっしり埋めた追悼碑の間にあったなら、ちょっとやそっとでは見つけられなかっただろうし、「その人たちがここにいた」という点が、人々の目に見えることもなかっただろうと。

ソ・スギョンの言う通り、私たちが通りすがりにあの狭い窓から記念碑の内部をのぞき見るまで、それが「誰を」追悼する施設なのか知らず、ホロコースト当時に大規模な同性愛者弾圧があったという事実も知らなかった点を考えるなら、ベルリンの同性愛者追悼記念碑の位置とそののぞき見的な観覧方法は、適切であるようにも、不適切であるようにも感じられたが、その後ベルリンを離れて旅の最後に寄ったポーランドのビルケナウ強制収容所にも、ベルリンの同性愛者追悼碑ほどソ・スギョンと私を苦く、孤独で、複雑な思いに浸らせたものはなかった。

チョン・ジヌォンは私たちがその追悼碑を見てきた年に生まれ、もう四歳で、ピンクが好きだ。色鉛筆を選んだり、ジェリーベリーの瓶からジェリービーンズを出して食べるとき、チョン・ジヌォンは注意深くピンクを選ぶし、特別なものや特別な人を絵や色で表現するときにもピンクを選ぶ。もうちょっと小さかったときあの子は、気分がいいと私たちにピンクを恵んでくれた。こんなふうに。

ピンクにしようっと。

ママは?

ママもピンクにしてあげる。

スーおばちゃん（スギョン）は？

スーおばちゃんもピンク。

私は？

おばちゃんは……わかったよ（たいそうな恩恵を施すように）、おばちゃんもピンクにしてあげる。


チョン・ジヌォンは今もピンクが好きだが、保育園で、ピンクの靴下をはいているという理由で遊び仲間の男の子たちに強く押されたり、脅されたりした後は、自分の好みを表すことについて大いに悩んでいる様子だ。もう一回ピンクの靴下をはいたらぶつぞ、と言われたのだ。あの子、何で押すんだろう？　どうして、次はぶつぞって言うんだろう？

保育園で今年、チョン・ジヌォンの保育と教育を担当しているP先生は、青とピンクで男女を区別したりはしないけれども、チョン・ジヌォンが便器に座っておしっこをするといってみんなに笑われたとき、そのことをキム・ソリに伝えながら、お母さん、おうちではそうやっておしっこしててもいいけど……子どもたちがからかいますからね　女みたいな格好でおしっこするって……ジヌォンが傷つくから、他の子みたいにやってごらんと教えるのもいいんじゃないでしょうか？　と言ってキム・ソリとソ・スギョンと私を大いに心配させた。私たちは、自分の労働によって私たちの生活を助けてくれている彼を信頼する準備ができているが、ときどき、その信頼は便宜上のものにすぎないのかもと思ったりもする。例えば、はっぱぐみの女の子二人が手をつないで先生に近づき、二人は結婚することにしたと言ったとき、先生は、女の子と女の子は結婚できない、常識的に結婚は男とするんだよと言い、ソ・スギョンが私のおでこにキスするのを見たチョン・ジヌォンがその様子を私たちに描写してみせて、P先生の言葉をくり返した。

8

女は女と結婚できない。結婚は男とするんだよ。

押井守監督の二〇〇八年の作品であるアニメーション『スカイ・クロラ』は、三機の戦闘機がドッグファイトをくり広げる空中戦で始まる。この場面では、「キルドレ」の戦闘機にぴったりと追尾された「ティーチャー」の戦闘機が、機首を持ち上げてスピードを急に落とす方法で後ろの戦闘機を前にやり、射撃に有利な六時の方向に決めた後に相手を撃墜する飛行術が登場する。そのようにして相手のしっぽをつかまえる技術を「プガチョフのコブラ」、すなわち「コブラ機動」と呼ぶことを私に教えてくれたのはソ・スギョンだった。敵機のしっぽをつかめるかどうかが生死を分ける空中戦において、コブラ機動ができるなら決定的な攻撃のチャンスをつかむことができ、それはただちに生存に有利であることを意味するが、技術自体が非常に難しく危険であり、それを実現できる戦闘機も稀で、ロシアの多用途戦闘機Ｓｕ－37と、アメリカのステルス戦闘機のＦ－22ラプターぐらいだと、ソ・スギョンは言った。

『スカイ・クロラ』を見た当時私たちは、ソウル市陽川区木(モク)2洞(ドン)526番地に住んでいた。夏休みを迎え、どこに行くか話し合った末、どこにも行かずに休暇を家で——半分はれんが、半分はスレートで作られ、暑さ寒さにすっかりむき出しの屋上部屋で過ごすことに決めた夏のある日、氷を入れたレモネードを飲みながら衛星放送を見ていて、私たちは偶然にそれを視聴した。ソ・スギョンがレモンを絞って作ったレモネードは、レモン汁の含有量がすごく多いために酸っぱく渋く、レモネードを入れた大きなガラスのコップの表面には流れ落ちるくらい水滴がたまり、コップを持つと手のひらがびっしょり濡れたっけ。私たちがあのとき、『スカイ・クロラ』を放映しはじめたチャンネルを変えずそのままにしておいたのは、それが誰かの緊迫した息遣いで始まったからで、やがて空が広がったからだった。

『スカイ・クロラ』は大人より無垢な立場にある若い人間をファイターとして登場させた戦争

ものであり、よりによってそれが第二次世界大戦の戦犯国である日本で作られたという面で、ソ・スギョンと私に完全な好感を残しはしなかったが、視聴後何をさしおいてもこの作品のブルーレイディスクを一目散に買い、ただそのディスクを再生するためだけにブルーレイプレーヤーを購入するほどに私たちを深く刺激する何かを持っていた。『スカイ・クロラ』の世界は、「実際みたいな」戦争ショーを継続しないことには維持できないほど退屈で、この退屈さを解消するために、代理戦争に動員されたキルドレ[*6]の死を際限なく消費する。ジョージ・オーウェルの『一九八四』の戦争は外部のどこかで続いているという噂と宣伝文句の中にあるが、『スカイ・クロラ』での戦争は、ひっきりなしに人間が生きては死ぬエンターテインメントとして、一般人の生活空間の上で、空においてくり広げられる。キルドレのパイロットであるカンナミ・ユーイチは、この戦争から何度となく、恋人であるクサナギ・スイトのもとに帰ってくる。クサナギは彼の愛する人、カンナミを待っている。その「待つこと」の中には常に死が準備されており、具体的に予感されている。ソ・スギョンと私を刺激したのはたぶんこの、待つ、ということだっただろう。

あなたの帰還を待つ。

ソ・スギョンと私は二十年一緒に暮らしてきた。二十年前、私たちは狭いキッチンがついた一部屋を借り、冷蔵庫もなしで、そこに机と本棚とたんすを置いて暮らした。夜、電気を消すとほとんど完全な闇に沈む、奥まった場所にある部屋だった。日課を終え、暗闇の中で読書用スタンドの明かりに頼って本を読み、後ろを振り向くと、壁にもたれて座って数独パズルをやったり本を読んだりしているソ・スギョンの顔がもう一つの明かりの中にあり、すると私は安心してまた本を読んだり、床に降りてソ・スギョンがかけている布団の中に入ったりしてたんだ。

今、私たちはそれぞれにお金を稼いでおり、私たちの十代や二十代のころほどには貧乏でない。私たちにはそれぞれのベッドとそれぞれの部屋がある。会話やハグが必要なとき、または単純にお互いを見なくてはならないとき、私たちはお互いの部屋に出かけていって、眠る前まで同じベッドにいて会話してそのまま眠ったり、眠る直前にそれぞれのベッドに戻ったりする。一緒に寝ることもあるし、そうでないこともあるし。私たちはそれぞれの持ち物や習慣と気配になじんでいるが、それを当然とは思っていない。お互いを起こす朝、めいめいの仕事場で別々に過ごす午後にかわすやりとり、平日、疲れて帰ってきて歓迎されること、遅くまで寝て目覚め、昼食や夕食をゆっくり作って食べる週末、それが私たちの日常だが、そのような日常が突然中断される瞬間を私たちは想像する。ときどき私は出勤する地下鉄の中で、お昼を食べ

＊6　「思春期の少年少女の姿であり、これ以上成長も、老いも、死にもしない存在である。パイロットとして訓練された彼らは、戦闘中の戦死でなければ死ぬことができない」(『スカイ・クロラ』韓国版ブルーレイ解説文より)

て会社に戻るために信号を待っている横断歩道の前で、ソ・スギョンがまだ帰ってきていない家で、歯を磨いている洗面台の前で、ソ・スギョンの帰りを待ちながら簡単な夕食を作るキッチンで、疲れているが平和な気持ちでいるときに、静かなときに、何も考えていないときに、墜落を経験する。それは刹那のことにすぎず、一度の深呼吸でやり過ごしてしまうこともできるが、それができないときもあり、後者のとき私はその瞬間、世の中のどこかにソ・スギョンが無事でいると信じるために努力しなくてはならない。

ソ・スギョンが死んでも私に連絡は来ないだろう。

私はこの思いから自由になったことがない。

二十年一緒に暮らしてきたが、有事の際、私たちにはお互いの有事が伝わらない。ソ・スギョンに万一のことが起きたら、その連絡はソ・スギョンの家族に行くだろう。私に万一のことが起きたら、キム・ソリか私の両親に連絡が行くだろう。そうならない可能性があるとしても、ソ・スギョンと私がもう少し意識している可能性は、お互いに連絡が「来ない」場合であり、私たちはその可能性とともに生きており、絶えずお互いの死を、もしくは死に至る瞬間を想定している。少しずつ毒をあおるようにして喪失を経験している。日常での私の祈りの内容はソ・スギョンの帰宅だ。ソ・スギョンが毎日家に帰ってくる。彼があの外から、毎日の死から帰ってくる。

私に骨一個ちょうだい。

骨？

あなたが先に死んだら。

役に立つの。

ただ持ってたくて。

あげるよ。二個でもいいし。

私のもあげようか？

私はいらない。

えー、私の骨がいらないの？　何で？

何の役に立つの、あなたが死んでたら。

あげるから持ってて。

じゃあそうする。


いつだったか私たちはこんな会話をしたことがあるが、そんなことがありうるだろうか？

ソ・スギョンの家族に私がそれを、ソ・スギョンの骨を、分けてくれと要求できるだろうか？

それより、残された方にそれぞれの家族が何を要求するか。

二〇一三年十月二十日、釜山北区（プサンプク）には、長い間同居してきた女性がガンで死んだ後、住んでいた家の屋上から投身して死んだ六十代女性がおり、彼がそのパートナーと四十年暮らしてきた家からほとんど手ぶらで追い出されて死に至った理由は、パートナーの「家族」が権利を行使したからだったんだ。[*7] ソ・スギョンと私はそのニュースを通して、私たちの未来にそんなことが起きることもありうるのだと、苦痛とともに悟った。ソ・スギョンと私は共同名義で家を購入し、二人のうち一人が死亡した場合には家に関する権利を残った一人にすべて譲るという内容の遺言状を作成して、その内容を朗読し、録音も残した。残った一人の生活を保護し、それをめいめいの家族から保護するために。いつかそのことが迫ってきたとき、私が／ソ・スギョンが、私たちの遺言通りに、残りの人生を品位を持って生き抜くことができるだろうか？

ソ・スギョンと私は、公証という形式がもう少し安全であることを知っており、遺言内容に公証を受けたければ二人の証人が必要だということも知っている。ソ・スギョンと私はその二人を待っている。キム・ソリがその一人になってくれることも可能だろう。チョン・ジヌォンが大人になったときもう一人になれるだろうかと、私は考えてみる。私たちが私たちの関係をあの子に説明する瞬間が来るだろうか？　私たちがどういう関係であるのかを。病院で、デパートで、旅行先で、官公庁で、市場で、私たちが住んでいる家の前で、私たちは人々にそれを聞かれることがある。お二人はどういう関係／間柄なんですか？

私たちがどういう関係か。

私たちはお互いにとって、お互いを迎えに行く人であり、二十年間お互いの帰宅を熱烈に喜ぶ人であり、もう一人がもう家に帰ってこられなくなる瞬間を毎日想像する人、お互いの死をいちばん近くで見届けると約束した人。私たちは、私たちの関係について問う人たち全員に私たちの回答を聞く資格があるとは思っていないが、質問されるたびに「友だち」か「親戚」と答える。その答えがいちばん簡単で便利だからではなく、それが私たちの隣人から私たちを守れる答えだからだ。そして、この答えすら実は十分ではない。私たちの関係が見えたとき、可視化されたときに私たちに起こりうることは、すでに起きたことがある。

二十年前にソ・スギョンと私が初めて借りて住んでいた、奥まったところにある部屋は、塀で囲まれた一階にあった。そこは七〇年代に建てられた二階建て住宅で、賃貸者が使う門と賃借人が出入りするわき戸が別々にあり、二つの門はちょうど反対側にあると言っていいほど離れていたが、その家の所有者である男性が早い時間や遅い時間にアディダスのジャージ姿でわき戸の近くをうろうろし、私たちを発見すると、女の子二人でどこ行くの、二人で何するの、毎日そうやって一緒にいるのを見ると何だかデートしてるみたいだねと、厚かましく言ったりした。その家で私たちはある日、窓についている網戸に握りこぶしが出し入れできるぐらいの

＊7　「『四十年同居』女子校同級生どうしの悲劇的な死」（『ソウル新聞』２０１３年10月31日）

破れがあるのを発見し、その次はある日、私たちが寝ている間に誰かが開けておいた窓を見、その次にはその窓のすぐ下の外壁に付着した精液のようなものを発見し、その次には、玄関を出てすぐのところの塀の上にこれ見よがしに載せてあるティッシュのかたまりを毎朝、目撃するようになった。

朝晩、私たちが住む空間を必死でのぞき見ようとし、自慰をするその男性は、大家である可能性もあり、そうではない可能性もあったが、私たちはまずは大家を疑った。彼ではないこともありうると考えてみても、私たちの不安の解消にはあまりならなかった。彼だったら男一人で、彼でないなら大勢だってことだよね。ソ・スギョンと私の関係がただ「女二人」だという理由で誰かの自慰の対象として観察され、妄想されうることをあの家で経験して以来、私たちは一階や半地下に部屋を借りることはともかく避け、私たちが隣人たちによって特別性的に想像される可能性を警戒しながら生きてきた。また、私たちの関係を知っている隣人が、私たちの存在を嫌悪するあまりに選びうる言葉と行いに対しても。

お前たちはどういう関係か。

私は知りたい。そんなふうに問うわが隣人たちは、それを本当に知りたいのか？　その「知りたさ」の前後にはどういう考えがあるのか、それは「考え」なのか？　例えば、お前たちはどういう関係かと質問されたとき、ソ・スギョンと私は自分たちの答えによって（私たちが答えようと答えまいと）私たちが、または二人のそれぞれが対面しうる脅威について考え、質問者との関係の変化について考え、その質問が出てくるまでの過程と答え以後のことまでも一瞬にして想像するが、私たちに質問するわが隣人たちも、その程度は考えたのだろうか？

違うよお姉ちゃん。

と、キム・ソリは言ったっけ。

みんなそんな想像するほど、他人のこと一生けんめい考えたりしないんだよ。

それを知る／考える必要がないから。

—

オイラーの運動方程式とベルヌーイの定理を用いた計算によってプガチョフのコブラ機動の原理を説明することができたソ・スギョンは、その計算法を学んだ専攻を捨て、関係書籍から資料から小さな模型まで、文字通り専攻と関係のあるすべてのものを捨て、大学の名前が浮き彫りになった鉄の文鎮一個だけを残したが、その文鎮が残った理由は、私がそれを自分の机のところへ持ってきて、メモ用紙を押さえるのに使っていたためだ。新たにリハビリテーション学を選択し、その分野で働いているソ・スギョンは、骨折などで石膏の包帯を腕や足につけたまま長いこと生活している人たちや回復期のガン患者、筋肉や関節の手術を受けた老人のリハビリを支援することで給与をもらっており、その他にも筋力トレーニングが必要な人たちに対して、授業形式で運動指導をしている。

ソ・スギョンがその授業で会う人たちは、ときどきソ・スギョンに見合い話を持ってくる。「私の身近に独身のいい人が一人いるんだけど」「若いのに日本料理店を経営してて、すごく誠実な人なんだよ。経営者夫人になるっていうのはどう？」「大学で日本語を教えてる先生だって」「そこのお母さんが、お嫁さんにあげると言って一億ウォン貯めてるんだって」。ソ・スギョンの最初の専攻とも二つめの専攻とも完全に無関係なそうした提案は、最近の結婚適齢期の話に移っていき、「常識的に言って」ソ・スギョンの年齢はもう適齢期をはるかに過ぎており、年を重ねるほどに後添いの話しか来なくなるのだから、チャンスが来たときにつかめとせっつかれて終わるらしかった。ソ・スギョンは、自分の人生にとって大して重要ではない話だから黙って笑って流してきたというが、常識的に、というその言葉を聞いた私はそれがまた気になった。

「常識的に」の常識とは何か？　それは考えなのか？　みんな、自分の常識を語るとき、多くの場合それを自分の考えだと信じているが、それは考えたことなのか。いや、common senseだから、世界に対する「感じ」だよね。そうなるもんだよ、という「感じ」。ハンナ・アレントの『エルサレムのアイヒマン』の解題を書いたチョン・ファヨル先生は、常識とは「思惟の様式」であると称し、それを「感覚に基づいた思惟であるばかりでなく、すべての人々が共通して持っているという点で共同体的なもの」でもあると言ったが、それによると常識、または共通感覚 sensus communis とは、何にせよ「考え」ではあるらしく、また、それを引用するならソ・スギョンに当てはめられた「常識的に言って」における常識とは、本来の常識、すなわち何らかの思惟の様式というよりは、その思惟の無能さに近いのではないか。私たちが常識について語るとき、それは何らかの考えを述べるというより、まさにそれを考えていない状態に近いという点を考えてみれば、やっぱりそれは考えではないようだ……私たちが、常識的にはね、と言う瞬間、それは何てしょっちゅう、なんにも考えてない状態……ものごとの道理なんか念頭にもない状態であるかを考えてみれば、私たちがよく口にする常識、それは思惟というより固まってしまった思い込みに近く、身に染みついた習慣に近いのではないか。そうでないなら、それは常識だろと言うときに私たちが排除しているものが多すぎることをどう説明すべきだろう。あなたと私の常識が違うことはありうるし、私が主張する常識であなたが苦しむこともありうるという仮定だってできるじゃないか。そんなときの常識というものは、「感じ」でも考えでもなくて……単に、この話はこんなふうに終わるだろうし、その話はそんなふうに終わるだろうという慣習的判断にすぎないのではないか。

ソ・スギョンは私の頭に手を載せて、あんまり悔しがらないでと言ったけど、でも私は悔しいんだよ、ほんとに悔しくて、そんなことを言う人たちを一人一人訪ねていってこう言ってやりたいんだ、ある人の言う常識は、その人が考えている面よりも、考えてない面を表すことの方が多く、その人が考えていないことはその人がどういう人間であるかをかなり赤裸々に示すもので、あなたはさっきあまりに赤裸々だったよと言ってやりたいんだよ。そうだよ、赤裸々。その光景はまるで透明な窓ごしに見える他人の家のベランダみたいだ……私たちはなぜときどき、ベランダを掃除するようにそれを点検しないのだろうか。中にあるものをすっかり取り出して、そこに何がたまっているのかちょっと確認したり、埃を払ったり、カビの生えたものは拭いたり、壊れたものは捨てたりしてかたづけて、新しい秩序を築いたりは……できないのだろうか、そうそうは。

そんなことをする必要がないからか？

9

それを知る必要がない。

私はそういう態度を、墨字(すみじ)の世界観と呼んでいる。

一八八二年、ほとんど目が見えない状態でニーチェが購入したマリング＝ハンセンのタイプライターは、現代のタイプライターやキーボードとは形態が異なっていた。私はそのデザインを見るなり、クライヴ・バーカーの映画『ヘル・レイザー』のピンヘッドを連想し、あの奇怪な美しい製品のデザインはピンヘッドというキャラクターのデザインにも影響を与えただろうと思った。マリング＝ハンセンのタイプライターは、アルファベットが刻まれた画鋲の形のキーが埋め込まれた半球形であり、半球の大きさは北半球の白人男性、より正確にはニーチェのタイプライターについて研究したディーテル・エーベルヴァインの頭蓋骨の大きさとほとんど同じに見える。

それを使った人は、両手をすぼめて誰かの頭を撫でるようにして文章をタイピングしたのだろう。実はその名称も、ライティングボールという。マリング＝ハンセンのライティングボールは、レミントン社のタイプライターより小さく、軽く、携帯が容易で、価格も安かったが、市場競争ではレミントンのタイプライターに押されてしまった。武器とミシンを製作するアメリカ資本の投資により、ハードウェアの改善と普及面においてレミントンのタイプライターが先んじる一方、ライティングボールの流通はコペンハーゲンにとどまった。ライティングボールを製作していた会社は相対的に資本不足で、アメリカやヨーロッパに支店を出すことができず、それ以上の注文製作に対応できるだけの従業員を雇用することもできなかった。国際ラスムス・マリング＝ハンセン協会は、このような公正ならざる状況において、マリング＝ハンセンのライティングボールがレミントンのタイプライターとの市場競争で完全に敗れた理由を説明するにあたり、ある種のニュアンスがこめられた文章を公式ホームページに記している：

Lack of capital!（金がない）

ライティングボールを知って以来私は、二十一世紀の普遍的なタイピングツールの形が半球ではないことをとても残念に思うようになった。惜しいなあ。ライティングボールが普遍的な形になることもありえたのにな。考えたことを記録する機械の物理的形態というなら、何にせよ四角よりは半球がぴったりだし、その方がずっと美しいじゃない。ニーチェが両手を軽くすぼめ、自分の頭の中をのぞき込むような姿勢でライティングボールを手探りし、考えを記録する姿を私は想像してみたりする。いつの間にか彼と同じ姿勢になって……こんなふうに指を曲げて彼は彼の考えを、考える速さで……だがニーチェは実際、仕事においてライティングボールを巧みに使いこなすことはできなかった。その理由については諸説あるようだが、国際ラスムス・マリング＝ハンセン協会の副会長であるディーテル・エーベルヴァインはライティングボールの損傷を有力な理由として挙げている。彼によれば、ニーチェのライティングボールはイタリアのジェノヴァに運ばれる途中で破損した。ニーチェは壊れたライティングボールの修理を機械工に任せたが、ライティングボールの構造をよく知らなかった機械工はそれをさらに破損してしまった。ニーチェの難局は続いた。

読み書きをする人間が視力を失ったら、その後、何を読み、どう書くか？

昨日まで彼の世界だった「見える世界」は、そのときどう感覚されるのか？

私が文章で読み、言葉で聞いてきたように、見えない世界は本当にまっ暗だろうか？　墨字の墨のように、その世界は黒いだろうか？

何か月か前に私は、私の両目の視神経の四十パーセント以上が死んでおり、これからも少しずつ死んでいくだろうということを聞いた。再生と回復はありえず、喪失はずっと喪失のままで、さらに広範囲の喪失に備えて生きていかねばならない。それを私に教えてくれた医師は、少年のようにさっぱりした顔をしていた。彼が特別なレンズを通して、私の目の水晶体の向こうの視神経をのぞき込んでいる間、私は彼の診療器具が私の目の中に打ち込んでくる光を見ていた。朱色の光で、その光からミントガムの匂いがした。椅子の背もたれがとても狭く、角度もまっすぐなので、背中から押し出されるみたいだった。私は前方に少し身をかがめ、体が折れてしまわないよう足と背中に力を入れて座り、何が問題なのかと聞いた。眼圧が高いのか？違う。最近、私がスマートフォンを使いはじめたから？　違う。本をいっぱい読んだから？違う。偏食のせい？　違う。泣きすぎて？　違う。これといった理由がなくてもそうなることはある。医者は短い言葉でそう答え、検査結果を呼び出したモニターの方へ振り向いた。私は、診察室のすみに置かれた付き添い用の席に座ってこっちを見ているソ・スギョンを見やった。薄暗くてソ・スギョンの表情がよく見えなかった。食べてはいけないものとか、やってはいけないことを教えてくれと私は医師に言った。彼は、そういったものはないが、ただし逆立ちはするなと答えた後、点眼薬を処方してくれて、この病気の治療は本質的には治療というより管理であり、私たちにできることは、残った視神経と中心視力をできるだけ長く今の状態に維持することだと言った。ちゃんと管理すれば大丈夫ですよ。

　私が彼のシンプルで淡白な楽観的見解を信じないのは、彼が、この病気には何も自覚症状がないので、患者が／私が苦痛を感じるはずはなく、視神経は多少失っても視力は一・〇程度と比較的良好なので、生活上、不便なことはないだろうと言ったからだ。そうは言うけど私は、集中して何かを見ようとするたびに嘔吐感とめまいを感じていた。ときどき目の中で短い針が逆立つような疼痛を感じたし、常に焦点がはっきり合わない状態で何かを見ようとして頭痛を感じ、夕方ぐらいにはこうした感覚のために目を開けていられず、そんなときに目をつぶると、すごく小さい断末魔の痕跡みたいに……塩粒ぐらいの大きさで現れては消える光の点々を見たりしたし、そして何より、私が検査を受けに病院を訪れたのは、まさにその「生活」が不便だったからなのに。

本をよく読むんですけど、と私が言うと彼は首をかしげ、読んでもいい、読書と視神経の損傷はあまり関係ないと言った。いえそうじゃなくて……ふだん本とかその他の何かを読むとき、それがよく見えない、とりわけ、私が見ようとしているそのページ、その文章がはっきり見えないのだが、これは、私が何かを見ようとすると、見えないところが見えてしまうせいなんですよねと私が言うと、彼は首をかしげた。見えないところがどうして見えるんですか？ さあねえ、でもそういうのが見えるんですよ、それが困るんですと何度も言ったときも彼は首をかしげ、困らないと思いますけど？ そんなに大変ではないはずですが？ と言った。私は彼の言葉が理解できず彼を見、「もっともっと悪い事例に比べたら」と彼は言いたかったのだろう、そしてまさにその言葉を省略したのだろうと思いはじめた。

見える世界が中断されたら、その次に可能なのは何だろう？ 何によって読み書きをしよう？

点筆で記録された点字で十分だろうか？

点字に翻訳されたり、最初から点字で記録された文献は十分にあるだろうか？ 私が十分だと思うくらい、あるだろうか？

ソ・スギョンと私はそんな疑問を持ってみて初めて、晴眼者が使う文字を総称する言葉があると知った。視覚障害者が使用する文字を点字と呼ぶように、晴眼者が使用する文字を指す言葉があり、それが墨字だということを、そのときになってやっと。墨字とは見える人たちの言語／道具であり、壁だの看板だの各種掲示板の公示事項、薬のびんに貼られたラベルの説明文と注意事項と警告、今書いているこの文章、ロラン・バルトとサン＝テグジュペリとハンナ・アレントとラウル・ヒルバーグの本にインクで印刷されたもの、これらすべてがそこに該当し、それを「見ることができる」のが世界の基本的な前提だということも、私たちはそのとき知った。ソ・スギョンと私は、四十年あまり生きてきてその言葉をずっと知らなかった理由が気になった。私たちを取り巻く記録文書、私たちが見ている言語は全部墨字なのに、それを墨字と称することを私たちはなぜ、知らなかったのか。一度もその言葉を聞いたことがなく、見たことがなく、口にしたことがない理由について、私たちが一緒に考えた答えは次の通りだった。

私たちにはそれを言う必要がなかった。

墨字の状態が常識だから、それをそうと呼ぶ必要もなく、それがあまりに当然だから、私たちはそうと自称することさえしない。

私は、私たちがそんな話をした何週間か後に私が見たことを今、この食卓の前で思い出す。土曜日の午前十一時、私はＩＴＸ［ソウルと春川を結ぶ特急］に乗るために龍山駅の1番ホームに立っていた。

手がとても冷たくて、コートのポケットに両手を突っ込んでいたが、空気が冷たすぎたのであまり役に立たなかった。京義中央線の電車と春川(チュンチョン)行きの列車が共有するプラットホームに列車が入ってくるところだった。列車の進入を知らせる信号音が鳴り、アナウンスが続いた。ただいま列車が到着します……私はプラットホームに立って、この列車がどの列車なのかを知らせる次のアナウンスを待ったが、それでおしまいだった。ただ、「列車が」入ってきていた。それがどの列車で、どちら方面のどこまで行くのかは、目視で確認するしかなかった。電光掲示板に出ている「砥平(チピョン)」という墨字を見ることができない人は、ただいま到着するというその列車が砥平行き京義中央線の電車なのか、春川行きのITXなのかを知る方法がなかった。私は突然そのことに気づき、手ひどくうろたえたまま、砥平、という文字を見上げた。今入ってくる列車は砥平行きだ。それはアナウンスされる必要がない。それは言う必要がない。見ればすむから。

土曜日の午前十一時という墨字の世界を生きている人々は、墨字を読めない誰かが龍山駅の1番ホームにもいることがありえて、その人が同行者なしで一人でそこに立ち、列車を待っているという状況を仮定しない。見える者には見えない者が見えない。見えない者がなぜそこにいるのか？　見えない者は考慮されない。龍山駅1番ホームの常識にその人は入っていない。その人はそこにいない……私はまだそれを見ることができたからそこにいたが、いつか消えるだろう。常識の世界という墨字のプラットホームから、再び。

そのプラットホームの骨格は「健康」だろうか？　人々の常識に従うなら私は健康ではない。私は異性愛者ではなく、優しい娘になることができなかったし、晴眼者から徐々に遠ざかりつつある。私は「健康」という言葉から、鉄筋に粘着したオイルの匂いと、いがらっぽい煙と、ニーチェの匂いをかぎ取る。ニーチェは一八八二年に、どう見ても人間の頭蓋骨を連想させるマリング＝ハンセンのタイプライターに出会い、一八八三年に『ツァラトゥストラかく語りき』の第一部の原稿を十日で完成させ、その後執筆を続けて一八八七年には『道徳の系譜』を発表する。『ツァラトゥストラ』と『道徳の系譜』の間は、ドイツの植民地経営が始まった時期だ。ドイツ植民協会が一八八四年に設立されたことも考え合わせれば、『道徳の系譜』でニーチェが「力の優越性、主人、命令する者」という意味でアーリアという単語を用い、ゴート人を〝グート／よさ〟という意味で説明するために「小さな頭蓋骨の大きさ」に言及し、「知的、社会的本能において優勢になった」と飛躍するのは、彼だけの独特な思考の結果というより、当時の時代精神の反映だったかもしれない。ともかくニーチェは書き、ナチズムは自らに最も有利な大衆的パンフレットをニーチェの著作に発見した。その渦中において、マリング＝ハンセンのタイプライターとの物質的接触が、ニーチェの骨相学的発言に影響を与えたということもあったろうか、私はそれについても考えてみた。人間を道具として、機械的側面から手段として使うことが全体主義的な視点である点を考えてみると、ある種の道具／頭蓋骨の形のタイプライターがその根源にあったのかもしれないと考えてみることも、できそうじゃないか……道具を手にした人間は道具の方法で語り、考える……そのころの道徳的基準に照らしても、現在の道徳的基準に依ってもとうてい「健康」ではありえない私は、『道徳の系譜』を開き、その中に、私が心の底から、何度でも考えてみたいと願った、そのことにかけては唯一だった文章を再び読む。我々は我々自身を知らない。

—

完走、という題名で物語を一つ書きたい。

いつかそれを完成させる日があるだろうか。私は何度もその物語を書こうと努力してきたのだが。

誰も死なない物語を。

失明しても私は物語を書くことはできるだろう。私は目をつぶっていても、考えたことをタイピングできる。失明しても私は物語を書くことができるだろう。点字と触覚の世界は私に、世界に向き合う別の感覚を開いてくれることだろう。私はそれを信じる。しかし私が、私の隣人を信じることができるだろうか。この家に、目の見えない女性が住んでいる。私が私の隣人を信じることができず、それを隠そうとして外出することさえ恐れるようにならないか。それに、私は心残りなんだ。まだ読めていない本が多すぎて。もう読んだけど何度でも読み直したい本も多すぎる。私はいつ何時でも本を開いて、すべてのページを触ることもできるけれども、そこに書かれた文章が読めないことに心を焦がすだろう。あらゆるページが私の指先で平べったい紙に帰するのだ。そのときも私はそれを愛せるだろうか。百万ページに及ぶ寂寞（せきばく）。その中で、からからに乾いて溺死しないだろうか。私がそんな心配をしながら、視野がどれくらい残っているか確かめようと片方ずつ目を隠して本棚の前に立っていると、ソ・スギョンが近寄ってきて私の頭に手を載せる。私はときどき、目が痛いという口実でソ・スギョンに本を読んでくれと頼む。私たちは夜、並んで座って本を読む。私はソ・スギョンの首と肩から漂う匂いを感じ、ソ・スギョンの呼吸で文章を聞き、物語の波に静かに共鳴する。ソ・スギョンの朗読に共鳴する。ソ・スギョンはよい朗読者だ。なるべくしてそうなったのだということに私は毎回気づく。これまでの歳月でソ・スギョンは私にとってずっと、少しも飽きることのない話者だったから。

　ソ・スギョンが物語を書いてみたらどうだろう。

　ソ・スギョンはどんな物語を書くだろうか。

　ソ・スギョンが私たちを説明できるだろうか。つまり、今日が今日であったということを。

もうちょっとしたら、眠っている人たちを起こさなくてはならない。

ソ・スギョンとキム・ソリとチョン・ジヌォン。正午にこの家で眠っている人たち。私たちは今朝、この家に集まって朝ごはんを食べ、ニュースを見た。三年前のこの日にも私たちはこの食卓の前に集まる予定だった。子どもが食べるチョコレートケーキと私たちが食べる生クリームケーキを買い、ラナンキュラスの花束とプレゼントも用意して、夕方、集まる予定だった。食べものやその他の食卓に並ぶものは少しずつ違っても、毎年そのようにして集まる日だった。ケーキとろうそくと花のある日。二〇一四年四月十六日に、私たちは小さなパーティーを開く計画だった。ソ・スギョンの誕生日だった。

10

二〇一三年にソ・スギョンと私が半月の日程でヨーロッパに発ったとき、私たちの最終目的地はポーランドのオシフィエンチムだった。私たちはベルリン中央駅で国境を越える列車に乗り、ポーランドのポズナンで一度乗り換えた後、夕方遅くワルシャワに到着し、翌日また列車に乗ってクラクフに移動した。クラクフからオシフィエンチムまではバスを利用したが、クラクフのターミナルから出発したその小型バスの車内はとても狭くて暗く、行く途中、少し雨が降っていた。アウシュヴィッツ第一収容所で観覧客を迎えたドーセントは、五十代半ばと見える女性だった。彼はウエストをぎゅっと絞ったツーピースを着て、ジャケットと同色のスカートの下にはグレーのストッキングとウェッジソールの靴をはいていた。彼は人体を焼いた焼却炉からかき出した灰の入った壺の前に観覧客を連れていき、そこに書かれた数字を指差してみせながら、アウシュヴィッツで発生した死亡者・犠牲者数はすべて任意で計算した推定値にすぎず、今に至るもその数を正確に知ることはできないと言った。アンカウンタブル。私たちは彼の厳粛で真摯な説明を聞きながら第一収容所を見て回った後、バスに乗り、第二収容所であるビルケナウに移動した。ビルケナウに入る門は列車が出入りできるように巨大であり、それがその空間に出入りできる唯一の門だった。私たちがビルケナウに到着したとき、白地に青いストライプとユダヤの星が描かれたイスラエル国旗をそれぞれの肩と背中にマントのようにかけた青年たちが、試合で勝ったサッカー選手たちのように拳を振り上げて叫びながら、収容所と外部をつなぐ唯一の道に敷かれた線路の上を歩いて収容所の中へ入っていった（生存者たちの子孫だろうか？ 彼らがそこで生き残り、その子孫としてこのようにその場へ戻ってきたという勝利の喊声だったのだろうか？）。ドーセントは、まだ残っている収容施設と焼却炉と、女性と子どもたちの灰がまかれた池に観覧客を案内した。その日案内された最後の場所である公衆便所で、捕虜たちが急いでズボンをおろして座り、排泄していた穴の列を示してみせながら、ドーセントは観覧客たちに、この穴が何を意味するかを質問し、お互いに顔を見合せている人たちの顔を一つ一つ見ながら、強制収容所という空間は捕虜の収容や教化が目的ではなく、ひたすら人間抹殺と侮辱のために作られた機械的空間だと自分で答えた。公衆便所から出てくるときに誰かが、ホロコーストを経験した彼ら、つまりイスラエル人たちのパレスチナ人に対する態度を我々はどう考えたらいいのかと憂鬱そうに尋ねると、ドーセントは断固たる重々しい声でこう言った。

ウィ・キャント・ジャッジ・ゼム。

その言葉は私に、呪文のように聞こえた。

たぶんあの人、あの場所であの答えをくり返してきたんだよとソ・スギョンは言った。みんながしょっちゅう聞くはずだから。あそこを訪れる世界じゅうの人たちが。そうだろうね。だからあんなふうに即座に答えられたんだろうね。私たちは彼らを断罪できない。私たちにはその資格がない。何度も反復される質問に鍛えられ、準備された表情と語調。だが、それ自体がすでに常套語ではないか？　二〇一三年のビルケナウで私たちが聞いた答えは、ハンナ・アレントが「恐ろしい教訓」と言ったもの、言葉と思考を許容しない「悪の常套性」とどれほど隔たっていたか……

しかしこんなことを言ったり考えたりできたのはずっと後のことであり、ソ・スギョンと私がバスに乗ってアウシュヴィッツの第一収容所を離れ、ビルケナウに着いてからというもの、私たちはほとんど何も考えられず、話せなかった。私たちが言葉につまるほど圧倒され、恐怖を感じた理由は、そこで女性捕虜たちの悲惨な幕舎を見、公衆便所を見、焼却炉の黒い壁に残った爪痕を見たためではなかった。ビルケナウが、そこが、広大な野原だったためだ。これじゃ逃げるなんてできないよ。強制収容所行きの汽車に乗ってビルケナウに到着した人々は、到着するや否や完全な無力感を味わったはずだ。ホロコーストを再現した映画やドキュメンタリーで見たことのある、そして実際に収容所を取り囲んでいる鉄条網はほんとのところ、必要もなかっただろう。その空間のあらゆる細部とは別個に、そして一貫した文脈でその空間が宣言しているのは、このことだった。

脱出できないよ。

—

二〇一五年四月十六日はソ・スギョンの三十九回めの誕生日で、私たちは夕方にソウル市中区貞洞大韓門前で会った。ソ・スギョンは、口をひもで絞る袋形のバックパックを背負っており、もう何度も使ったためにすり切れてぺしゃんこになった青緑色の折りたたみ式座布団がバックパックの外にちょっとはみ出していた。日がすっかり沈んだら寒いだろうねとソ・スギョンは言った。私たちはプラザホテルの方に向かって道路を渡った。警察バスが何台も市庁広場を取り囲んでおり、そのまま広場に進入することはできなかった。ソ・スギョンと私は警察バスの隊列が作り出す壁に沿って旧市庁まで歩き、そこで入り口を発見した。少し早く到着したのに、広場にはあまりに大勢の人がいたので、中に入るのは容易ではなかった。入るや否や移動する人たちの流れに巻き込まれた。そこはどこーと尋ね、ここはどこどこと説明し、そっちに行くよー、こっちに来てよといった電話をしている人々で四方はごった返していた。ソ・スギョンと私は彼らの中をかろうじて何メートルか進み、旧市庁入り口に上る階段の二段めにやっとのことで足を載せて立っていることができた。

広場のどこかに到着した一行との間で交わされる無数の通話の果てに遭遇に成功した人たちが、私たちの頭の後ろで会話していた。ソ・スギョンと私は体の向きを変えることも困難なほど彼らと密着したまま、彼らの近況と日常に関する電話を聞き、彼らの多くがかつての職場の同僚であり、そのうち一人が持っている大振りの花束は、追悼式の終了後に光化門にある子どもたちの慰霊台に捧げるために用意したのだが、人波をかき分けて歩いていくうちに、もう花の首が折れてしまったということを知った。菊と百合の組み合わせでその花束を用意してきた女性は、ときどき行っていた花屋が閉店してしまったので、近くで他の花屋を探すのに苦労したと言っていた。お母さんはこのごろどう？　女性が誰かに聞き、私の右の肩の上で一人の男性が、ああ、それがねと比較的明るい口調で答えた。彼の返事によれば、彼の母親は股関節にずっと痛みがあるため手術を控えており、彼と彼のきょうだいたちは手術をためらっていた。母親は十年あまり前に膝の手術をし、そのときも痛みのためにリハビリに苦労したのだが、手術後すぐにリハビリに入れる膝の手術とは異なり、股関節の手術後はずっとベッドに寝ていなければならないので、一日二日で大きな違いが出てしまう年寄りが、あの年齢でそんなに長くベッドに寝ていたら、その後果たして気力を回復できるだろうか、手術の目的通り痛みは減らせるかもしれないが、歩けなくなるのではないかと彼は心配していた。生活の質。そのことについて悩んでいると彼は言った。

　私は彼らの花束をつぶさないよう、頭を若干前にすくめたまま立っていなくてはならず、そんな姿勢でかなり長くじっとしていたら首がこちこちになり、立っているのが辛かった。ソ・スギョンが私の肩に手を添えて向きを変えさせ、席を代わってくれた。私たちは二人とも昼に何も食べなかったのでおなかがすいていた。ソ・スギョンがポケットを探ってエナジーバーを取り出した。私たちはそれを二つに割って半分ずつ食べた後、武橋路(ムギョ)の方に設置された舞台を眺めた。舞台は明るく光っていたが、あまりに遠すぎて舞台上にいる人の顔は見えなかった。私たちはただそっちの方へ顔を向けたまま、立っていた。二〇一五年四月十六日、セウォル号は孟骨(メンゴル)水道に沈んでおり、九名の行方不明者が残っていた。上が白く、下の方が青い大きな模型の船が、舞台の下から上へと上ってきた。人々は口を閉ざした。広場は静まり返った。清海鎮海運の連絡船セウォル号が珍島付近の海に沈んでから三百六十六日めの日。日は沈み、すでに夜だった。

　私たちは誰かが手渡してくれた菊の花を受け取り、市庁広場を出て光化門の方へ移動した。街灯が残らず灯っていた。ぱたぱたと歩く人々の足音で世宗大路は騒然とした。清渓広場に近づくにつれて人波の流れは遅くなり、密度は稠密になった。清渓広場交差点まで来ると流れは止まった。ソ・スギョンと私は何人かの人がしているように車道から歩道へ上った。背伸びして前の様子をうかがってみた。「警戒」と書かれたテープを巻いた警察車両の「車壁」が光化門広場へ続く世宗大路をふさいでおり、車壁のすぐ前まで前進した人たちが、道を開けろと叫んでいた。雨は降らなかったのに地面が濡れており、カプサイシンの匂いが空気に染みついていた。地下鉄の駅がふさがれている、と誰かが言った。地下道にも降りられないように、あいつらがすっかりふさいだんだ。

　車壁の後ろから誰かが拡声器でミランダ・ルールの告知を始めた。ソ・スギョンがそっちの方をじっと見ていたが、さっきあの人、「皆さんには不利な陳述をする権利がある」って言ったよ、と言った。何のこと？　不利な陳述を「しない」権利じゃなくて、不利な陳述を「する」権利があるって言ったんだよ。ソ・スギョンがそう言うのを聞いて、誰が言っているのか見ようと私は顔を上げたが、車壁の向こうから人々を見おろしている警官の中に拡声器を持った人は見あたらなかった。その声がもう一度「皆さんには、不利な、不利な、陳述をする権利が」と言いはじめた。警察は皆さんを憲法第三十七条によって……現行法によって逮捕することができ、皆さんの安全のためただちに解散するよう願います……ソ・スギョンは菊の茎がぽっきり折れたのを見つけ、折れた部分をすっかり切り取ってしまい、地面に捨てた。私のはつぼみが小さかったがまだしゃんとしていた。私たちは菊の花をしっかりと持って、清渓川の方へ迂回する人たちの流れについていった。

清渓川の方へ向かう歩道は狭く、歩道に沿ってびっしりと並んだ警察バスに遮られていっそう狭く感じられた。その道を人々と密着したままどんどん進みながら、ソ・スギョンと私は夜空を眺めた。ソ・スギョンは、今夜はちょっと変な感じだと言い、それは私も同じだった。私たちは都心の明かりがきらめく夜の街を見上げながら歩いていくうちに、それは音が消えているからだとわかった。木曜日の夜だったが、その時刻の光化門や鍾路付近なら普通はひっきりなしに聞こえるはずの音が消えていた。すっ……すっ……すっ……と道路を走る車の音。急いで通り過ぎる音。普通の夜ならばそのときその場所で聞こえていたはずの音が消え、人々は四方から、どよめきながら清渓川に沿って移動していた。

施行令を廃棄せよ。

施行令を廃棄せよ。

朴槿恵は退陣せよ。
セウォル号を引き揚げろ。

ソ・スギョンと私は清渓川に沿って歩きながら鍾路の方へ出る道を探していたが、二人ともはっきり憶えていないある瞬間に、ある狭い道を抜けて鍾路へ出た。ふと、鍾路、という感じがして、鍾路だった。その道も人でいっぱいだった。私たちの前や後ろや横を歩いている人のうち誰がちょっと前まで私たちと一緒に清渓川路を歩いていたのか、誰が光化門広場へ行く人で誰が映画館に行く人なのかわからなかった。ホイッスルを口にくわえた警官が一人二人、車道の中央に立っていた。警察の規制によって車道はほとんど空いていたが、そのことを気にする人はいないようで、人波で混み合う歩道から車道に降りて歩くことを選ぶ人もいなかった。ソ・スギョンと私は通行人の中でゆっくりと鍾路を遡っていき、コーヒーを飲むところを探している人や、春に着る服を買いに来た人たちがやりとりする言葉を聞いた。鍾閣を過ぎると道がいきなり空いた。ソ・スギョンと私は盾を持って出動待機している警官たちによってふさがれた歩道から車道へと降り立ち、その道をさらに上っていき、警察バスの隊列によって封鎖された世宗大路の交差点にたどり着いた。そこに着いて私たちは初めて、自分たちが清渓広場の方から目撃した車壁の後ろに、さらに何重もの壁があったことを知った。北側と南側をつなぐ世宗大路は二重の車壁によってせきとめられ、北にも南にも行けないようになっていた。私たちは行き来する車も人もなく、広々とした道路がきれいさっぱり空いているのを見た。世宗大路の交差点は二つの長い壁を間に置いて、がら空きの、それこそ「空間」となっていた。清渓広場の方で車壁に止められた人たちが叫ぶ喊声が聞こえてきた。まだ大勢の人たちがそこに残っているらしい。さあ、どうしようか。

もっと行ってみる?

私たちは西大門(ソデムン)方向へもう少し歩き、錦湖(クモ)アートホールの壁沿いに曲がり、脇道に入った。世宗文化会館の裏道は大通りより空気が冷たかったが、春を迎えて若葉が出はじめたいちょうの枝は、夜中でもややわらかな緑色を帯びていた。ソ・スギョンは、カンナミ・ユーイチが最後の空中戦を決心して戦闘機で飛び立つときにティーチャーと言ったのか、ファザーと言ったのか、どっちだったかわかんなくなったと言い、憶えているかと私に聞いた。

『スカイ・クロラ』の?

そう、あの場面で……カンナミ・ユーイチの最後のせりふがね、I'll kill my father. I'll kill my teacher. どっちだったっけ?

ファザーだった、急にそう言ったからびっくりしたんだよと私は答えた。

『スカイ・クロラ』のティーチャーは黒豹の描かれた戦闘機に乗った正体不明のパイロットであり、誰も勝てない存在だ。ラウテルン社とロストック社の果てしない代理戦争によって平和と倦怠を維持している『スカイ・クロラ』の世界では、どちらか一方の戦力が上回りすぎてバランスが崩れたとき、ティーチャーが出没してバランスを維持する。カンナミ・ユーイチを含むキルドレたちは、ティーチャーに勝つことはできない。それがその体系の、そのエンターテインメントの固定されたシナリオなのだ。永遠の子どもたちはティーチャー／ファザーに勝つことはできず、彼らの戦闘／死は終わらない。それがデフォルトだということを知ったカンナミ・ユーイチの前世は空しさに悩んで自殺するが、カンナミ・ユーイチという現世の人物はティーチャーを殺すために戻っていく。勝てる可能性がほとんどないことを知りながらも彼がティーチャーに応戦するのは、脱出できなかったからじゃないかなとソ・スギョンは言った。脱出が不可能な世界のパイロットは、ファザー／ティーチャー／デフォルトを殺すために戻るしかない。脱出が不可能なら、ここで飛ぶしか、ここで摩擦を起こすしかない。

脱朝。ソ・スギョンはその話をしていた。人々はここを抜け出したいと言うが、ここを出て、どこへ行くというのか？

政府庁舎別館と世宗文化会館の間の道を抜けると世宗大路だった。ソ・スギョンは車両の流れが途絶えた道路を渡って光化門広場に向かい、私もその後を追った。どこからどんな経路で入ってきたのか、キャンドルを持った弔問客たちが長い列をなしていた。教保（キョボ）ビルディングと月に向かって動いていく雲と世宗大路と朝鮮日報社屋。それが一望できる広場だった。

―

二〇一六年四月十六日に私たちは、光化門駅を通って光化門広場へ上っていった。天気はよくないという予報を聞いていたので、二人とも寒さに備え、ライナーだけはずした冬のコートを着て、広場へ上る直前にはその上に雨合羽を重ねた。雨が降っていた。すぐに暴雨になった。コートの厚さと背中にしょったバッグのために、雨合羽をちゃんと整えることができなかった。ソ・スギョンと私はお互いの雨合羽を直してやろうと努力したが、どう着てもボタンを全部はめることができないとわかり、上の方のボタン二個は留めず、それぞれのバッグから折りたたみ式の座布団を出した。前の方で傘をさしている人たちに、後ろの人たちが傘をたためと言っていた。傘が消え、雨合羽を着た人々の背中と頭が雨の中にむき出しになっていた。足元はもう雨で水たまりになっており、その上に打ち込むように降りしきる雨のために雨合羽もほとんど用をなさなかった。口へ、あごへと、雨が降りつける。後ろの人たちのために、もう席を決めて座れとマイクを持った誰かが言った。人数が減ったために光化門広場に縮小された封鎖の中で、私たちは座った。雨水が染み込んできた。

11

二〇〇九年一月二十日、ソウル龍山区漢江路2街、南日堂ビルで撤去民［立ち退きさせられた人］たちが孤立し死亡した過程は、さまざまな面において一九九六年にソ・スギョンと私が延世大学で経験したことを連想させた。建物内部に作られたバリケード、孤立、火災。南日堂ビルの屋上に建てられた撤去民の見張り台が燃え上がる光景をニュースで見ながら、ソ・スギョンと私は互いに口にはしなかったが、それぞれが何を考えているか、どんな可能性を考えているかがわかった。「私たちにもああいうことが起こりえた」。だが私たちは事件以後、南日堂ビルに行ったことはない。行ってみたところで。無力感を確認するだけだから。それに私たちは……私たちは、撤去民ではなかったし。なかったし、ないし、これからもそうではないのだしと、私たちはそう思っていたんだ。

二〇一四年四月十六日九時二十六分から三十八分の間、東巨次島（トンコチャ）付近の海に到着した海洋警察の航空機CN－235機と海洋警察のヘリコプターB－511号、B－512号、B－513号、海洋警察123艇が、セウォル号との交信を試みさえしないまま水面に向かって横倒しになったセウォル号の周辺を回っているとき。[*8]
その日の正午過ぎ、全員救助の報道が誤報であり、沈没した船に乗客が残っていることが伝えられたとき。
もう横倒しになっていたその船の船底を見ながら、私たちが言葉を失っていたとき。

あのときの私たちは、自分たちにもああいうことが起こりうるとか、私たちは彼らではないとかいうことすら考えられなくて。その船が沈没していく間ずっと私たちは目撃者で、傍観者として、その船にしがみついていることしかできなかったんだ。

二〇一四年四月十六日以後しばらくキム・ソリは、ソ・スギョンと私が住む家に来なかった。ソ・スギョンと私も向こうの家に行かなかった。あの家とうちとはせいぜい四百メートルあまりしか離れておらず、ゆっくり歩いても十分で行ける距離だったのに、私たちはお互いを訪ねて行かなかった。チョン・ジヌォンが今より小さかったので外出しづらい時期だったが、キム・ソリはあの家で子どもと二人、何をして過ごしていたのだろうか。
私たちがまた集まりだした時点がいつだったのか、正確に思い出せない。二〇一四年五月中旬ごろだっただろう。夕ごはんを一緒に食べた。他の日と大して変わりのない会話をした。それぞれの職場で会う人たち、子どもの教育とそれにまつわる心配。その後何か月かの間、集まるたびに私たちがどんな話をしたかすべて思い出すことはできないが、あの事件についてほとんど話さなかったことははっきりしている。私たちはあらゆることについて話したが、あのことは話さなかった。冗談、閑談、嘲笑、心配、約束、確認、たくさんの会話の中につぶやきのようにちょっと登場したことはあっても、それぞれが見たものが何であり、何を考えているかを私たちが相手に、つまり私がキム・ソリに／キム・ソリが私に、話したことはなかった。ほとんど無関係に見える会話でも不意にあの事件と結びつくことはあったりして、そんなとき私たちは言いよどみ、他の話に移るか、口をつぐんだ。ソ・スギョンと私の日常と日程においてセウォル号関連のニュースやデモは重要な部分を占めており、キム・ソリもそれを知っていた。ソ・スギョンと私は折りたためる座布団と携帯食とタオルを入れたデモ用のバックパックを一個ずつ持っており、セウォル号関連のデモや集会がある週末にはそれを背負って広場や街頭に出ていった。ソ・スギョンはキム・ソリにその日程などを話すことを控えていた。子どもがいるという立場では、それが負担になったり、強要と感じられることもありうると心配していたらしい。私も心配だった。子どもがいるから。そして怖かった。キム・ソリがやめてよと言っ

＊8　「123艇もやはりCN－235機や海洋警察のヘリコプターと同じく、セウォル号の惨事の全過程において一度も交信しませんでした」（416セウォル号惨事国民調査委員会『セウォル号惨事ファクトチェック：明らかにすべきことは明らかにすべき』）

たらどうしようと。

お姉ちゃん、もう、その話、やめてもらったらいけない？

いつもそれを心配していたから、キム・ソリがとうとうそう言ったとき、私にはキム・ソリを非難する用意ができていた。二〇一六年四月十六日の光化門広場から雨でずぶ濡れになって帰ってきて以来なかなか止まらない咳についてこぼし、あの日の大雨の話をし、そのころ集会に参加するたびにソ・スギョンと私が感じていた無力感について話しているときだった。

お姉ちゃんもうやめてくれない、とキム・ソリが言った。

何を。

その話。

……私そんなに、何か、話した？

あー、いつも話してるじゃん。してなくてもしてるんじゃん。

したらいけない話なの？　あんたはそれで、話さないの？

キム・ソリはじっと私を見て、自分はあのことを話せないだけだと答えた。ある家で子どもが育つということをお姉ちゃんは知らないと、キム・ソリは言った。子どもがどんなにのろのろ育つか、どんなにすばやく育つかをお姉ちゃんは知らないと。親は子どもと同じ空間で、日常的に子どもの痕跡を目撃するのだと、キム・ソリは言った。子どもと一緒に生きるということは、毎日、たくさんの感情の渦と、子どもの残していく痕跡に巻き込まれることなんだよ。うちにもそんなのがどっさりある。私の子どもがとんでもないところにしまったおもちゃ、歯で噛んだものたち、子どもの服にできた毛羽立ち、広げた絵本、落書き。自分の家に自分の子が残した跡を見るたびに、あの子たちのことを思い出すの。私と同じように、そんなのを一個、一個、目撃しながら、あんな年齢になるまで子どもを育てたお母さんやお父さんたちのことを。だから私に、あのことを考えるべきだなんて言わないで。私はあのことを考えてるの。あの人たちの家のことを思うし、あの人たちのことを思ってるの。だから話せないんだよ。怖くて。

何が怖いの。

怖いの、私は。

だから、あんたが怖いのは何なのさ。それを話したら、恐ろしくなって、傷つくから怖いの？　それがあんたは怖いの？

……

あんたがいちばん怖いのはそれ？

二〇一六年十一月二十六日、光化門駅のヘチ広場とつながったトイレの前で順番を待っているとき、私はあの日の私の言葉について考えていた。あのとき私はなぜあんなことを言ったのか。あんたがいちばん怖いのはそれかと私は聞いたけれど、本当は、卑怯だ、と言いたかったのだし、ついにその言葉は言えなかったが、言っていたら取り返しがつかなかっただろう。そのころ私はただ誰かに、または何かに向かって、卑怯だ、とその一言を言いたかったのではなかったか。それが誰だろうとそれが何だろうと。キム・ソリはその日の私をどう思っただろう。薄情だと思っただろうか。卑怯だと思ったか。または拙速だと。あの日キム・ソリと私がまっ青になってにらみ合ったところを助けてくれたのはソ・スギョンで、私はキム・ソリがすぐに自分の家に帰ってしまい、翌日からしばらくは来ないだろうと予想したが、キム・ソリはその日遅くまで残ってお茶を飲んでいき、翌日もその翌日も夕ごはんを食べに来た。その後もずっと私たちは、まるでそんな会話などしなかったみたいに、喧嘩しなかったみたいに振る舞っていたが、それぞれがあのことを憶えており、これからもずっと憶えているだろうとわかっている。いつかは私たちがあのことについて話すこともあるのだろうな。そのとき私は、キム・ソリに謝れるだろうか。

そんなことを考えているとき、私はデモなんか関心がなかったの、でもどう考えてもこれじゃ間違ってると思って、という声が聞こえてきた。私の前で順番を待っている女性たちが話をしていた。お互い初対面のその人たちはめいめい住む場所が違い、その日光化門に到着した時間も違っていた。短いひさしのついた茶色のニット帽を目深にかぶった女性は正午から広場に来ており、もう五回まで開かれた弾劾要求キャンドル集会に自分は一度も欠席したことがないんだから、皆勤賞をもらわなきゃと言った。アップリケのついたジャンパーを着て厚いマフラーで顔を半分おおった女性は一時間半前に着き、これが初参加で、上着に「パク・クネOUT」と書かれた大きなステッカーを二枚も貼った女性はそれより早く来ており、今度が三回めの参加だという話をしていた。いえね私は、ほんとにデモなんて考えたこともなかったんだけど、家でテレビ見てて、この人たちはもうひどすぎる、汚すぎると思ってね……娘だってよ……誰が……あら知りませんでした？　何だか動画もあるんだって、うちの人がすごい支持者だったんだけど、これはもうだめだなって、もう、ものすごく断固として言っててね……大目に見てきたけど、これはあんまりだ！　って。それで私が、うちの息子もみんな連れてここに来たんだよ……

二〇一六年十一月二十六日は、JTBCニュースルームで青瓦台の影の実力者である崔順実（チェスンシル）のタブレットPCが公開されてから約一か月が過ぎた日であり、大統領に対して、崔順実を国政に介入させた責任を問い、国会に弾劾を要求する五回めのキャンドル集会が開かれた日だった。雪のために集会参加者が少ないだろうとの予想が随所でなされていたが、ソウルだけでも百五十万人が広場に集まった。

今週もデモに行くのかと尋ねるキム・ソリに、そうだねと答えはしたが、ソ・スギョンと私はこの日、光化門広場に行くつもりではなかった。私たちは疲れていた。冷たく固い地面に何時間も座っているのには、もう耐えられそうになかった。どんなにしっかり着込んでも、家に帰ってくるころには骨まで染みついた冷気のために体ががたがた震え、一度出かけるたびにその冷えが二日も三日も取れず、二人とも何週間も風邪薬を飲んでいた。いったん集会が始まれば、足の踏み場もないほどの大勢の人々の間をかき分けてトイレに行くのも一仕事で、広場に進入するときも広場から抜け出すときも、人々とのすさまじい密着を味わわなくてはならなかったが、私たちは二人とも常日ごろ、そういったことにはがまんがきかなかった。広場で私たちは毎回、頬と胸と腹と背中とお尻とふくらはぎと……かかとまで知らない人たちと密着し、黙って顔をしかめて人を押しのけるようにして移動し、やっとのことでその場を抜け出すと、不快感とめまいが消えるまですみっこに立っていたりした。

毎回、平和的な集会という側面を強調する雰囲気も居心地が悪いと、私は思っていた。平和的デモへの人々の熱狂は、ソ・スギョンと私にはほとんど強迫観念のように見えた。広場や、世論の集まるところでときに見られる、平和的にデモをする賢い市民という自負が、私たちにとってはいたたまれなかった。賢い市民の正常なデモと、賢くない市民の非正常なデモがこのように分けられるのか……セウォル号の遺族と未収拾者家族たちはこの三年間ずっと、賢くない市民だったというのか……トラクターに乗ってソウルへやってきた農民たちは昨日、高速道路で警官たちにトラクターを奪われ、頭もかち割られて負傷したというのに［全国農民会総連盟が結成したトラクターデモ隊「全琫準（チョン・ボンジュン）闘争団」が全国各地から光化門広場を目指したが、ソウル近辺の高速入り口で警察に阻止され、議長らが負傷した］。

今日、光化門にはまた、お花のステッカーが登場するんだろうね［一市民の提案により、警察車両に花のステッカーを貼るムーブメントが起こり、クラウドファンディングによって大量の花のステッカーが登場し、平和的デモを印象づけた］、あの、気が変になりそうなお花のステッカーが……家でデモ用品と携帯食を用意する間ずっと私はぶつぶつ言っていたし、地下鉄に乗ってバックパックをしっかり抱いて光化門駅まで行く間ずっと、今日はほんとに広場に行きたくないと不平を言っていた。雪が降っていなかったら、こんなに寒くては人出が少ないだろうという懸念がなかったら。だが、いざ広場に到着してみると、一週間前よりも、その前よりも人が多かった。

洗面台で手を洗い、ヘチ広場へ出てみると、トイレを待つ人たちの列はまだきりがなかった。光化門広場に上るゆるやかな坂をゆっくり上っていった。ソ・スギョンがいるのは世宗大王の銅像から光化門方向へ五十メートルあまり離れたところだった。広場にぎっしり座った人々の間にできた小道のようなすきまをひやひやしながら歩いてそこまで戻るときは心許なかった。雪はやんだがまだ寒く、もっと寒くなりそうだし。ほどけたマフラーをはずして巻き直し、世宗文化会館の方へ上っていくと、プラカードを胸の高さに掲げて立っている男性が見えた。A4サイズのそのプラカードには、平凡な印刷書体で五つの文字が書かれていた。

悪女OUT。

私がずっと見ていると、その人はそれをもっと高く持ち上げて自分の顔を隠した。

ウェーブが始まった。

ソ・スギョンと私はキャンドルを持った手を上げてはおろした。ウェーブが後ろから押し寄せてくる。人波は市庁前の西小門路（ソソムン）の向こうまで続いているというから、端っこまで届くにはしばらく時間がかかることは明らかだった。振り向いてももう見えないところまで伝わっていったウェーブを見ながら思った。何て大勢いるんだ。みんな、どういう人たちなんだろう。どういう人たちとは言えないほど多様なんだろうな。ヨンヒ、スニ、チョルス、クムジュ、オクチャ、チョンジン、クムヒ、セジン、ソヒ、テヨン、キョンシン、そういった名前たちが全部、ここにいるだろう……大統領退陣を要求する垂れ幕を何週間もリビングの窓にかけているうちの近所のマンションの住民も来てるだろうし、五代独子・三代長孫のTもひょっとしたら来てるかもしれないし、自分が好きなポップスターのサム・スミスがカミングアウトしたことを知らなくて、同性愛者だったのかとあわてふためき、「牧師様が言うにはそういう人たちは地獄の火に焼かれるんだって」……云々と言っていたという、ソ・スギョンにリハビリ指導を受けている人も来ているかもしれない。ソ・スギョンがキャンディの個包装を開けて私の口に入れた後、キャンドルを持っていない方の手で私の手を握った。風と寒さを防ぐためにコートのフードをかぶったソ・スギョンの顔は、こごえて赤くなった鼻と口だけが見えてエスキモーみたいだった。後ろから喊声とともにウェーブが押し寄せてきた。ソ・スギョンと私はキャンドルを上げてはおろした。トイレに行く途中で、悪女アウトと書かれたプラカードを見たと、私はソ・スギョンに言った。

「女」の字が赤かったんだよ。

嫌だったでしょと、ソ・スギョンが言った。私は、そうだった、とても嫌で、不愉快だったと答えた。

なぜなら……それを目撃した人間は青瓦台の奥に隠れている大統領ではなく、そのプラカードの前に立った私だったから。女である私。悪女ＯＵＴが今の彼の言葉なら、それは彼の道具なのだろうけど、彼の道具がさっきここで私にしたことを、彼はわかっているのか。彼は、自分と同じくこの場所にやってきた大勢の女性たちのことはなぜ見ないのか。「悪女」とまっ赤に塗って示したときには、「あの人」が女性であることをあんなにもはっきりと見ていたのに。そのプラカードの前で私は、こんなことするな、こんなこと言うなと……

言ったの？

言おうかやめておこうか、ずっとためらってた、だって今、私たちは、私たちだから……

みんなが一つの目的を達成しようとしてやってきていて、みんな良い顔をしていた、その場所で混乱を招くようなことは控えたい気持ちが私にはあり、それで結局、そのプラカードの前を何もせずに通り過ぎてきたのだが、今夜、家に帰ってそのことをずっと考えつづけそうだと私は言った。私があの言葉にちゃんと反応できなかったという思いを、つまり、言えなかったなあということを、そればっかり考えてしまいそうだと。私たちが無条件に一つであるという、巨大にして辛い錯覚についても。
キャンドルの芯を伝って流れ落ちた蠟(ろう)が私の毛糸の手袋に染み込んでいた。私は、蠟がくっついてしまった手袋から手をすっぽり抜いたが、冷たい空気にさらしておくよりはあたたかい蠟でコーティングされた手袋に手を入れている方がましだとわかり、ごわごわした手袋の中に手を入れ直した。かばんに垂れたまま固まってしまった蠟を私が見つけて指で引っかいていると、隣に座っていた女性が、それはそんなふうに引っかいちゃだめだと教えてくれた。自分はそのまま放っておいて、後で家に帰ってから取ると彼は言った。彼が、アイロンと清潔な白い紙を使って蠟をきれいに取り除く方法をソ・スギョンと私に説明しているとき、後方からもう一度、ウェーブが押し寄せてきた。

—

二〇一六年十二月三日は、困難な過程の末に、大統領弾劾訴追案が国会に提出された日だった。広場にやってきた人々は怒っていた。この日ソウルでは百七十万名が、全国合算では二百三十二万名が街頭に出てキャンドルを持った。松明(たいまつ)四百十六個が光化門を出て青瓦台の前百メートル地点まで進んだ日でもあった。
ソ・スギョンと私は「即刻退陣、セヌリ党解体」と叫びながら光化門を通り過ぎ、紫霞門(チャハムン)

路を歩く人たちについて清雲孝子洞（チョンウンヒョジャドン）住民センターの前まで来た。先に到着した人たちが道路に座っており、個別アピールをする人たちがマイクを回しながら話していた。コルトコルテックやユソン企業の労働者たち［コルトコルテックもユソン企業も、共に不当な大量整理解雇などにより激しい労使間紛争が続いていた］、ＴＨＡＡＤミサイルによって苦痛をなめている星州（ソンジュ）［この年、米軍の最新鋭迎撃システム「高高度防衛ミサイル（ＴＨＡＡＤ）」の配備地が慶尚北道・星州に変更され、地域住民が反対運動を展開していた］の人々……以前は知らなかった社会問題を当事者として経験している人たちにここで会い、彼らの話を直接聞いたことがキャンドル集会で得た最大の学びですという発言がなされたしばらく後、誰かが持ってきたロケット花火になぜか火がついた。道路に座っていた人たちの頭上に火花が短い尾を引いてポン、ポンと立て続けに上がった。みんなそちらを心配そうに見つめていた。花火を消せというどよめきが起きた。花火を持った人はウールのコートを着た男性だったが、彼は困りきった様子でみんなに向かって頭を振ってみせ、一度火をつけたら途中で消せないんだ、どうしようもないんだと言っていた。火花はしばらく止まず、夜空に向かって上がっていき、道路をぎっしり埋めた人々は緊張と心配で沈黙したままそれを見ていた。ソ・スギョンと私はその沈黙の中で一緒に黙っている間、平和的デモを願う人々の渇望の中に、傷を見た。誰かが傷つく光景を私たちは見すぎた。みんなそう言いたいのではなかったか。誰も傷ついてはいけない、我々はすでにそれをあまりに味わったのだから　と。

二〇一六年十二月九日金曜日、大統領弾劾訴追案は国会で可決され、憲法裁判所へと引き渡された。翌十二月十日土曜日に、ソ・スギョンと私は西大門駅で降り、光化門方向へ歩いていった。

密着が始まった。

12

今日はどのように記憶されるか。

一九三九年九月、二度めの世界大戦が勃発して何日か過ぎたある午後、シュテファン・ツヴァイクは消えゆく平和を味わおうと散歩に出かけ、家に戻る途上で、自分の前に落ちた自分の影を見た。『昨日の世界』で彼はその経験を、「まるで今度の戦争の背後に、この前の戦争の影を見たかのよう」としながらも、「あらゆる影は、究極において光の子」であるという言葉で原稿を締めくくったが、日本の真珠湾奇襲攻撃によって米国が参戦を宣言するや、世界の悲惨な終わりを確信し、一九四二年二月に伴侶であるロッテ・アルトマンとともに自殺した。

シュテファン・ツヴァイクにとって、一九三九年九月一日（ナチスドイツのポーランド侵攻）、一九四一年十二月七日（日本の真珠湾攻撃（日本時間では十二月八日））、一九四一年十二月八日（米国の宣戦布告）、一九四二年二月二十二日（ロッテ・アルトマンとシュテファン・ツヴァイクの死亡）とその前日は、今日だったのだ。『昨日の世界』終章には、ツヴァイク夫婦の写真が載っている。ベッドに並んで横たわったシュテファン・ツヴァイクとロッテ・アルトマンの写真だ。寝具はふっくらとしていそうで、ベッドのそばのテーブルにはランプと酒びんとマッチ箱と、小銭と推定できるものたちが置いてある。二人はむつまじく体を寄せ合って昼寝をしているように見える。誰かがこの夫婦が昼寝をしている部屋に入り、こっそり写真を一枚撮ってきたのではないか。しかし、すでに死亡していると推測させる箇所がいくつかある。ツヴァイクはネクタイを締め、彼の肩に載せたロッテのあごには吐瀉物のようなものが見える。今日は過去の影を振り払うことができず、彼らはその影の影響から／彼らの今日から、完全に抜け出すことを望んだ。シュテファン・ツヴァイクとロッテ・アルトマンはすでに戦争を経験した人たちであり、彼らにとって一九四二年とそれ以後の世界は具体的な、わかりきった現実だったのだろう。再び始まった「万人に対する、万人の戦争」（『昨日の世界』）、追放、人間精神の破壊、すべてが二度めの。彼らにとって今日とはまぎれもない今日、他の日である余地のない今日であったはずだ。

本を閉じて、壁かけ時計を見上げる。午後一時二十三分。

ドリームキャッチャーが時計の下にぶら下がっている。

あれは、鳥の骨のように細くて軽い灰色の木の枝を丸く曲げて作った枠の中に釣り糸や色糸で編んだ網をはめ込んだ、手のひらぐらいの品物だ。ずっと前にソ・スギョンと私が島に行ったとき一泊した宿で、あれを見つけた。タバコの「バ」の字が抜けた「タコ」、という看板をそのまま放置してある小さな工房だった。宿とか工房とかいうより、散らかった空き倉庫みたいだったその家のあちこちに、そこの主人である女性が作ったドリームキャッチャーがかかっていた。悪い夢をすくい取る網だと、工芸家は言った。私たちが興味を見せると主人は、気が進まないようでもあり、また嬉しそうでもある様子で工芸品一つ一つについて説明し、これは全部ゴミだったと言った。プラスティックとガラスと釣り糸と漁網。浜に打ち上げられた浮遊物を拾い、何週間か日光で乾かしてから使うそうだ。枠を作るのに使った木の枝も、海を漂流して海岸に打ち上げられたものだった。長いこと沈んだり浮いたりをくり返して塩水を含んだ木だから丈夫で、腐らないと……確かそんなようなことを言いながら、彼は私にそれを売った。おばあさんから譲り受けたという彼の家は海からとても近いところにあった。壁に残った去年の波の跡を示してみせて、毎年海がどんどん近づいてくると工芸家は言った。十年以上も前のことだ。あの家はどうなっただろうか。

悪い夢をすくい取ってくれる網。

今私には、あの網の状態がはっきり見えない。不規則なパターンのその網は、水滴のついたガラス越しに見ているように、ある部分はぼんやりと歪んでおり、ある部分は鮮明で、容易に全体を把握できない。そのパターン全体が何年か前と同じくらい鮮明に見えることは二度とないだろう。深呼吸をすると、その息のかたまりの向こうで灰色の羽根が揺れているように見える。私たちはこれまであの羽根の下で、あの網の下で、あの食卓でありとあらゆる話をしてきて、今朝もこの席に集まった。

二〇一七年三月十日。

今日はどのように記憶されるか。

今日、第十八代大統領朴槿恵は憲法裁判所裁判官全員の賛成により、大統領職から罷免された。

人々は今日をどのように記憶するか。

弾劾が成立したら革命が完成されるんだと、みんなが言っていたよね。東学農民運動［一八九四年に起きた農民反乱、甲午農民戦争ともいう］、万民共同会運動［一八九八年、ソウル市民が街頭で開いた大衆的政治集会］、四・一九革命［一九六〇年四月に学生を中心とした大衆蜂起により李承晩（イ・スンマン）政権が打倒された。四・一九学生革命ともいう］と八七年の六月抗争まで、一度もちゃんと勝ったことのない我々が勝つのだと。この国の近現代史で我々が初めて勝利を経験した世代になるだろうと。弾劾を望んで街頭へ出た人たち全員にとって、その経験は、貴重な、胸がいっぱいになるような歴史的経験になるだろうし、そして……そうだ、私にとってもそうだろう。生きるということは、私たちより前にあった文章から生の形を受け取ること……あの文章を借りて言うなら、私たちは過ぎた季節の間ずっと新しい文章を書いてきて、みんなの言う通りなら今、その文章は完成された。だから、今日はその日なのか。革命の成った日。人々の言うように、一滴の血も流さずに革命はついに到来したのだろうか。キム・ソリは昨夜私に電話をしてきて、お姉ちゃんたち、明日は広場に行かないで自分と一緒にいてくれるわけにいかないかと聞いた。弾劾裁判の結果を一人で見る自信がないから、一緒にいようと。そして今朝、私たちはこの家に集まった。午前十一時から始まった宣告は十一時二十一分に終わった。今朝、光化門と憲法裁判所前に集った人たちもそれを全部聞いただろう。罷免が宣告された瞬間、光化門は歓呼の声と喊声で沸き返っただろう。勝利と完成の祝祭だっただろう。ちょっとは冷えただろうけど寒くはなかったはず、そんなことどうでもよかったはずだよね、そこに集まった人たちにとって、寒さなんか。もしかしたらあの夜やあの夜と同じように、ウェーブをやったかもしれない。祝杯が行き渡るみたいに、ウェーブが前から後ろへ、こっちの端からむこうの端へ、あそこからそこへと……そしてウェーブが過ぎ去った跡にこの食卓が残っている光景を私は思い浮かべる。今、この家で昼寝をしている私たちが、あの小さな網の下、この食卓に残っている光景を。

もう、みんなを起こす時間だ。

彼らを揺すぶって起こしている間、ここにも革命はあるのか、私は知りたいと思うだろう。「一度起きた。であればそれは、また起こる」[*9]。ずっと前に私が読んだ本にそんな一節があったが、それがここの物語となることもあるだろうか。革命。その物語になることもあるだろうか。広げておいた本を全部閉じて、食卓のすみに重ねる。オシップ・マンデリシュタームの『何も言う必要がない』がいちばん下になっている。この詩集の編集者はどうして、その詩の最初の一行を詩集全体の題名にしたのだろう[*10]。何も言う必要がない世界とは、私にとってはどう考えても死なのだが、この本を担当した編集者にとってはどうだったのか。彼にとっても死だっただろうか。誰に目撃されることもないまま、そのようにして何も言う必要がない世界に属してしまったマンデリシュタームを、彼は追慕したかったのか。

オシップ・マンデリシュタームはスターリンによる粛清が続いていた一九三八年五月に強制収容所へ送られ、いつ死んだのかも不明のまま消えた。禁止され、押収され、焚書に付された

＊9 二〇一七年九月二十二日、セウォル号アカデミー。パク・ネグン四・一六連帯共同代表によるプリーモ・レーヴィの引用を再引用。「事件は起きたのであるから、また起こりうる」（プリーモ・レーヴィ『溺れるものと救われるもの』）
＊10 「オシップ・マンデリシュタームの詩のうち、題名がないものは詩の最初の一句を題名とした」（『何も言う必要がない』編集者による注、文学の森、2012年）

彼の詩が忘却の底へと沈まなかった理由は、彼の妻ナジェジダ・ヤコヴレヴナ・マンデリシュタームがその詩を絶えず暗唱し、筆写したおかげだった。ナジェジダには話す必要があったのだし、私もそうだ。誰も死なない物語一つを、完成させたい。いつかそれを書くなら、その題名は「何も言う必要がない」としたらどうだろう。書けばその物語は、いつであれ必ず、死ぬのだから。誰の役にも立たない、もはや語る必要のない物語として。

それは可能だろうか。

午後一時三十九分。

革命が到来したという今日を、私はこのように記録する。

私たちがここに集まった、と。

昨晩眠れなかった人たちが洗面だけすませてこの席に集まり、遅い朝食を作って食べたと。キム・ソリがチョン・ジヌォンのおやつとして、ミルクと卵に一晩浸した食パンを持ってきて、十分に量があったので、私たちはそれをバターで焼いてフレンチトーストにして食べたと。オレンジも切って食べたと。何でもないことにもくすくす笑いながら、手早くごはんを準備してみんなで食べ、オリーブの葉のお茶も一杯ずつ飲んだと。男は泣かないもんなんだと言ってすみっこに隠れて泣く子どもについて話し、そういう子にどんなお話を聞かせてやりながら暮らせばいいかという心配もして。リハビリ指導をしている相手とサム・スミスのカミングアウトについて話したとき、「普通」と「特別」をめぐって小さな論争になってしまった話もしながら。憲法裁判所に入っていく裁判官の髪にピンク色のカーラーが二つ巻いてあるのを私たちは見たが、そんなこと一つも重要とは思えなくて、それについては何も言わなかったと。

着席してください。

憲法裁判所の裁判官八名が大審判場に入場する光景を見て、私たちも急いで椅子に座った。二〇一六・憲ナの1：大統領弾劾事件に対する宣告が始まり、その後、判決文を朗読する声だけが続いた。違反したものと見ることはできず……不足しており……確かではなく……認めるに足る証拠はありません……裁判官が判決文を朗読していくにつれて私たちの顔は上気し、沈黙は重くなった。ソ・スギョンは指先で額をこすり、私はあごを支えた手で口をふさぎ、キム・ソリは手で目をこすった。裁判官が、生命権保護義務に関する判決文を読みはじめた。

誰も、何も言わなかった。

あとがき

「d」の前身である「笑う男」は、「ディディの傘」を壊して作った短編だ。

二〇一四年の秋、もう一度小説を書かなくてはと自分を追い込んだとき、私は、誰かの死ということ以外には考えられず、それをどうにかして小説にしなければ、小説を書くということが今までとは違う困難に見舞われるだろうという直感があった。従来私が持っていたもののうち何かが深刻に破壊されたのと同様に、従来私が書いたもののどれかを破壊する必要が私にはあり、私は「ディディの傘」を選択した。

「ディディの傘」を選択した理由は、ディディが革命、と言ったためである。

このようにディディを殺してdを残したあと、

借りを返すような気持ちで中編「笑う男」（「d」）を書き、「何も言う必要がない」を書いた。
私にとってはここまですべてが一つながりの作業である。

ここまで歩くのに四年半かかったが、世の中は変わったようでもあり
変わっていないようにも見える。

少し欲が出たし、
いまだに読むことと書くことを愛しているし、
人が好きです。

不注意な文章について一緒に悩んでくれたチョン・ソンイ先生と
忘れずに原稿を催促し、出版にこぎつけてくれたカン・ヨンギュさん、
互いに学び、共に歩いていけるという信頼に快く応えてくれたカン・ジヒ先生、
いつも安否が気になる人たちとこの本を読んでくださるすべての人たちに
感謝を伝えたい。

みなさんが多少なりとももっと健康で、

そしてたびたび幸福でありますよう。

二〇一九年一月

ファン・ジョンウン

日本の読者のみなさんへ

「d」の最後の文章を書いた夜のことを思い出します。

二〇一六年十月、私は帰国を控えており、パリの小さな部屋でその原稿を仕上げようと努力していました。当時韓国では、社会的な災難を被った当事者たち、特にセウォル号事件の犠牲者と遺族に向けられるヘイト行為がひどく、毎日ニュースを見聞きするだけでも傷つかねばなりませんでした。

「d」は当時の韓国社会の影響を受けた小説です。私はdを広場に案内し、「取るに足りなさ」というものと闘っている人々を目撃させたかったし、生に向けられたdの落胆と幻滅に、そして小説の外にある私の落胆に向かって「それはとても熱いのだから、気をつけろ」と書きたかったのです。夏と秋の間ずっと、この文章を目指して小説を書いてきました。気をつけろ。

その言葉を書いて心の痛みを覚え、原稿を眺めるばかりだったあの夜を思い出します。最後の文章の「とても」という言葉を「うんと」に変えようか、変えまいかと悩んでいたとき、韓国が大ニュースで沸いていることが伝わってきました。青瓦台の仕事に介入して国政をかき乱した大統領側近の存在が、テレビのニュースによって知らされたのです。何日か後、韓国では大統領弾劾を要求するキャンドル集会が始まりました。「何も言う必要がない」は、このときから二〇一七年一月まで続いたキャンドル集会の影響を受けて書いた小説です。

光化門(クァンファムン)広場で行われたキャンドル集会は毎回、一人の人間が生きている間に二度と経験できないほどの事件でした。私は毎回、驚異とともにこの広場にいましたが、その広場でときどき、女性や少数者を嫌悪し排除する言葉を見聞きしました。キャンドル集会を「革命」だと言う人たちは多く、各種の不正に関わった大統領が罷免されれば革命が成功するだろうと語る人も大勢いました。私もキャンドル集会の成功を願い、当時の大統領の罷免を願い、国民の保護義務を擲(なげう)っていた彼の一日も早い拘束を望みましたが、それが「革命」だという考え方にはたやすく同意できませんでした。広場にあれほど多くの人たちが集まり、大統領が罷免されても、韓国社会で少数者として生きる人々の日常が変わることはなかったからです。

二〇一七年三月十日、大統領弾劾裁判の宣告の日に私は家におり、さまざまな少数者性を備えた人たちが私の家に集まっていました。みんな一緒に裁判結果を見て歓呼しましたが、その瞬間が過ぎると、私には物語が必要でした。革命が完成されたとみんなが歓呼している瞬間に、ここにも広場があり、いまだ到来しない未来を待つ人々がここにいるという物語を書きたかったのです。

「何も言う必要がない」は、憲法裁判所の裁判官が「生命権保護義務に関する判決」を朗読する場面で終わります。「生命権保護義務」とは韓国の憲法第二章第三四条六項の内容であり、「国家は災害を予防し、その危険から国民を保護するために努力しなくてはならない」という条項です。二〇一四年四月十六日に沈没したセウォル号から乗客たちを救助しなかった責任を問う起訴でしたが、この起訴は棄却されました。二十一分間続いた弾劾宣告の中で最も胸が痛み、最も絶望し、キャンドル集会の失敗を予想した瞬間でした。私は「何も言う必要がない」をこの瞬間で終えなくてはならないと思いました。革命であれ、一つの社会の進化であれ、それがまだ到来していない瞬間で止め、「まだ」なのだ、「直前」なのだというメッセージを伝えたかったのです。

『ディディの傘』が韓国という文脈を離れてどのように読まれるのか気にかかりながらも、この本によって日本の読者と出会うことができてとても嬉しいです。

お元気ですかという挨拶が難しいこの時期に、韓国で、心をこめてこれを書いています。

どうか、健康で。
くれぐれも。

二〇二〇年八月

ファン・ジョンウン

訳者解説

本書は、二〇一九年一月にチャンビより刊行された『ディディの傘』の全訳である。底本には初版を用いた。ファン・ジョンウンの日本での紹介としては、『誰でもない』（拙訳、晶文社）、『野蛮なアリスさん』（拙訳、河出書房新社）に続き三冊めとなる。

ファン・ジョンウンは、現在の韓国文学界で最もラディカルな存在と言って間違いないだろう。一九七六年ソウルに生まれ、仁川（インチョン）大学仏文科を一年で中退、二〇〇五年に短編「マザー」が京郷（キョンヒャン）新聞の新春文芸に当選して小説家デビューした。社会の死角と痛点を見逃さない独自の視点と研ぎ澄まされた文体で完成度の高い小説を発表しつづけ、韓国日報文学賞、申東曄（シンドンヨプ）文学賞、大山（テサン）文学賞、金裕貞（キムユジョン）文学賞など名だたる賞を受賞している。

『ディディの傘』は、ファン・ジョンウンのラディカルさが最も先鋭に表れた作品であり、二年ぶりの新作として世に出るや否や二週間で二万部（二〇二〇年八月時点で四万三千部）を売り上げ、百人程度のトークイベントの申し込みに八百人の応募が殺到した。また、大手書店の教保（キョボ）文庫が運営するポッドキャストで行われた「二〇一九年・作家五十人が選ぶ今年の小説」という企画でも一位を占め、読み手からも書き手からも強く支持された。
さらに、光州（クァンジュ）民主化運動を記念する5・18記念財団が主催する5・18文学賞および詩人で独立運動家の韓龍雲（ハンヨンウン）にちなむ萬海（マネ）文学賞を受賞している。

原書のあとがきで、ファン・ジョンウンは「d」がどのように書かれたかを語っている。これは本書全体の存在基盤を示す非常に大事な部分なので、少々補っておく。「d」が書かれるまでには次のような経過があり、それにつれて主人公たちの名前も少しずつ変化してきた。

①二〇一〇年　短編「ディディの傘」（主人公名はディディとドド）
②二〇一四年　短編「笑う男」（DDと「僕」）（『誰でもない』所収）
③二〇一六年　中編「笑う男」（ddとd）
④二〇一九年　本書所収の「d」（ddとd）

ちなみに、①の続編が②で、②の続編が③である。③を推敲したものが④である。
①の「ディディの傘」はどこか飄々としたタッチで若者たちの生活と意見を描いた物語で、

二〇一〇年に雑誌に発表され、一二年に短編集『パ氏の入門』に収められた。そこには本書「d」の恋人たちが「ディディ」と「ドド」という名前で登場していた。小学校の同級生どうしが傘を貸し借りするエピソードも、再会して一緒に暮らす設定も同じである。非正規労働者として働く二人はさまざまな不条理に出会うが、お互いに助け合い、友人たちとも交流し、孤立せずに暮らしている。ある日二人は家に友人たちを招くが、彼らは酔って雑魚寝状態で寝てしまう。朝方、天気が変わって雨が降りだしたため、ディディはまだ寝ている友人たちのために人数分の傘を探しながら「みんなが帰るころには、傘が必要だ」とつぶやく。この言葉が、本書のちょうど真ん中にあたる118ページに置かれていることにぜひ注目してほしい。それだけ大事な言葉だからだ。実はディディの家は貧しかったため傘の数が足りず、雨が降ってもディディの分の傘が残っていないことが多かった。そのため大人になってからは、傘の数にいつも気をつけていたのである。

②は、作家の言葉によれば①を「壊して」書かれた。なぜ壊さなければならなかったか。その背景は言うまでもなく、二〇一四年のセウォル号事件である。

高校生をはじめ、助かったはずの多くの命が失われた人災、セウォル号事件は、韓国人にとって足元が崩れていくような大事件だった。この惨事の後、ファン・ジョンウンはしばらく執筆できなくなった。そのことに触れた作家自身の文章を引いてみよう。

「いかがお過ごしですか。

私は、四月十六日以降言葉が折れてしまっています。話をしても、文章を書いても、目指したところにたどり着くことが難しく、とくに述語がなかなか浮かんでこない。文章を書かなくなってから長い時間が経っている」(「かろうじて、人間」『目の眩んだ者たちの国家』キム・エラン他、矢島暁子訳、新泉社〕所収)。

このような時期を経て、②の「笑う男」は生まれた。みんなの傘を探していた優しいディディは、ここでは「DD」という名前に変わっている。そして死んでいる。セウォル号に乗っていた高校生と同じように、何の備えもなくバスに乗っていて衝突事故に巻き込まれたのだ。DDの恋人である「笑う男」は部屋に引きこもり、なぜ自分の恋人は死なねばならなかったのかをひたすら考えているという物語だ。

そして、作業はここで終わらなかった。

ファン・ジョンウンは二〇一八年に来日したとき、「小説を書いた後、その人物たちのことが気になるのです。今どこにいるのか、何を考えているのか、と。世の中のどこかに彼らがいるような感じがしますね」と話した。②の「笑う男」はそんな、「後が気になる」小説だったのだろう。二年後、これまた作家の言葉を借りるなら「このようにディディを殺してdを残した後、借りを返すような気持ちで」書かれたのが③の中編「笑う男」だった。タイトルは②から据え置いたままだが物語はその続きで、ストーリーは本書の「d」と大筋で同じである。(これが翌二〇一七年に金裕貞文学賞を受賞)。

これを書いた二〇一六年の夏から秋は、作家自身の言葉によれば「韓国社会にあまりに酸素が希薄で、息をするのも苦しいほど」の時期だった。そのころの韓国社会の雰囲気を一言で表すのが、「何も言う必要がない」の235ページに出てくる「脱朝」という言葉である。

二〇一〇年代半ばごろから流行したこの言葉は「脱朝鮮」、つまり韓国から出ていきたいという意味だ。「朝鮮」という言葉を用いているのは、それほど遅れているという自嘲表現である。ファン・ジョンウンはこの言葉を「小さいときからあらゆる面で競争にかりたてられ、それでも特に成果を得られない若い世代を中心に、自分たちの人生を自嘲し韓国の状況を皮肉るような言葉だった。しかし二〇一四年のセウォル号沈没以降、全世代にわたる流行語のようにこの言葉が共有された時期がある」と解説し、また「当時は悲しみ、絶望、幻滅、不安、憤怒……そのどれによってであれ、とにかく『ここでは生きていけない』という雰囲気があった」と教えてくれた。

このころさらにファン・ジョンウンを苦しめたのは、セウォル号遺族への嫌悪を露骨に表す風潮だった。セウォル号に関する特別法案の制定などをめぐり、遺族の抗議行動に対する世論は割れ、遺族らは市民からの強い支持と嫌悪という両極の視線にさらされてきた。二〇一四年九月には、ネット右派のコミュニティサイト「イルベ」の会員たちが、遺族のハンガーストライキは偽物だとして、ハンスト現場である光化門(クァンファムン)広場に集まってピザやチキンなどを食べる「暴食闘争」を行う騒ぎが起きたことまである。一六年には作家自身、遺族への連帯をあらわすための黄色いリボンをバッグにつけて地下鉄に乗っていて乗客に罵倒されたこともあったという。

閉塞感が強まり、現状からの突破など、とうてい不可能に見えた。しかしファン・ジョンウンは、「それでも、自分が感じていることがすべてではないはずだ」と思いたかったし、「落胆に耐えて、dと一緒に乗り越えたかった」のだという。そのために、中編「笑う男」(と「d」)は、閉じこもった部屋から出ていくdの物語として書かれたのだ。

しかも、それだけでは終わらなかった。「d」を書いたことによって、革命についてさらに深く考える小説が必要になり、「何も言う必要がない」が生まれたと、著者はたびたび語っている。「書いてみたら次の小説が必要になり、またその次も必要になった」のだと。

長々と述べてきたが、ファン・ジョンウンにとってこれらの物語はすべて、韓国社会における自らの生存の問題として書かれており、それぞれが生命をもって有機的につながっていることを理解していただければと思う。

「d」と「何も言う必要がない」はいずれも特異なラブストーリーであり、また孤立と連帯、あるいは閉塞と突破の物語と見ることができるだろう。

「d」の主人公dは、朝鮮戦争や貧困の中で自己形成してきた両親に育てられ、家庭内でも孤立したままで育ったが、ddと出会って別の生活を知る。だが、悲劇の後、ddのいた時間の方が例外だったのだと悟る。

そしてdは映画『パラサイト』で広く知られるようになった半地下の部屋にとじこもる。その空間で唯一の世の中との接点は、半地下ゆえに、座ったときに目の高さに来る窓だ。大家のキム・グィジャは、その通路を通して朝鮮戦争の思い出を聞かせると同時に、手作りの食べものをdにくれる。「語り」と食べものという二つの贈与によって、キム・グィジャは知らず識らずのうちに、dがせめて部屋から出ていけるだけの力を授けてくれたようにも思える。ファン・ジョンウンの作品には北から逃げてきた避難民（＝失郷民）の女性がくり返し登場するが、この人たちが「語る存在」であると同時に「食べ物を与えようとする存在」であることが多いのは非常に示唆的だと思う。

その後dは、作家自身の言葉を借りるなら「中であれ外であれ、どうせ世界は荒廃しているのだと気づいて」部屋の外へ出ていくのだが、そこで世の中との接点になってくれたのもヨ・ソニョという老人だった。

二人が働く「世運商街（セウンサンガ）」は、ファン・ジョンウンとたいへん縁の深い場所である。お父さんがここで長年オーディオ修理店を営んでいた経緯があり、作家自身も大学中退後の一時期、その店でアルバイトしていたことがあるらしい。世運商街はソウルのまっただ中で電気街として名をはせ、広い分野の技術者が集結し、全盛期には「核兵器以外は何でも作れる」とまで言われた。そもそもは日本の植民地時代、戦時の空襲に備え、疎開地として空けられていた広大な土地を利用した巨大な建物であり、独特の歴史の厚みを感じさせる街である（なお、「世運商街」は「世運商店街」と訳すのが妥当かもしれないが、固有の地名として定着しているのでそのまま訳出した）。ちなみに、ファン・ジョンウンの初の長編小説『百の影』（二〇一〇年、未邦訳）は、世運商街を舞台に幻想と現実が鋭敏にからみあうようなラブストーリーだが、すでにここでもヨ・ソニョが言うような再開発の問題点が指摘されていた。

この場所でdは、ほんの少しずつ人々との交流を再開する。そしてセウォル号沈没から一年めの日、犠牲者に焼香しようとする市民たちに混じってソウルの中心部を歩く。二重になった車壁に遮られて、あたかも真空状態のようになった都市の中枢。そこはパク・チョベの言うように「兆候」に満ちているが、それ以上のことは起こらない。けれども目に見えないところで、dに変化は起きている。あの真空を見届けて初めて、「あの人たち（セウォル号遺族）は何に抗っているのだ」という言葉がdに生まれる。

この小説は熱で始まって熱で終わる。しかし始まりと終わりでは熱のあり方が違う。dの悲しみは一つも減っていない。だが、ものたちの生ぬるい「ぬくみ」に耐えられなかったdが、壊れやすい、固有の、熱いものに触れて驚くとき、彼の孤立には小さな変容が生まれている。

「何も言う必要がない」は、ファン・ジョンウンには非常に珍しい「小説家小説」である。そして、机で始まって机で終わる物語である。主人公キム・ソヨン（この名前は小説内で一度しか呼ばれず、それもセクハラ・パワハラ上司から呼ばれるだけなので、以後「私」とする）が読み、書き、食事をする机だ。

この物語が革命に関する物語だということについて、まずは補足しなくてはならないだろう。韓国で「革命」といえば、一九六〇年の四・一九革命がまず想起される。独裁の果ての不正選挙に怒った学生・市民のデモが発端となり、大統領、李承晩（イスンマン）が下野に追い込まれた。現在の韓国の憲法前文には「三・一運動で建立された大韓民国臨時政府の法統と、不義に抗した四・一九民主理念を継承する」と明記されており、政府の正統性が四・一九革命に依拠することが確認されている。

一八〇人を超える死者を出したこの事件は、学生・市民の力を強く記憶させる大きな歴史的事件であるとともに、その後まもなく朴正熙（パクチョンヒ）のクーデターによって再び自由が奪われたことから、未完の革命と称されることも多い。

それに限らず韓国現代史は、大きな刷新の機会が訪れるたびに「好機を横からさらわれる」ことのくり返しだったとする見方がある。そもそも近代化の発端で日本の植民地にされてしまったし、そこから脱したら南北分断と朝鮮戦争が待っていたし、その次が四・一九革命である。また、一九七九年に朴正熙が暗殺されて束の間の「ソウルの春」が来ると、全斗煥（チョンドゥファン）がそれを奪い取って光州事件が起きた。八七年の「六月抗争」は大統領の直接選挙制を実現させたが、その成果は盧泰愚(ノテウ)に持っていかれた（174ページ参照）。七〇年代の名作『こびとが打ち上げた小さなボール』（拙訳、河出書房新社）の著者チョ・セヒは四・一九革命のころに若者だった世代だが、そのチョ・セヒが、「われわれは革命が必要だったときにそれを体験できなかった。ゆえにわれわれは成長できないままである」と言っている通りである。

このように、革命とその不可能性とが車の両輪のように語られてきた韓国に二〇一六年、「キャンドル革命」が到来した。この年の十月に、崔順実(チェスンシル)のタブレット端末に青瓦台の内部資料が残っていたことが報道されると国民の怒りは頂点に達し、土曜日ごとに光化門広場でキャンドル集会が開かれるようになり、ついに、一人の逮捕者も死者も出さずに朴槿恵(パククネ)を韓国憲政史上初めての大統領職罷免に追い込んだ。

「何も言う必要がない」はキャンドル集会に実際に参加した作家の体験を土台にしているが、驚くべき（著者にとっては必然的な）構成を持っている。まず、時間軸の設定がきわめて独特である。

この小説では、親世代の経験も含めて二世代、六、七十年ほどのできごとが縦横無尽に語られるが、小説の中を実際に流れる時間は、朴槿恵前大統領への弾劾が成立した二〇一七年三月十日の正午過ぎから午後一時三十九分までの一時間半ほどにすぎない。そして、「日本の読者のみなさんへ」で書かれている通り、憲法裁判所の裁判官が最終判決を朗読する直前の、最も絶望している瞬間で物語を終えている。

本書のラディカルさはここからもわかるのではないだろうか。このストップモーションには、大多数の熱狂の中で常に見すごされてきたこと、見すごされてきた人々の側から語ろうとする強い意志があるのだと思う。

ここで、118ページのせりふ「みんなが帰るころには、傘が必要だ」が改めて立ち上がってくる。

ファン・ジョンウンは二〇一八年に来日したとき、「私にとっての革命基本は、雨が降ってきて傘をさしたときに、隣の人は傘を持っているだろうかと気にかけること」と話してくれた。まさにそれを体現していたのが、二〇一〇年に書かれた最初のディディだった。このディディはバスの中で、たまたま持っていた本のタイトルを見て「かくめい」と発音し、そんな自分に気づき、人目を気にしてびくっとする。そして、なぜ自分はその言葉でこんなにもびくっとするのかと思う。作家が再び小説を書きはじめるためにディディを必要としたのは、このようなささやかな人々が小声で話す「革命」という言葉に賭けたかったからではないか。

だからこそ「みんなが帰るころには、傘が必要だ」という言葉が本書の真ん中に置かれ、「d」と「何も言う必要がない」という二つの物語がそこで正面から向き合っている。その背後に、セウォル号事件の遺族たちがいる。これが本書の大きな見取り図である。

106ページと233ページを読み比べてみるとわかるだろうが、二〇一五年四月十六日、セウォル号事故一周忌のその日、dとパク・チョベ、「私」とソ・スギョンが経験したことが、同じ文章で書かれている。「そこに着いて彼らは（私たちは）初めて、彼らが（自分たちが）清渓広場の方から目撃した車壁の後ろに、さらに何重もの壁があったことを知った。北側と南側をつなぐ世宗大路は二重の車壁によってせきとめられ、北にも南にも行けないようになっていた」。

彼らは同じ日、同じ時間、同じ場所に立ち会い、同じ「真空」、つまり同じ不可能性を目撃し、「さあ、どうしようか」と問いかけている。しかも、作家によればこの二〇一五年四月十六日という日もまた、何かの「直前」なのだという。つまり、その二日後である四月十八日に市民たちが初めて「車壁」を突破し、作家自身もそれを目撃し、人々のエネルギーを実感したのだそうだ。だが、それ自体は書かれない。ここでも、何かが臨界点に達する直前でストップモーションがかけられていることに注目したい。

そして、この物語の背景を規定しているのが一九九六年の「延世（ヨンセ）大学事件」である。韓国大学総学生会連合（韓総連）は、九三年に発足した急進的な学生団体であり、八〇年代の学生運動の中心であった全国大学生代表者協議会（全大協）の流れを汲むものである。「延世大学事件」は「韓総連事件」とも呼ばれ、学生運動の衰退、さらにいえば「主思派（チュサパ）」（金日成（キムイルソン）の「主体思想」を信奉する人々の集まり）の凋落を強く印象づけるできごとだった。

毎年恒例の行事として行われてきた「八・一五統一大祝典」と「汎民族大会」に参加した多

数の学生たちは、行事が終わっても警察が封鎖網を解かず、軍事作戦さながらの徹底封じ込めに回ったため解散することができなかった。そこで総合館などの建物に入り、予定外の籠城を行うことになったのである。政府はすぐに彼らを逮捕することもできただろうが、九日間侵入作戦に入らず、誰も入れず出られない状態を維持した。149ページの「私たちは家に帰りたい」というスローガンはこうした事情によるものである。結局、学生五八〇〇人以上が連行され、五一人に対して実刑が宣告されるという、それまでにない規模の大事件となった。なお、この事件で警官一人が死亡している。

私事になるが、訳者は当時、仕事の関係でこの事件の報道に接した。そのときの実感としては、金泳三(キムヨンサム)政権の徹底した鎮圧ぶりとともに、大勢の大学生たちをそのような状況に追い込んだ運動指導部にも強い怒りを感じるというのが正直なところだった。今回、作家とやりとりをするうちにその実感を共有する思いがあった。「何も言う必要がない」は自伝的要素を色濃く備えた作品だが、この記憶が作品化されるまでに二十年が必要だったことの意味は軽くない。

韓総連の立ち位置は反米・自主独立路線であり、目指すところは在韓米軍の撤収、連邦制統一、朝米平和協定の締結などであったが、末端の学生たちにとって「汎民族も統一も関心事ではなかった」というのは実感だっただろう。だが、韓国には四・一九革命をはじめ、学生運動が世の中を変えてきたという自負がある。「私」は学生運動の中に存在した旧態依然の女性観とセクハラ、硬直した人間観、ヒロイックでマッチョな傾向、権威主義などを見て大学そののをやめるが、それでも「自分は逃げた」という意識を長く捨てることができない。

「私」とソ・スギョンは、この、広場ごと孤立するという特異な磁場の中で出会い、同性の伴侶としての生活に踏み出した。その後も痛みをともなう思索を分かち合いながら粘り強く生きており、その二十年にわたるラブストーリーは切実で美しく、また妹キム・ソリとその子どもチョン・ジヌォンとの物語は独特のあたたかさに満ちている。チョン・ジヌォンが大人になるころを思い浮かべながら性少数者として、また視覚障害者として生きる「私」の切望が、この小説の基本的なトーンを作り出している。

二〇〇八年の「明博山城（ミョンバクサンソン）」、二〇〇九年の龍山（ヨンサン）事件、二〇一四年のセウォル号事件を経て最後にクローズアップされるのは、「悪女ＯＵＴ」と書かれたプラカードと、手袋についた蠟の取り方を教えてくれる女性とのやりとりだ。この二つの極が作りだすスペクトラムの中で、二人は広場にとどまる。「悪女ＯＵＴ」への拒絶と人々への信頼の両方を抱えたままで、「私たちが無条件に一つであるという、巨大な、辛い感覚」を手放さないままで。

そして熱狂の波が引き、革命がつぶされてばかりの「大きな歴史」と、なかったことにされてばかりの「小さな歴史」がまっこうから対峙するとき、「私」が思い浮かべるのは、広場に残った一つの食卓である。そこを根拠地として、「ここにも革命はあるのか」と「私」は問う。本書の原書に長文の解説を寄せた文芸評論家のカン・ジヒはそれに応えて、「なくてはならないはずだ」と書いている。そして「『墨字（ムクチャ）』を知らないこの世において、いかなる弱者をも、沈黙する者（＝黙子）として置き去りにすることのないように」と続ける。この応答につけ加えることは何もない。

本書には報道記事の引用をはじめさまざまな注が挿入されているが、日本の読者には不要と思われるものは省いたケースもある。基本的に原注は番号を付して左頁末尾に入れ、訳注は本文内に割注として入れた。

以下、本文中の訳注で説明しきれなかったことを補っておく。

＊5ページに出てくる儀式は国旗降納式で、国旗を降ろす際には直立して胸に手をあてなければならない。軍事独裁政権の時代に実施されていた。

＊64ページの「バラマンション」は七〇―八〇年代に建設された低層集合住宅によくある名前とのこと。現在の韓国ではこのような住宅は「ヴィラ」などと呼ばれる。また、現在は「マンション」という言葉は使われず、タワーマンションなどもすべて「アパート」と呼ぶ。

＊73ページでヨ・ソニョが世運商街の再開発に疑問を呈しているが、現実にここでは二〇一四年からソウル市による活性化事業が始まり、一定の成果を挙げている。しかし、今後さらに注目が集まれば中・高所得層、富裕層が集まるようになり、賃貸料が上がり、当初予定された活性化の主人公たちは出ていくしかなくなってしまう。これは今までにもソウルのあちこちで

さんざんくり返されてきたことであり、作家もこうしたジェントリフィケーションを憂慮している。

＊139ページの原注に引用された記事に名前の出てくるチュ・ミエは二〇一六年に「ともに民主党」の代表となった政治家。国会議員に初当選した一九九六年に国政監査委員会で、延世大学事件の逮捕・取り調べ時の女子学生への身体的・精神的セクハラの赤裸々な実態、特に警察官が言った下品な暴言を具体的に挙げて質問したところ与党議員が一斉に反発、「国会議員の品位を守れ」と言って退場したそうだ。しかしこの質問によって、全く知られていなかったセクハラの実態の一部が世に知られることになったという。

＊147ページに伝統音楽サークルが出てくるが、これらの音楽は、「タルチュム」などの伝統芸能とともに、その民衆性、民族性、諷刺性、楽観性などから広くさまざまな運動の中で重要視されてきた。デモの際には先頭に立って花形を務めるのが恒例である。

＊175ページで「私」が父親のボキャブラリーとして挙げている「従北」という言葉は「北朝鮮に従属している」「北寄りだ」「アカだ」といった意味合いだが、この言葉は韓国社会でレッテル貼りに濫用されることがあり、甚だしくは「従北ゲイ」「従北フェミ」などという言葉まである。プロテスタントの中でもきわめて保守的な陣営の人々にとっては性少数者もフェミニストも、北朝鮮の扇動に乗って韓国社会に亀裂をもたらす悪しき存在ということになり、反共という先鋭なイデオロギー対立の文脈が強烈なスティグマとして作用してしまう。韓

国の性少数者の生活のすぐ横にはそうした事情も存在しているのである。
＊257ページに出てくる裁判官とカーラーの話は、イ・ジョンミ憲法裁判所長代行がこの日、後頭部にカーラー二個を巻いたまま出勤したことを指す。朴槿恵との比較で、職務に没頭している証拠などといわれて話題となった。
＊「何も言う必要がない」は克明な読書録でもあるため、多数の書籍からの引用があるが、日本語でも出版されているものについては次の書籍を参考にしつつ、原文での文脈を重んじた。
・クリストファー・アレグザンダー『時を超えた建設の道』（平田翰那訳、鹿島出版会）
・ニーチェ『道徳の系譜』（木場深定訳、岩波文庫）
・ロラン・バルト『ロラン・バルト講義集成Ⅲ　小説の準備』（石井洋二郎訳、筑摩書房）
なお、反復される「生きること」は、日本語版では「生きることは、私たちより前に存在していた文章から生の形を受け取ることです」は、日本語版では「生きること、それは私たちに先立って存在するさまざまな文の生――私たちの内にあって私たちを作っている絶対文の――諸形式を受け取ることである」である。
・サン＝テグジュペリ『人間の土地』（堀口大學訳、新潮文庫）
・シュテファン・ツヴァイク『昨日の世界　Ⅰ・Ⅱ』（原田義人訳、みすず書房）
・オシップ・マンデリシュターム『石』（峯俊夫訳、国文社）、『詩集 石―エッセイ 対話者について』（早川眞理訳、群像社）

・プリーモ・レーヴィ『溺れるものと救われるもの』（竹山博英、朝日文庫）

また、122ページに引用されているオラフ・H・ハウゲの詩は、韓国で出版されたハウゲの詩集『若木の雪を払ってやる』（イム・ソンギ訳〈英語・フランス語からの重訳〉、春の日の本、二〇一七年）に所収。

なお、「何も言う必要がない」の中でファン・ジョンウンは、意識的に「彼女」という三人称を用いず、女性にも「彼」という言葉を使っている。韓国語にも「彼」と「彼女」にあたる言葉があり、小説などでは「彼女」を使うのが普通だ（報道記事などで女性に「彼」を用いることはある）。ファン・ジョンウンも「d」を含め他の作品では「彼女」を用いてきたが、「何も言う必要がない」で初めて女性に「彼」を用いた。最近、英語圏で見られる、theyを三人称単数として使うケースとも呼応していると見ていいだろう。

これについては当初、新しい訳語を作ることも考えたが、それでは男女で三人称を使い分けることに変わりがなく、著者の意図を汲むことができないので、「彼」は「彼」のままで訳出している。注意深く書かれているため、性別がわからなくて困ることはない（一か所判然としないところはあるが、それもまた意図的な選択と見てよい）。

もともと韓国語は日本語にくらべ性差表現が少なく、一人称・二人称や語尾だけでは性別を特定できないこともかなり多い。さらにファン・ジョンウンは従来から、人物の性別がわからないように描くことが多い作家だが、本書ではまた次の段階に踏み込んだといえる。ファン・ジョンウンだけではなく、韓国では現在「彼女」という言葉に警戒心を持ち、使わない選択をする女性作家が徐々に増えている。古くは九〇年代にペ・スアが同じ試みをしたこともあったそうだが、この傾向は今後どんどん強まっていくと思われる。

なお、ファン・ジョンウンは、性別を明らかにせずに書いた恋愛関係については「読者によって異性愛とも読まれ、同性愛とも読まれており、それが私は好きです」と言っている。だが、実は訳者が「d」の前編にあたる「笑う男」(『誰でもない』所収)を翻訳した際には、いくつかの記述からDDを女性と判断し、女性としか読めないように訳してしまった。これは作家の意図を汲んでいないことが今回はっきりしたので、機会があれば修正したいと思っている。日本語のいわゆる「女言葉」「男言葉」の不自由さにうんざりしていたつもりだったが、一方では強い固定観念に縛られていたと反省している。

なお、「ディディの傘」→短編の「笑う男」→中編の「笑う男」→「d」という変遷の中で、ディディの性別について作家自身にためらいもあったそうで、それがある種の「揺れ」として作品に出たかもしれないということであった。

＊

現実は混沌としており、激しく変動する。そして正しさは常に一様ではない。革命を目撃し、体験した読者たちもまた、そのことを知っていればこそ、執拗に自他に問い続けるこの作家の、まっとうさの結晶のような言葉に触れたいと願うのかもしれない。

二〇二〇年の今、キャンドル革命がもたらした変化はいったいどこへ向かうのか、作家も市民たちも監視しつづけている。日本に住む私たちも「誰も死なない物語」の完成を待つとともに、私たち自身の「誰も死なない物語」を探していきたい。

なお、間もなく刊行される『韓国の小説家たちⅠ（クオン インタビューシリーズ）』（クオン）に収められたファン・ジョンウンのインタビューでは、「d」を書いていたころの心境が語られている。また、近々、長編『続けてみます』（呉永雅訳、晶文社）が刊行される予定とのことで、ファン・ジョンウンの多様な魅力の紹介が続くことは嬉しい。

担当してくださった亜紀書房の斉藤典貴さん、翻訳チェックをしてくださった伊東順子さん、岸川秀実さんに御礼申し上げる。

二〇二〇年八月七日

斎藤真理子

著者について

ファン・ジョンウン *Hwang Jungeun*

1976年生まれ。2005年、短編「マザー」でデビュー。08年、最初の短編集『七時三十二分象列車』を発表すると、現実と幻想をつなぐ個性的な表現方法が多くの人の心を捉え、〈ファン・ジョンウン・シンドローム〉を巻き起こす。10年、最初の長編小説『百の影』で韓国日報文学賞、12年、『パ氏の入門』で申東曄文学賞、14年、短編「誰が」で李孝石文学賞、15年、『続けてみます』で大山文学賞、17年、中編「笑う男」(本書収録作「d」)で金裕貞文学賞など、数々の文学賞を受賞。本作では5・18文学賞と第34回萬海文学賞を受賞している。邦訳された作品に『誰でもない』(斎藤真理子訳、晶文社)、『野蛮なアリスさん』(斎藤真理子訳、河出書房新社)がある。

訳者について

斎藤真理子 *Mariko Saito*

1960年新潟生まれ。訳書にパク・ミンギュ『カステラ』(ヒョン・ジェフンとの共訳、クレイン)、チョ・セヒ『こびとが打ち上げた小さなボール』(河出書房新社)、チョン・セラン『フィフティ・ピープル』(亜紀書房)、チョ・ナムジュ『82年生まれ、キム・ジヨン』(筑摩書房)、ハン・ガン『回復する人間』(白水社)、イ・ギホ『誰にでも親切な教会のお兄さんカン・ミノ』(亜紀書房)など。『カステラ』で第1回日本翻訳大賞受賞。

となりの国のものがたり 06

ディディの傘

2020年10月2日　第1版第1刷発行

著者　ファン・ジョンウン

訳者　斎藤真理子

発行者　株式会社亜紀書房
〒101-0051 東京都千代田区神田神保町1-32
電話03-5280-0261(代表)　03-5280-0269(編集)
http://www.akishobo.com
振替00100-9-144037

印刷・製本　株式会社トライ
http://www.try-sky.com

ISBN 978-4-7505-1668-4　C0097